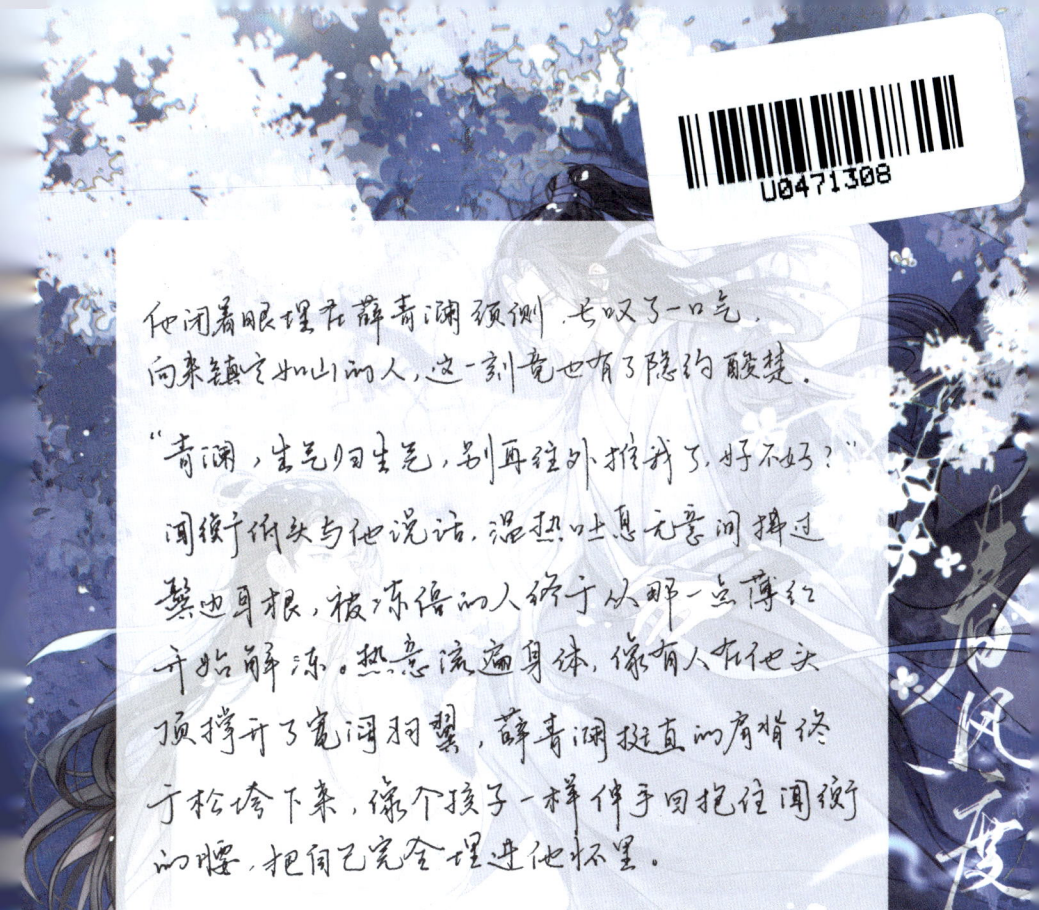

他闭着眼埋在薛青澜颈侧,长叹了一口气,向来镇定如山的人,这一刻竟也有了隐约酸楚。

"青澜,生气归生气,别再往外推我了,好不好?"

闻衍低头与他说话,温热吐息无意间拂过颈边耳根,被冻僵的人终于从那一点薄红开始解冻。热意流遍身体,像有人在他头顶撑开了宽阔羽翼,薛青澜挺直的肩背终于松垮下来,像个孩子一样伸手回抱住闻衍的腰,把自己完全埋进他怀里。

"我没有生气,"他嘟哝道,"我就是以为再也见不到你了。"

"我很想你,师兄。"

倘若来日狭路相逢,

他愿意先放下剑认输。

妙绝文化

春风度剑

苍梧宾白 著
CANGWU BINBAI

图书在版编目（CIP）数据

春风度剑 / 苍梧宾白著. — 武汉：长江出版社，
2023.12
ISBN 978-7-5492-9218-9

Ⅰ.①春… Ⅱ.①苍… Ⅲ.①长篇小说 - 中国 - 当代 Ⅳ.①I247.5
中国国家版本馆CIP数据核字（2023）第214983号

春风度剑 / 苍梧宾白著
CHUNFENG DUJIAN

出　　版	长江出版社
	（武汉市解放大道1863号）
选题策划	薛天舒
市场发行	长江出版社发行部
网　　址	http://www.cjpress.cn
责任编辑	陈　辉
特约编辑	薛天舒
印　　刷	湖南天闻新华印务有限公司
版　　次	2023年12月第1版
印　　次	2024年10月第5次印刷
开　　本	880mm×1230mm 1/32
印　　张	9.5
字　　数	265千字
书　　号	ISBN 978-7-5492-9218-9
定　　价	45.80元

版权所有 盗版必究，如有质量问题，请联系本社退换
电话：027-82926557(总编室)　027-82926806(市场营销部)

目录

第一章　比剑　001

第二章　惊变　030

第三章　拜师　057

第四章　少年　084

第五章　坠崖　111

第六章　盗剑　138

目录

- 第七章　神似　166
- 第八章　乞丐　194
- 第九章　论剑　219
- 第十章　重逢　246
- 第十一章　听雨　271
- 番外　拣尽寒枝　292

第一章
比剑

时近初冬，头天夜里地面结了层厚霜，次日清晨化冻，浸得泥土微湿，车马行过，便在路上留下清晰的辙痕和蹄印。

数骑骏马簇拥着一驾青篷车，自朝阳门出发，向京城南郊山中行去。那车驾十分朴素，并无特别之处，骑在马上的汉子却个个高大壮实，目蕴精光，执缰的手上遍是老茧粗疤，显然均是多年习武的练家子。

他们骑的是好马，但脚程不快。西风徐徐，将车帘吹开一条细缝，还没等车内人察觉，随行在侧的人已说道："世子，外头风凉，您将帘子压紧些，小心受寒。"

一只属于少年人的手顺着那缝隙拨开竹帘，车里传来低低的轻笑声："又不是病秧子，还怕给我吹跑了吗？"

那侍卫尚且年轻，与主人家说起话来并不拘束，"嗐"了一声："这都什么时节了，西北风吹人跟刀子似的。保安寺虽说在近郊，也离京城五六十里，出门在外，您还是好生珍重吧！"

少年不过十五六岁，生得俊秀温雅，撑着竹帘的指尖至手腕白皙瘦长，骨节分明，显然自小养尊处优，从没吃过苦。别看他年岁轻，又没有丝毫武功傍身，与身边这群护卫交谈起来倒自在得很，毫无生疏之意："这有什么？我娘成天说保安寺灵，待会儿进了药师殿什么也别说，我先磕十个响头，保准能管半年。"

旁边众人都笑起来，范扬也忍不住破功，摇头失笑道："王妃不在跟前，我看是没人按得住世子了。"

少年放下竹帘倚回软垫中，懒洋洋地笑道："要是有那按住我的工夫，我娘还用兴师动众地把我抬到保安寺去？她早自己来了。"

庆王闻克桢的王妃柳氏出身孟风城万籁门，与庆王十分恩爱，成婚不久就有了第一胎。然而柳氏少年时纵马江湖，也曾与庆王并肩守城，身经百战，积下不少暗伤，因此这一胎的胎象颇为不稳，未到九月便要早产。其时王府车驾距京城只有不到百里，周围并无村落人家，幸好京郊保安寺住持慧通禅师慈悲，破例开寺门收留了王妃，于是庆王长子闻衡当日就在一间破旧厢房里呱呱坠地。

庆王夫妇成亲多年，膝下只得这一个孩儿，自是无比珍重。闻克桢接信次日就派王府管家寻人将保安寺里外翻修一新，柳氏更是感念慧通方丈的恩情，每年都要到寺中供奉香火，十五年来雷打不动。只是不巧今年身体抱恙，她须在家静养，于是打发世子闻衡来替她上香还愿。

王爷和王妃对这儿子宝贝得紧，虽说到保安寺跟上街买菜差不多，也派了一群护卫好手随行。不知是不是王妃孕期受了惊的缘故，闻衡天生根骨不足，奇经八脉皆滞涩难通，是个再典型不过的武学废人，别说自行修炼，就是找人给他传功也是白费力气。闻克桢虽贵为王侯，自己也是一等一的高手，对闻衡这天资上的亏损却束手无策，只得把他像棵柔弱易折的树苗一样精心养起来。

三年前，东阳长公主过生日，庆王带着家眷过府道贺，宴饮中途，趁着大人们在席间饮酒谈天，几个表兄弟把闻衡带到了园子里游玩。众人都知道他是棵娇贵的病秧子，因此没人敢带他拉弓跑马，但少年人天性爱玩，更架不住有人成心要给他下绊子，很快便有人撺掇道："既然少爷公子们不便亲自下场，不如挑几个随行侍卫比试拳脚，既好玩又不伤着什么，胜者还可得些赏赐。"

看人斗武取乐本来就不是什么光彩的游戏，更何况庆王与王妃均是一流高手，这提议究竟是在打谁的脸不言而喻。闻衡那时年方十二，正是好胜心强的年纪。他被庆王夫妇捧在手心里，不晓得其中的弯弯绕，身边的侍卫却明白利害，连忙说道："公子不可。今日是长公主的好日子，不宜动刀动枪，万一伤着人见了血，多不吉利？"

这侍卫名唤范扬，原是庆王亲军，闻衡幼时范扬被调回京中保护小世子。他年纪虽轻，武功已十分出众，是闻衡亲随护卫之首。他这么一说，闻衡倒也理解，微微点了点头。范扬见小主人听劝，松了一口气，又哄道："公子要是想看比试，等回到家里，属下跟王府的弟兄们过几手，必定比这个好看。"

"哎，你这侍卫未免太过小心了。"建王世子、闻衡的堂兄闻彻在旁边摇着扇子，慢悠悠地给闻衡吹凉风，"咱们不懂也就罢了，他们这些人都是自小练武，难道还怕手下没轻重？"

闻衡抬起眼皮，清澈的目光落在闻彻那张含笑的面庞上，听他故作无意地挑拨："不过小心无大错嘛，无功无过，总比输了回去挨骂强些。"

被穿了小鞋的范扬简直比窦娥还冤，气得几欲呕血，却不好当众顶撞闻彻。闻衡收回目光，赌气般冷笑了一声："堂哥可别小看人，还没比过，怎么就断定我们会输？"他指向范扬："你上去，头一场要开门红，只许赢不许输。"

旁边顺义伯府幼子立刻抚掌笑道："好极，好极，我这边出个人跟你打，谁赢了，赏他一对花鸟金饼。"

范扬断无抗命之理,只好硬着头皮上场,与那头顺义伯府的侍卫相视苦笑,拱手道:"请了。"

两个人各自拉开架势,顺义伯府侍卫率先出手,飞身一拳砸向范扬的面门。范扬凝神静气,右脚不动,左脚向后划了半圈,后撤一步,先侧身让过拳风,同时右手自上下劈,敲在对手的腕上,以巧劲带着对方的身子转了一圈,左掌随即送出,"砰"地打中那侍卫的肩头。对方登时后退三步,范扬趁势而上,一式"疾风荡水"紧随其后,双掌一齐推出,内劲微吐,登时将那侍卫拍得倒飞出去。

周遭传来稀稀拉拉的拍掌和叫好声,范扬收势,刚吐出一口浊气,还未来得及道声"承让",就见那输了的侍卫默默从地上爬起,走到顺义伯世子的座位边跪了下去。

闻衡就像没看见似的,翻掌朝上:"多谢,一对花鸟金饼,我先替他收下了。"

那位小少爷自觉颜面无光,当即赏了那侍卫心窝一脚,恨恨地说道:"我要你何用?!"

侍卫想来已受惯了公子的脾气,不敢躲避,生受了那一脚,俯首告罪道:"属下无能,请公子责罚。"

小少爷冷漠地说道:"滚。"

同为侍卫,这场面多少叫范扬感觉物伤其类,他下意识地回首看向闻衡,却见闻衡脸上毫无喜悦神采,反而蹙着眉头,似乎还有些不满意的样子。

范扬险些呕出一口血。

闻彻就坐在闻衡身边,见状还挺惊讶:"阿衡,你这个侍卫很不错,这'翻天掌'和'踏云步'可都是你们家的不传绝学,看来平日里他没少得王爷指点——他剑法如何?叫他露两手来瞧瞧。"

庆王府现成的继承人坐在这儿,他话里话外却称赞一个侍卫得了庆王真传，闻衡不知道是真傻还是假傻，竟顺了他的意，应和道："我又不会武功，也看不出好与不好，也就那样吧。不过堂哥要看，那便叫他来演练一套。"说罢扬声道："范扬，去取剑来！"

闻彻连忙叫住他："哎，不可，不是说好了今日不动刀兵吗？况且叫他一个人舞剑也没什么意思。"他起身走到园中一棵桃树下，亲手折下两根粗枝，抓在手里比了比长短，遂道，"为兄这里有个擅使剑的人，高手过招才能看出妙处，叫他们拿这个比，就算不小心打着了，也不伤人。"

他话说得这样周全，闻衡又全无推拒之意，树枝被抛到眼前，范扬不得不接住，心下明白这场比试绝不可能善了，不由得面色微沉。闻彻显然是蓄谋已久，胸有成竹地睨了他一眼，侧身让出后面的人，做了个"请"的手势："楚先生，来陪他玩玩？"

这位"楚先生"年过不惑，鬓间已见星白之色，穿着一袭灰布长袍，双手枯瘦如鹰爪，自闻彻手中接过桃枝，并不接他的话，昂首迈步走到范扬对面。

范扬观他步伐、身形沉稳，气息绵长，显然是内家高手，绝非寻常侍卫之流。他心里直觉蹊跷，不过还没等想出对策，闻衡忽然问："堂兄这是什么意思，要打车轮战吗？"

闻彻蓦然失笑，摇了摇头，仿佛他问了个傻问题："阿衡，你大可不必担心，这侍卫身手好得很，方才那几下跟玩似的，能累到他什么？不过是活动筋骨罢了。"他又一瞥闻衡的脸色，佯作恍然道，"当然啦，你要是怕输了丢人，那方才的话就当我没说过。"

闻衡嗤笑道："堂哥可别小瞧我。"

范扬心道要糟，生怕他脑子一热中了别人的圈套，只听闻衡说道："我当然不会赖账，可便宜也不能尽让你占了。不管怎么说，我的侍卫刚打过一场，接下来你的侍卫要让他三招，只准防守，不可还击，如何？"

咦，这人居然还不算太傻？

闻彻与楚先生对视一眼，见对方目光微动，是应允之意，便朗声答道："如此甚好，大家公平比试。"

范扬这回是彻底被架上了火堆。他长于刀法而不善用剑，但桃枝在手，做剑做刀都无所谓。他正活动着手腕思索如何应对，只见闻衡在上面招手唤他。范扬迟疑了一下，还是走过去："世子有什么吩咐？"

闻衡令他附耳过来，叽叽咕咕地说了几句话，范扬听得直皱眉，眉间满是怀疑之色。闻彻在对面看见，不由得暗自好笑，悄声对楚先生说道："辛苦先生，这场必定要让他见识到厉害。"

那楚先生既不跟他搭话，也不理人，手持桃枝端立在场中，一派高人风范，倒令那些讥笑他衣着寒酸的王孙公子好奇起来。

那头闻衡交代完了，范扬再上场，脸色就复杂得多。他深吸一口气，对楚先生抱拳道："承让了。"

"了"字轻音未落，他已上前一步，足尖踏地高高跃起，挥动树枝纵劈而下，起手赫然是"破军刀法"中的第一式"开门见山"。

风声尖啸刺耳，这一下显然是灌注了真气，是开局就要拼个你死我活的架势。楚先生垂目不动，直至树枝带着的嫩叶才扫到他的发髻，才轻描淡写地一剑上撩，手腕翻转，腾身而起，随着剑势在半空中转了一圈。范扬刚猛无比的来势不知不觉间被他消去大半，他的树枝一头好似被楚先生的树枝死死咬住，绞得极紧，犹如巨蟒缠身，无论如何也挣脱不得。

他从未见过这样古怪的剑法，心神一乱，掌心出汗，那细细的桃枝不好握住，被楚先生就势一扯，竟脱手飞了出去。

周遭沉寂片刻，轰然爆发出一阵喝彩声。

闻彻脸上现出得意神色，他对另一头的亭子中的闻衡比了个口型：还有两招。

短短一回合，范扬已然额头见汗。他拾回桃枝，定了定神，再度出手时，刀法却陡然一变，不再走大开大合的路子，而是快刀密影，一招中包含朝六个不同方向劈出的刀，如蛇影随行，密不透风，正是万籁门"二十七路灵刀"中的"金蛇狂舞"。

方才楚先生以"缠"应对他的直劈，范扬这次便以"金蛇狂舞"回敬，桃枝恰如灵蛇吐芯，直中对方心口。楚先生则挺剑直迎，桃枝尖端从令人眼花的乱影中无比精准地切入，欲点范扬右臂曲池穴。范扬逼不得已，只得撤刀，桃枝在手中转了一轮，改为反手横握，重心压低，来了个扫堂腿接反手刀。楚先生来不及退，眼看要被他的刀锋扫到，于是以桃枝点地，整个人借着这微弱力度飘然而起，凌空翻落在范扬身后。若不是碍于"不准还击"的约定，楚先生当场就能给他的背心来上一剑。

三招已过，场上战局已十分明了，两者剑法相差悬殊，只要楚先生出手，范扬必将落败。然而就在此刻，闻衡突然起身喊道："且慢！"

众人都朝闻衡看去，这位小世子面沉似水，朝着范扬喝道："还不过来！"

范扬抹了把脸上的冷汗，顶着他略带怒意的目光走了过去。闻彻不用看都知道闻衡着恼了，还偏要煽风点火："胜败乃常事，阿衡哪，技不如人不丢人，临阵脱逃可绝非英雄所为，呵呵。"

闻衡正在气头上，懒得理他，令范扬附耳过来，嘱咐了几句，末了绷着脸问："都记得了？"

范扬简直不敢相信自己听见了什么："属下……"

"你自己想清楚，都到这个份上了，不放手一搏，还怎么翻盘？"闻衡许诺，"一切按我说的做，输了我也认了，不罚你。"

范扬看他的眼神已经完全变了。今日主仆二人的荣辱系于一处，死马也得当活马医，他一咬牙应道："属下定当全力以赴。"

闻衡点了点头："好，去吧。"

闻彻看他那年少稚气却非要故作老成的模样，忍不住暗自发笑。场上,范扬紧张得不住抓握桃枝。楚先生没了束缚,出招再不留情,那柔韧桃枝被他使得犹如利刃,十二剑如狂风暴雨般笼罩了他的周身,范扬眼前全是缭乱剑影,置身其中,竟似进退维谷,毫无出路。

右脸颊传来刺痛,被树枝划破了一道寸许长的伤口,范扬抬手一抹,摸到一掌温热的血,不禁直冒冷汗。倘若楚先生手中握的是真剑,现在范扬的头恐怕都已经飞出去了。

范扬步步后退,左支右绌,心中明白自己已然是穷途末路。眼看又一剑刺到面前,他已全然不知该如何招架,蓦然想起先前闻衡所说,反正横竖都是输,干脆破罐子破摔,使出了一剑匪夷所思的"拨云见日"。

这一式不过是简单的左右格挡,从来没有人会用它来应对这么密集的剑招,简直是上门送死。范扬向右出的一剑完全落空,可挥出向左的第二剑时,不知怎么这么巧,楚先生的剑刚好指向他的左肩处,倒像是主动将剑尖送到范扬眼前一般。这一剑楚先生原本志在必得,愣是被这无头苍蝇般的信手格挡招式给架住了。

不光范扬蒙了,楚先生也怔了怔,场外的人还没看出门道,楚先生腾身而起,剑招已变,如云中青龙,自上而下地刺出锋锐难挡的一剑。范扬应接不暇,又慌慌张张地对了一式更不像样的"南天门"。这是最简单不过的刀法,比起楚先生华丽繁复的惊艳剑招,几乎称得上寒酸,可这看似无心的一扫招式,却精准无比地扫到了楚先生的手腕。桃枝上灌注了真气,刹那间锋芒逼人,楚先生不得不撤剑回防,原本那一剑形神俱散,再难成气候。

若第一次尚可称作误打误撞,第二次绝不可能是巧合,楚先生微微色变,心中却已惊疑不定,当下一改方才凌厉迅猛的攻势,与他不温不火地过了几招,可范扬的武功无论怎么试探,都是一般,不像是有意藏拙。

旁人目不转睛地看着二人层层拆招,都觉得打得难解难分,十分精彩,闻彻的脸色却逐渐转青,眉间露出难以按捺的焦躁之色。

当初他们说好了给庆王府一个下马威，前面让过三招也就罢了，怎么该放手一搏时，楚先生反而束手束脚起来了？

闻彻远远地朝楚先生做了个手势，楚先生却目不斜视，仍谨慎地与范扬周旋，直到旁观人群也觉察到一丝异样，开始窃窃私语："这侍卫功夫好生了得，竟压得那老先生矮了一头。"

闻彻偶然听见几句话，气得心都要梗住了，简直想自己上去折了范扬的桃枝。就在此时，楚先生的试探终于到了尾声，他毫无预兆地骤然发难，手中桃枝破风发出尖啸，变为两道残影，直刺范扬的双眼。

这一下是他平生得意之技，内中蕴含着两种复杂变化，迅捷无比，堪称精妙，范扬绝无躲开的可能，可范扬若是躲不过，剑尖到处，势必要刺瞎其双眼——

刹那间，闻彻的心跳到了嗓子眼儿，范扬来不及有所动作，眼看着剑尖刺来，竟下意识地闭上了眼。

闻衡霍然起身，喝道："出剑！"

范扬心中一片空白，耳中鼓噪，闻衡的声音如钟磬响彻雾海，令他不由自主地抓紧手中的桃枝，循着记忆中的叮嘱，自上而下挥出个半圆，是一式"蛟龙出海"。

两根桃枝像两柄真正的宝剑，于半空中相击，发出"啪嚓"一声脆响。

范扬等待良久，刺痛并未传来，反而是耳际掠过一阵微风。他茫然地睁眼，却见楚先生满面惊愕之色，眼神中甚至有难以言说的恐惧之意，嘶声问："你……你这是什么功夫？！"

他愣怔地将目光从楚先生惊怒交加的脸上慢慢下移，落到对方不停颤抖的右手上。那桃枝的一端还在手中，却只剩短短一截，从中间突兀地断开了，再看自己的桃枝，虽然被打掉了好些叶子，大体上仍是完好无缺的。

而他脚边的泥土中，正插着半截断掉的桃树枝。

范扬明白自己对上楚先生绝没有还手之力,这是不争的事实,可眼下情形令他完全蒙了,面对楚先生的厉声质问,半个字也答不出,心绪激荡之下,不由自主地向闻衡看去。

闻衡微不可察地朝他摇了摇头,这才款款起身,缓缓踱出凉亭,仿佛见怪不怪一般,轻描淡写地夸奖了一句:"不错。"

闻彻怎么也没想到范扬竟能胜过楚先生,这简直匪夷所思。他恨不得揪过范扬来看看范扬到底施了什么妖法。众人正七嘴八舌地议论时,花园外忽然响起一道洪亮声音:"都凑在这里做什么?"

园内众人一见来人,纷纷住口,行礼的行礼,问安的问安。范扬犹如干坏事被抓了个正着,行礼时都带着说不出的心虚:"参见王爷。"

"都免礼。"闻克桢双眸锐利如鹰隼,视线扫过满地的王孙公子,盯住了人群里唯一格格不入的"异类","褚家剑派高手到访,怎么没人通传?这群孩子不识阁下庐山真面目,只怕多有怠慢,还请见谅。"

闻克桢贵为王公,更是天下有名的高手,在他面前,闻彻绝不敢随意糊弄。况且闻克桢一语叫破"楚先生"的身份,摆明了是要追究此事,他只得硬着头皮上前回话:"庆王叔,这位楚先生是我父亲的旧友,近日游历时途经京城,看在父亲的面子上留下来指点侄儿几日,今日只是凑巧……"

"楚先生"出声打断了他的话,朝庆王微微躬身,说道:"在下褚柏龄,久仰王爷大名。"

此"褚"非彼"楚",昔年褚家先祖褚雪堂于拓州司幽山上悟道,登临万仞,从山巅狂风流云中获得启发,创下"风字诀"与"云字诀"两套剑法,独步武林,被尊为"司幽剑祖"。拓州褚家也因此兴旺壮大,崛起成为武林中不可小觑的一脉。褚柏龄自小受家族教导,虽不算一流高手,但武功跟在场众人比起来天差地别。

他原本肯随闻彻出门露面,是有心入世,兼自负武功不俗,万万想不到初战就踢到了铁板，这铁板还是闻克桢的宝贝儿子。他一次性把庆王、建王得罪了个透，以后想长留京城恐怕都困难，索性断了先前的念头，坦荡地说道："早听说庆王府武功非比寻常，家学渊源，今日果然领教到了。"

"不敢当，"闻克桢矜持地说道，"小孩子们不懂事，误打误撞，纯属侥幸，先生不必放在心上。"

只要长了眼的人都能看出来这不是侥幸，闻克桢说客套话，褚柏龄却不敢当真。褚柏龄在脑海中反复回想方才比剑的过程，实在忍不住朝范扬行了一礼："敢问小友师承何人，学的是哪派剑法？方才是如何想到用这几招来破我的剑招的？"

武林中人多少有点儿痴性，范扬被他热切的目光盯得发毛，"啊"了一声，挠头回道："武功自然是……是王爷指点，我也没有多厉害，就是……凑巧了，侥幸，都是侥幸，哈哈……"

褚柏龄深深地叹了一口气，知道他这是故意装傻，不愿告知，黯然道："是我技不如人。"

闻衡不耐烦看他们在这里推来让去，这一场比试也够他费神了，懒懒地说道："比都比完了，该散了吧。喏，范扬，你的彩头，自己收好了。"他将两块小金饼掷进范扬怀中，走向闻克桢："爹，我娘那边打发人去请了吗？咱们去车上等她。"

"这就去。"闻克桢摸了摸他的头，"累了？"

庆王世子体弱多病是出了名的，他说要走，谁也不好再挽留。一行三人穿过花园，登上候在府外的马车。此时车中只有他们父子，闻克桢方笑问："今天究竟是怎么回事？"

闻衡于是从头到尾给他讲了一遍事情经过，闻克桢听得脸色几变："我说范扬那小子的剑法怎么突飞猛进，竟能压倒褚家高手。你是如何指点他的？"

"褚家剑法不难认，第一次交手他用了'风卷残云''乱云飞渡'两式云字诀，轻身功夫是褚家的绝学'纵横青云'。"闻衡手指轻轻地点着膝头，沉吟道，"他欺负我们不识货，没想着遮掩自己的武功路数。但是范扬的剑法您也知道，再来五个他也不是褚柏龄的对手，只能以巧取胜。

"云字诀变化多端，灵动莫测，破绽不好找，但这套剑法开合细微，一剑后接着的另一剑必定落在同侧。按照这个规律，范扬第一次用'拨云见日'架住了'垂云十二峰'，第二次用'南天门'避过了'游龙惊云'，这也不是多难的招式，但他存心要一剑定胜负，却屡屡被这些古怪剑法回击，最后果然按捺不住急躁性子，拿出了看家本领'双龙戏珠'。

"范扬压在手中的最后一招'蛟龙出海'，就是赌他这一剑。"

他先是设计令褚柏龄自露身份，再指点范扬如何应对，甚至算到了褚柏龄最后必定要以"双龙戏珠"终结比斗。这一场比试乍看是闻彻一手主导，可实际上走向全在闻衡的算计之中。

什么争强好胜、沉不住气全是装的，闻衡不但对褚家家传绝学了若指掌，而且颇有城府，一面演戏诱人轻敌，一面不动声色地破局反击。十二岁的少年，能有如此谋略和见识，会不会武功已全然无关紧要，在他手中，任何人都可能成为最锋利的兵器。

闻衡的根骨一直是闻克桢的心病，他知道闻衡素日里爱看些他珍藏的秘籍心法，还当这孩子只是过过眼瘾，没想到闻衡竟有这等举一反三的天资和悟性。他看着少年沉静的侧脸，目光中既有欣慰之意，又有些说不清道不明的复杂情绪，最终也没多说什么，赶在王妃上车之前，低声说道："天无绝人之路，既然如此，不要辜负了天分，以后你多指点指点范扬和你身边的侍卫。"

经此一役，京中传闻逐渐发生了微妙变化。从前人们是远着闻衡走，生怕一不小心把世子碰碎了；如今却都是发自内心地离他远点儿，生怕世子一个不高兴,就叫范扬来把他们拍碎了。

以至于闻衡越来越不爱出门,一天到晚窝在王府里看各种武功秘籍。他虽不能练,却过目不忘,举一反三,还能指点别人,似乎有把自己变成王府的总教头的打算。庆王妃柳氏摊上这么个儿子,又喜又愁,只好变着花样地打发他外出,以免他在府里闲得长毛。

"世子。"

马蹄声渐缓,前方有人传话:"保安寺到了。"

十五年前的保安寺只是座山野小庙,这些年来庆王府时常捐钱修缮,经过多次扩建,保安寺已然今非昔比。闻衡来得不多,下车先入禅房与慧通方丈见礼,说道:"佛门清净之地,我等俗人贸然造访,多有叨扰,万望大师勿怪。"

慧通禅师答道:"我佛慈悲,普度万方,何来叨扰?老衲已令僧人清扫禅院房舍,请世子安心暂住。"

闻衡谢过慧通禅师,由知客僧接引,与众随从同至客院。此处是保安寺单独辟出的院落,专供外客留宿,分外幽静。院中有棵极茂盛的枣树,枝叶一直延伸到墙外,秋天已过,还有些未凋的枯叶留在枝头。

闻衡一进院子便注意到了这棵树,盯着看了许久,范扬见状问:"世子一直看着这树,可是有哪里不妥吗?"

闻衡收回目光:"没事。只是想到都快入冬了,树上还有这么多枣子,不打下来似乎浪费。"

前方引路的知客僧闻言答道:"施主有所不知,冬日里鸟雀无处觅食,常常冻饿而死,因此住持说让留些果子,鸟雀得食,或可熬过一冬。"

闻衡"哦"了一声,点头赞叹道:"大和尚慈悲。"

保安寺里没有什么好景致,客房亦陈设寥寥,除了几部经书,并无可消遣之物。侍卫们出去拴马,闻衡闲极无聊,只得拾起一部《十善业道经》翻了几页。

时近晌午,自有僧人收拾好斋饭送来。王府一行人在院中用过午饭,下午闻衡到慧通方丈处听经,至晚方归。世子殿下虽然聪明,但不爱琢磨这些枯燥的玩意儿,一下午都在方丈面前死忍着瞌睡。待他出得门来,范扬要替他披上斗篷,被他摆手避过:"不必,我吹会儿风,醒醒神。"

二人一路走来,见保安寺虽然修得庄严堂皇,但其中众僧皆清寒俭朴,每日早课晚课,苦修不辍。范扬感叹道:"属下常随王爷王妃出行,眼见京中不知多少寺院、道观都已成了消遣游玩的去处,和尚、道士个个不务正业,倒是保安寺还像个正经寺庙的样子,这些年来也没变过。"

闻衡说道:"修行为下,修心为上,方丈是个明白人,难能可贵。"

他说完自己先别过头去,笑道:"听方丈讲了两个时辰,怎么我说话也是这个腔调了?你别招我,让我缓一缓。"

范扬憋着笑跟在他身后,两个人走回客院,刚跨过一道门,忽然听见一阵"簌簌"轻响。范扬还在左右张望,闻衡已朝着院中枣树走过去。

范扬眼尖,看到树杈中猫着一团灰影,心中警惕,单手握住刀柄,抬高声音喝道:"谁在那里鬼鬼祟祟的?出来!"

闻衡忙喝道:"别喊!"

然而闻衡喊得已经迟了,被范扬这么一吓,树上的人自乱阵脚,登时一脚踩空,"嗷"的一声摔了下来。

他衣襟里兜着不少枣子,此时都如冰雹一般"噼里啪啦"地落下来。那棵枣树有一丈多高,闻衡就站在树下,眼见有人掉下来,不假思索地伸手去接,恰好迎面被砸了个正着。亏得那人是个没长开的小孩子,又瘦又轻,这才没给世子殿下砸出个好歹来。

饶是如此,闻衡还是被强大的冲劲撞得后退数步,险些跌倒,范扬连忙赶上来扶住他:"公子!"

"没事⋯⋯"

闻衡话音未落,不知从何处发出一声"咕"的长响,在寂静之中,显得分外清晰响亮。

范扬低头看看这个,又看看那个,迟疑地问了一句:"世子……您饿了吗?"

闻衡懒得搭理他,小心将那孩子放在地上,说道:"对不住,方才吓着你了。"

那孩子看起来约莫十岁,瘦得双颊凹陷,头发蓬乱如草,穿着数不清有多少口子的破烂衣服,一离开闻衡的怀抱就跌坐在地,却还是挣扎着爬过去捡地上的枣子,全然不顾上面满是尘土,抓起来就要往嘴里送。

"哎,等等,"闻衡赶紧按下他,"别吃这个。"

他能感觉到那孩子的身体顿时僵住了,冻得干裂的嘴唇反复开合,却说不出一句完整的话。那孩子仿佛是怕极了,止不住地发抖,喉咙里发出野兽般沙哑的"啊——啊——"声。

"别怕,别怕。"闻衡握着他的手,让他看手中的枣子,尽量缓慢清晰地解释,"这上面沾了泥,脏,吃了会得病。"

那孩子极力想合上手掌:"啊……"

"不会说话吗?"闻衡跟他僵持片刻,终于让步:"范扬,拧张帕子过来,帮他擦擦。"

范扬应了声"是",正要回身进屋,那孩子愣怔了片刻,仿佛终于听懂了二人在说什么,忽然"哇"地放声大哭起来。

闻衡从没看见过有人哭得这么委屈,一边跪在地上号啕,一边死抱着他的手不肯松开,眼泪不断地流下来,很快将衣襟洇湿了一大片。

他一定吃了很多苦,也许走投无路,也许慌乱害怕,但偷枣被人发现时没哭,反而是一句温声相劝的话,就轻而易举地击溃了他的防线。

范扬犹豫着上前,准备替他把这泥猴搬开。

闻衡却忽然说道:"算了。"

"啊?"

闻衡将那小孩囫囵抱起来："连这个也一起洗洗吧。"

在范扬的印象里，闻衡这位大少爷不是爱管闲事的人，怜悯之心也十分有限，至少从没干过往家里捡乞丐的事。这个小贼不知怎么竟入了闻衡的眼，闻衡不但亲手把他抱进了屋里，还大有寻根究底、摸清此人的来历的意思。

依他所见，这小孩不过是个流落街头的乞儿。若说身世悲惨，京城一条街上的乞丐个个有不重样的故事；要说所作所为，偷庙里的枣子也不能显得他特别。唯一可取之处，就是这小孩长得还行，虽然瘦得不像样，但细看颇为清秀。

可好看有什么用？他们世子还不够好看吗？

范扬一头雾水，听见闻衡在里头叫他，忙应声过去。闻衡把用毯子裹成卷的孩子递过来，嘱咐道："你带他出去擦干净，晚饭来了就先吃，不用等我。"

闻衡是个十指不沾阳春水的王孙公子，生平头一次给别人洗澡，洗得自己大冬天出了半身汗。范扬赶紧接过孩子，说道："公子再稍等片刻，热水马上就送来。"

一盏茶的工夫，热水和晚饭一齐送到。范扬把那小孩放在桌前，自去寻手巾来替他擦干头发。寺里的素斋难称丰盛，但总归比那几个干巴巴的枣子好，这小孩饿了那么久，早该化身饕餮风卷残云，可直到范扬擦完了头发，他也没动筷子，视线始终定定地望着闻衡的卧房的方向。

倒是个知恩图报的小哑巴，范扬的声气和缓下来："你先吃，公子说过了不用等他。"

小孩固执地摇了摇头。他洗干净脸后简直是泥猴脱胎化人，虽然脸上被风吹出来的粗糙红痕一时难消，但唇红齿白，双眸黑亮，眉目清秀得像个小姑娘。范扬难捺好奇心，试探地问："你会说话吗？听得懂我说什么吗？会写字吗？"

小孩好似严丝合缝的蚌壳，只是一味沉默，仿佛被触及了不愿提起的痛处。

"他听得懂，"里间门响，闻衡换了身衣服出来，"这事先放着，一会儿再说。怎么不吃饭？"他看到眼巴巴地等他的孩子，笑了，"在等我？范扬也坐吧。"

虽说在外一切从简，但规矩不能乱。范扬刚要推辞，闻衡便以眼神示意他坐下，想来是要安这孩子的心，免得孩子害怕。

小孩饿狠了，扒饭的架势堪称凶猛，闻衡不得不提醒："慢点儿，小心噎着。"

话音刚落，动得飞快的筷子立马滞在半空中。

惊弓之鸟不过如此，闻衡就知道会是这样，叹了一口气，尽量温和地说："慢点儿吃，不是不让你吃。别急。"

范扬没什么胃口，坐在一边冷眼旁观二人互动，心底隐约有了猜测。闻衡心思重，范扬与他相处，常常有不解之处，因此向来是有话直说："公子是打算收留他吗？"

闻衡不答，反而转向那孩子，问："你觉得呢？"

昏黄灯光里，透亮的黑眼珠不明所以地朝他望来，两腮还鼓鼓地塞满食物，孩子此时就像某种无知又警惕的小动物，让人不知该怎么顺毛。

"我不问你的来历，倘若你愿意，可以来我身边做个书童，起码能吃饱饭，不必再四处流浪、挨饿受冻，如何？"

闻衡说出这话的时候，心中起码有八分把握，毕竟孩子不傻，受到了善待，也知道什么样的生活更好。

可他万万没想到，就这么一句话，不知道触动哪个痛点，又把这孩子的眼泪勾出来了。

硕大的泪珠断线一般不断地顺着脸颊滚落，孩子无声地哭着，一边哭，一边摇头，仿佛有人生生从他身上割下一块血肉，他既痛得锥心刺骨,却又得死死忍着,不敢喊疼。

范扬眼睁睁地看着他们世子握筷子的手僵住了。闻衡不明所以地扭头看了范扬一眼,又望向大哭不止的孩子,目光镇定中透着一丝慌乱,有些手足无措的意思,像个不慎打翻水盆的傻子:"哭什么?怎么了?"

忘了是从何时开始,闻衡很少再去主动亲近什么人,或者很明显地帮谁一把。作为身份贵重的庆王独子,他很清楚自己的一举一动都会被别人放大。很多时候,他自以为是的"好",对别人来说反而是砒霜鸩毒。

他有这样的习惯,因此第一次踏入这个院子,看到躲在墙头的小东西时,并没有叫破,也不打算惊扰对方。只是他没想到第二次撞见,范扬一嗓子把人从树上喊下来了,闻衡接住了他,又看他饿得可怜,实在不忍心放着不管,索性就管了一回闲事。

只是闻衡没想到拔出萝卜带出泥,吃饱了洗干净了,后面还有一个接一个的问题。

"好了,别哭了。"闻衡思量片刻,温言道,"我猜你不是不想跟我走,而是害怕追你的人找上门来,因你牵连上我,是也不是?"

哪怕跟在闻衡身边很久,范扬还是习惯不了他这种没有前因后果的推论,更别说头回见他的小哑巴,两个人一起瞪着眼惊诧地看着他,闻衡将一方手帕推过去:"擦擦脸,多大点儿事,哭得跟什么似的。"

这孩子的来历不难推断,他身上的衣服虽然破烂,布料却还结实,且合身,不像是捡来的。而且他手上和膝盖上没有老茧,只有些蹭破划破的伤痕,颜色尚新,可见并非以乞讨为生的流浪儿,倒像小门小户家中走丢的小孩。

"我看你衣着举止,应当不是乞儿,倒像近来刚开始流浪。保安寺往北四十里就是京城,周边也有村镇,不管是乞讨还是走丢了求救,都该往人多处去,你却宁愿来寺中偷枣,也不肯让僧人发现你。这么一想,你大概不是自己走丢,而是被人贩拐骗,被迫离开父母家乡,又逃亡至此的，对不对？"

那孩子不知是被他绕迷糊了还是听呆了，只会随着他的话愣愣地点头。闻衡继续说道："你很聪明，听得懂我在说什么，对我二人没有敌意，只是心怀畏惧，怕那坏人追来牵连我们，也怕我们保不住你。"

范扬虽然不知道闻衡的心眼是怎么长的，但完全不妨碍他鼓掌叫好："公子智计过人，实在令人佩服。"

闻衡瞥了他一眼："我这手下不光拍马屁厉害，功夫也不错，你相信我们能护住你吗？"

范扬装模作样地干咳两声，悄悄挺直脊背以示可靠，闻衡说道："你可以慢慢考虑，是走是留都由你。不过外头天冷，今夜暂且先在这里将就一晚，好不好？"

他态度真挚，安排周全，铁人也要被他打动。小哑巴没有再挣扎，吃过饭后被范扬带去隔壁侍卫住的厢房里安置。待看着他睡下，范扬回来复命，主仆二人终得独处，他这才犹犹豫豫地问："公子，那小哑……小孩有什么特殊之处吗？"

"嗯？"

范扬问道："您不是一向嫌小孩子吵闹吗？也不爱管闲事，这回突然对这个孩子这么好，难道他是谁家流落在外的血脉？"

"平时少看点儿话本吧。"闻衡单手支颐，懒洋洋地靠在桌边，"不过要说特殊，也确实特殊——这孩子根骨上佳，是个学武的好苗子。"

"属下明白了。您这是起了爱才之心，想把他留在身边亲自教导。"

"我手无缚鸡之力，拿什么教人家？"闻衡说道，"孩子再小也是一条人命，不是想怎么摆布就怎么摆布的。今日他既然遇见了我，就是天无绝人之路，我救他一命，结个善缘也是好事。"

范扬不由得笑了："说来说去，果然还是公子心软了。"

"可以了，这又没有外人，别拍了。"闻衡递给他一封封好的信，

"你做好准备,以防有人上门寻仇,另外派人把这封信送回府中,跟我爹我娘他们报个平安,顺便替我带一瓶沃雪青竹丸来。"

沃雪青竹丸是王府密藏的解毒灵药,范扬惊讶地问道:"好端端的,怎么要用这药?公子——"

"我总觉得他不是天生的哑巴,倒更像是中毒。"闻衡难得露出一点儿不确定的神色,"不过我也不敢断定,倘若沃雪青竹没用,就只能等回京后再请大夫给他看看了。"

冬日里天黑得早,晚饭时又拖延了许久,待一切收拾停当,窗外夜色已深浓。闻衡下午听经时犯困,这会儿反而精神了。他闲来无事,索性披上外袍出了门,打算散步消食,顺便想想该如何安顿那孩子。

外面静悄悄的,不闻人语,纸灯笼只能照亮檐下方寸之地,好在今夜月圆,遍地银辉胜雪,他缓缓走下台阶,如同踏入轻纱铺就的河流。这本该是一幅清冷宁静的美景,闻衡刚在院中站定,却立刻蹙起了眉头。

循着窸窸窣窣的动静走去,闻衡看着与院子只有一墙之隔的马棚,难得地感觉到了一阵气闷。

那个按理说应当在侍卫房中安睡、令他费了些心思的小孩,正抱着稻草在马棚角落给自己搭出一个窝。初冬时节,夜风寒凉刺骨,他衣衫单薄,被冻得四肢抖似筛糠,可即便如此,也不肯乖乖听从安排。

那背影无言地透出孤独,还有种死不回头的固执。

闻衡从没遇见过这么油盐不进的孩子,有一瞬间被气得恍惚,然而正当他要开口时,心底里忽然生出一个念头:他对这孩子的在意看似毫无来由,可仔细想想,聪慧早熟、敏感固执……这些令他气急的特质是如此熟悉,闻衡像这么大时,他的名字也曾不止一次地和这些词汇同时出现。

换言之,当闻衡看着这孩子一次又一次地躲避退缩,何尝不是看到了自己闭门不出、自厌自弃的那些年的样子?

那么如今他好不容易找到了能够走下去的路，是不是也可以试着顺手拉别人一把呢？

"忙着呢？"

黑暗中，他冷不丁地开腔，把铺稻草的孩子吓了一跳。孩子转身一看，只见闻衡披着斗篷抱臂站在门外，月光下的侧脸宛如玉雕，虽仍带有少年青涩的稚气，可确实好看得令他自惭形秽，也温柔得令他心折又不舍。

他沉默地起身，明白自己犯了错，可不知该说什么，只好抱紧了怀里的稻草。

闻衡深吸一口气，用尽平生的耐心，迈步走进了马棚。

带着体温的斗篷落下来，像一片柔软的云裹住了他，闻衡并没有发脾气，只说："不冷吗？"然后他又说道，"刚想起来，还不知道该怎么称呼你，会写自己的名字吗？"

被冻僵的身躯得了一口暖气，终于开始慢慢化冻，他谨小慎微地抬眼看着闻衡，像怕一眼把他瞧没了似的，摇了摇头。

"那该怎么办呢？"闻衡轻声笑道，"白日里寺里的小师父说过，树上那些枣子是特意为过冬的鸟雀留的，没想到真有只小家雀来自投罗网了。"

"将来等你好了，再告诉我你的名字，在此之前，我先叫你阿雀，好不好？"

小孩霎时双眼一亮，难以置信地盯着他，虽口不能言，眼中的惊喜雀跃之情却快要溢出来。闻衡揉了揉他的头："你本来也不是小哑巴，能治好的。"

阿雀眼睛里的光变成了闪动的涟漪，他埋下头去，从胸腔里挤出颤抖的哭音。

闻衡突然问："你知道我叫什么吗？"

阿雀听范扬喊了他一路的"公子"，又见寺中僧人都对他毕恭毕敬，他身边还带着许多侍卫,想来是大户人家的少爷。这样善良的人,干干净净的,合该一辈子富足平安,更不应该被他牵累才对。

"知道如今是谁家的天下吗?"

阿雀心中刚默默浮现一个答案,就听闻衡说道:"我姓闻,单名一个衡字。"

闻是当朝国姓,阿雀就算再傻,也知道闻衡这两句话是什么意思。他的心突地猛跳一下,立即想起从小到大听到的故事:看见了大官,不管三七二十一,先跪下总是没错。

闻衡的手一直没离开他的肩头,阿雀刚双膝一弯,便被闻衡一把托住:"不用。什么时候心甘情愿地跟着我,再来磕头也不迟。"

这一跪到底没跪下去,阿雀被闻衡扶着站稳,还有点儿茫然。

"我不晓得你到底遇见了谁,经受了什么事,但不管是何方神圣,看在我这个姓氏的分儿上,起码能争取一线回旋余地。"闻衡在他的脑门上轻轻弹了一下,语气漫不经心,说出的话却十分郑重,"你信得过我,就留下来。"

阿雀眼圈发烫,月光透过茅草棚顶的缝隙落在他的眼睛里,波光潋滟,居然又要哭。闻衡赶紧抬手在他的眼睛上按了按:"快停,不许哭,跟我回去睡觉。"

十五岁的少年身量已接近成人,闻衡的斗篷裹在小豆丁阿雀身上,仿佛一床过大的被子。走出马棚短短数步,他被绊倒三次,最后闻衡实在看不下去了,干脆将阿雀抱起,扛回了客房。

这间客房是专门为常来保安寺烧香的庆王妃准备的,因是自家出钱修缮,格局比其他房间更大,分里外两间,外间有供仆从值夜的床榻。闻衡将他往榻上扔去:"今晚只好跟你范大哥挤一挤了。此人鼾声如奔雷,我给你找两个棉花团,你把耳朵堵上吧。"

范扬好容易把诸事安排妥当,刚进屋就听见闻衡揭他的短,都顾不得深究本该睡下的阿雀怎么出现在这里,立刻叫屈道:"属下只是偶尔打鼾,已经算是很轻不扰人的了!公子这是夸大其词,真叫属下伤心。"

"听听,"闻衡凉凉地说,"听听这嗓门,自己耳背,反而怪别人冤枉他。"

阿雀缩在斗篷里,只露出一双笑得弯弯的眼睛,闻衡把一缕乱发替他从眼前拨开,声音随着烛光一起低了下去:"好了,早点儿睡,乖。"

这句话好似一团轻柔的困意,将阿雀的不安妥帖地包裹起来。阿雀在他的目光中合上双眼,沉沉睡去。范扬轻手轻脚地将闻衡送到里间门口,用只有两个人能听见的声音说道:"世子,都已安排妥当了。"

"好。"闻衡点头,低声叮嘱,"今夜警醒些。"

范扬早已习惯闻衡多思多虑的性格,对他的吩咐一向言听计从,因此夜里始终绷着根弦,不敢彻底熟睡。

然而直到天将明,晨光姗姗来迟,也没见寺里有何异动。范扬打了个哈欠,翻身下床,没有惊动还在熟睡的阿雀,去里间请闻衡起身更衣。谁知闻衡起得比他还早,正披着外袍坐在床边出神,眼底乌青,挂着一脸没有睡好的憔悴之色。

"您这是怎么了?"

闻衡三更时分被噩梦惊醒,醒后头痛欲裂,心中生出一股不明缘由的隐隐不安感,甚至已无心在范扬面前掩饰,皱着眉问:"昨晚派出去的人呢,回来了吗?"

范扬回道:"应该到了,属下这就去看看。"

闻衡疲惫地"嗯"了一声,范扬匆匆离去,衣角带起一阵轻风,把睡在床榻内侧的阿雀也吹醒了。

他颠沛流离了好些天,一时竟有些不知今夕何夕,睁着眼想了很久才发觉这不是梦,高兴得一个鲤鱼打挺坐起来,恰好撞进门外闻衡望过来的眼里。

阿雀怔了怔，兴奋之色顿敛，有些窘迫无措地垂下了眼。闻衡冲他招了招手，他一骨碌从床上翻下来，飞快地穿好鞋子跑到他身前，仰头"啊"了一声。闻衡"嗯"地应了，伸手揉了揉他睡得蓬乱的头发，像是摸到了小鸟细软的绒毛："睡得还好？"

阿雀点头如啄米，又伸出一根手指在眼底分别划拉两下，是在关心他睡好不好。闻衡也知道自己的脸色大概不算好看，不然不会让阿雀一个小孩子也察觉出不对。他勉强笑了一下，避而不答，又问道："你昨晚在外面被冻了很久，觉得身上哪里不舒服吗？"

阿雀连忙摇头，还努力挺直身板，仿佛生怕给闻衡多添一点儿麻烦似的。

他乖巧固然是很乖巧，可不是这么大的孩子该有的样子，叫人看着不觉得舒心，反而有些堵心。闻衡暗自记在心里，想着日后要给他改一改，嘴上叮嘱道："若是难受，一定告诉我，不要瞒着。"

"世子！"

范扬急匆匆地推门而入："昨晚被派出去的人还没回来。临行前属下特意叮嘱过他务必速去速回，从保安寺到京城来回一趟，快马加鞭四个时辰怎么也够了，该不会——"

他被闻衡的谨慎态度影响，稍有风吹草动就怕出事，闻衡反而比他镇定，说道："先别急，或许是路上遇到什么事耽搁了。你派个人往京城方向去，迎一迎他。"

"是。"

范扬领命而去。他刚出门，闻衡脸上强提起的一点儿冷静神情就散了，闻衡皱着眉怔怔出神。不知过了多久，外面蓦然响起深沉悠远的钟声，将他飘荡在九天之外的思绪拉回。闻衡低头一看，才发觉阿雀一直安静地站在他的腿边，不知道已等了多久。

"怎么不去坐着？"闻衡被寺庙的早钟提醒，才想起还有吃饭这回事。他捏了捏鼻梁,对阿雀说道:"一时走神。你先去净手,待会儿会有人送早饭过来。"

阿雀就像个低眉顺眼的小丫鬟,一令一动。他正要走向外间脸盆架时,门外忽然传来跌跌撞撞的脚步声,高大的人影一头撞进门内,刹那间裹着血腥味的冷风呼啸着灌进屋内,挣扎间飞散的鲜血溅在地上,像一枝开在灰烬里的梅花。

"啊——"

"怎么了?"

尖叫声惊动了闻衡,他快步从窗边走过来,就见昨夜被派出的王府侍卫周身染血,面朝下栽倒在地上,手脚不住痉挛,仍挣扎着试图爬起来:"公子……"

闻衡冲上前搀住他,一时惊怒交加:"怎么伤成这样?出什么事了?来人!"

"快逃……公子,快……快逃……"

阿雀与闻衡一起扶着那侍卫,两个人离得极近,因此他清晰地察觉到一阵不属于自己的颤抖。闻衡如遭重击,咬着牙问:"什么意思?说清楚!"

侍卫身上布满深浅不一的伤口,更要命的是受了极重的内伤,一开口就有鲜血从口鼻处不断涌出。他赶回来已是拼尽全力,此刻声音更虚弱得难以让人听清,仿佛是从地狱深处逃生的魂灵,喃喃吐露着垂死谵语:"王爷……昨日入宫,就再也没出来过。半夜禁军……喀喀……带人抄家……王妃重伤垂危,叫我给公子报信,现在他们正在大肆搜捕公子,马上……马上就要追过来了……"

闻衡脑海中"嗡"的一声。

阿雀听得半懂不懂,但知道是出了大事,连跑带跌地冲到门口呼救,却只能徒劳地发出"啊""啊"的嘶吼声。他急得恨不能剖开胸膛,把"救命"两个字掷出惊天动地的动静,可越是用力,声音越是微弱,到最后已经只剩气音,竟如鸟雀濒死,活生生地从喉咙里呛出了一大口鲜血。

住在附近的僧人最先赶到,赶紧叫人去请方丈。片刻后杂乱的脚步纷至沓来,范扬拨开人群扑上前来,手忙脚乱地按住那侍卫的伤口,着急地问道:"这是怎么了,出什么事了?公子!公子,您别吓我……您说句话啊!"

闻衡像是被活活冻住了的人,五感全失,唯有一缕幽魂般的神志尚在半空中飘荡。

他不期然地想起昨夜的梦境,他父亲与母亲双双坠入深不见底的河流,他在及膝的荒草中拼命追逐,却如同踏入泥淖,越陷越深,直至没顶,最后在窒息中醒来,一抹脸,发现全是冰冷的泪水。

祸福有兆,正应在今日。

侍卫受重伤,阿雀吐血,闻衡状若失魂,范扬险些当场疯了:"怎么回事?谁告诉我这究竟是怎么回事?!"

慧通方丈排众而出,从范扬怀中接过那侍卫,一手搭脉,一手抵住他的背心灌注真气助他疗伤。范扬已慌得六神无主,只会眼巴巴地盯着他的动作。可片刻后,慧通松开了手,低低念了声"阿弥陀佛"。

范扬:"什……"

其余僧人亦随声齐诵"阿弥陀佛"。

悠悠佛号中,许是因为慧通方丈灌注的真气发挥了微弱作用,那侍卫蓦然生出一股力气,挣扎着抓住范扬,手指甚至抠进范扬的小臂肌肉当中,扎出五个血迹斑斑的小洞:"快走……带公子走,王爷王妃都没了……他们要灭口……快走!"

范扬猝不及防,竟被他推得后仰。那侍卫交代完最后一句话,终于油尽灯枯,彻底撒手而去。范扬怔怔地坐在地上,双目通红,哽咽半晌,终于忍着泪爬起来去扶闻衡:"公子……"

闻衡整个人只剩一具空壳，茫茫然地顺着他的力道站起来，哑声吩咐道："范扬备车，不，备马……我们即刻回京。"

"公子，"范扬悲从中来，"不能去，京城是决计不能回去了。"

闻衡倏地扭头，仇视地瞪着他，厉声道："我爹娘还在京城，为什么不能回去？"

"世子！"慧通突然抬高声音，灰白长眉下目光锐利如电，竟一时将闻衡钉在了原地，"这位义士奉王妃的命令，拼死突围回来报信，世子是王府仅存的血脉，你若折进去了，还有谁能查清其中蹊跷，为王爷王妃正名，谁能替这些枉死之人求一个公道？"

"不……不对……"闻衡神思都陷在狂风巨浪之中，此刻却敏锐地抓住一丝异样，"他们要找什么？方丈，你知道什么？"

慧通方丈等的就是这一刻，出手如迅雷，双指疾点他的胸口处睡穴。闻衡眼前骤黑，登时失去知觉，一头栽倒在范扬的肩上。

范扬哪里想到慧通会在此时出手，大惊失色："方丈！"

慧通方丈肃容道："追兵将至，事不宜迟，范侍卫请带世子从本寺后门离开。"

范扬跟了闻衡数年，已经习惯闻衡指哪儿他打哪儿，毫无主见可言。此刻闻衡倒下，他就像被人抽走了主心骨，一时慌乱无措，不知该如何是好，只能抓着慧通方丈问："世子是土生土长的京城人，在下亦是王府家生子，我们还能投奔到哪里去？求大师指点一条明路！"

慧通方丈略一思索，说道："此去向西，正是孟风城。"

"孟风城……孟风城万籁门！"范扬眼前一亮，"是了，柳门主是世子的亲舅舅，王府遭此大难，万籁门绝不会袖手旁观！"

几句话的工夫，余下侍卫已套好马车赶到院外，慧通方丈将范扬送至门外，对众侍卫说道："庆王殿下唯一血脉，便托付给诸位了。"

"老衲不知今日何事，亦不曾见过何人。"

范扬在车上安置好闻衡,又将阿雀一并抱进车厢,虎目含泪,对方丈说道:"大师放心,在下纵然粉身碎骨,也必保世子安全无虞。"

他朝门内的斑斑血迹望了一眼,复哽咽着说道:"我那兄弟,烦请贵寺代为安葬。今日我们出逃,势必会给保安寺惹来大麻烦,无端连累诸位,实在愧疚。"

他情知此去或许终生再难回到京城,更难预料日后吉凶,这一次受慧通方丈救命之恩,恐怕以后没有机会偿还。他有万语千言哽在喉中,却来不及开口,于是拂衣下拜,结结实实地朝慧通方丈磕了三个响头。

慧通方丈口诵佛号,微微躬身还礼,说道:"十五年来,保安寺深受王府恩惠,从未有一日忘怀。今日王府蒙难,老衲自当竭尽全力为世子周旋。"

范扬再难自禁,热泪滚滚而下。他用力抹了一把脸,跃上马车,对方丈说道:"倘若侥幸逃得性命,来日必来拜谢方丈大恩,后会有期!"

"驾!"

王府数骑护卫着马车一路向西疾驰而去,马蹄扬起滚滚烟尘,车声渐远,终至不闻。

西北风卷着浓云呼啸而过,天色阴晦,大雪将至。

保安寺内,慧通方丈遣僧人收殓死去的侍卫,自己则一一检查闻衡和众侍卫所住的厢房、客院,关门落锁。

做完这一切,他回到大殿内,独自在蒲团上坐定,就着满殿摇曳不定的烛火,默诵起《地藏经》。

他闭目静定之时,万籁俱寂,除了他自己喃喃念诵的经文外,还有深深浅浅的脚步声、马蹄声、吹过利刃的风声,正不约而同地涌向这间小小的佛堂。

无人的客院内,两只灰雀落在高大的枣树上,"啾啾"啄食着枝头挂了霜的果子,没过多久,其中一只忽然扑棱着翅膀飞起,然而没飞多远，便在半空骤然僵死，"啪嗒"一声跌落在寺庙墙外。

另一只虽然还紧紧抓着树枝，却再也不会叫，再也飞不起来了。

一双布满尘土的靴子踢开灰雀的尸体，似乎踟蹰了片刻，最终掉转脚步，朝着保安寺款款行去。

第二章
惊变

当日午后,一队黑甲骑士在保安寺门前勒马驻足,为首者打了个手势,余者立刻整齐散开,将整间寺院团团围住。

此中唯一一个未着甲胄的紫袍人策马上前,喊道:"敲门。"

领兵的是皇城兵马司提司蔡越。他奉皇帝密旨前来捉拿庆王遗孤,自以为深受器重,孰料皇帝还派了内卫随行。他这堂堂提司反倒沦为内卫的陪衬,因此心中颇有怨气,嘴上也不自觉地带出几分阴阳怪气意味:"一个手无缚鸡之力的病秧子,抓他不费吹灰之力,何必劳动陆大人亲至?您未免也忒小心了。"

陆清钟不苟言笑,亦不为所动,淡淡地瞥他一眼:"蔡提司从未听过东阳长公主寿宴之事吗?闻衡虽然手无缚鸡之力,可身边跟着的都是庆王精挑细选的高手,连褚家剑派都输在他们手下,万一他们在此间设伏,你我不小心谨慎些,焉能全身而退?"

一席话严丝合缝,蔡越毫无还嘴之力,气得扭头骂叫门的军士:"还磨磨蹭蹭的作甚？！你是存心要放跑那逆党余孽吗？"

陆清钟听他指桑骂槐不成样子，皱起了眉头。恰在此时，小沙弥来开门，见到杀气腾腾的黑衣甲士，不由得瑟缩，紧张地双手合十道："各位施主远道而来，家师请入内一叙。"

蔡越高声喊道："保安寺方丈何在？本官奉旨捉拿庆王逆党余孽，敢窝藏包庇者，与谋逆同罪！"

话音未落，他旁边的陆清钟干脆利落地翻身下马，不紧不慢地上前对那小沙弥说道："有劳了。"

蔡越："……"

他虽是皇城兵马提司，有调兵之权，可陆清钟乃大内九大高手之一，位同三品职官，他就算再想撒泼，面上还得尊重陆清钟的意思。

对蔡越而言，姓陆的这人此举不啻把他按在地上踩了一脚。然而权势比人大，陆清钟不出声，他亦不能擅动，不得不低头下马，骂骂咧咧地跟在陆清钟身后走进了保安寺。

佛堂里灯影幢幢，在这明灭不定的灯光中，佛祖金身巨像显得尤为幽深高大，更映衬得佛前的慧通方丈单薄瘦削。

陆清钟进得佛堂，先对佛像拜了三拜，才转向慧通方丈，客客气气地说道："在下陆清钟，奉陛下圣命前来，还望庆王世子出来相见。"

慧通方丈双手合十行了一礼，也不与他虚与委蛇，直白地说道："阁下执杀人刀而来，鱼肉安敢与斧钺相见？"

陆清钟没料到他连装都不肯装，打量完大雄宝殿，又打量了一番眼前的老和尚，心中一时犹疑不定，不知道闻衡到底唱的是哪出戏，于是运起内力，抬高声音喊道："陛下已发旨令禁军搜捕逃亡犯人，躲藏无益，不过是虚耗时间罢了，世子若不想连累旁人，就请速速现身，随我回京！"

他以浑厚内力送出声音，响彻佛堂，如洪钟长鸣，回音不绝。蔡越站得近些，被吼得耳畔嗡嗡作响，心中烦恶，不由得后退几步。慧通方丈却岿然不动，丝毫不受影响，以寻常音量说道："久闻青雕堂'鹤唳碧霄'盛名，而今一见，果然不凡。"

陆清钟心中重重一跳，暗忖道：这老和尚如何认得这门功夫？

青雕堂是博州一个小门派，其功法中有一门"鹤唳碧霄"，是以秘法用内力将声音送出，听者武功高，心神便不容易受激荡；若没有武功的人听了，轻则耳鸣不止，重则七窍流血。陆清钟露这一手，是存心要给闻衡一个下马威，让他知道厉害，及时服软。谁承想到闻衡没露面，倒试出一个深藏不露的慧通方丈来。

陆清钟声名未显即入大内，知道他的出身师承的人极少，青雕堂在江湖上亦非声名显赫之门派，无论从哪方面来看，都不该被山野寺庙中的一个老僧轻易道破。陆清钟早知道闻衡对江湖各派武功心法都有涉猎，此刻更加怀疑闻衡就藏在寺中。他一试不成，便明白慧通方丈决意阻拦，干脆不再假客气，直言道："陆某忝居京中十载，不知道保安寺竟藏着如此高手，今日大师既然执意阻我，陆某便来领教大师的高招。"

慧通方丈说道："承蒙施主抬爱，说来惭愧，贫僧皈依时曾于佛前立誓，此生不动刀兵，不与人争胜。"

陆清钟问："大师此言，是甘愿束手就擒了？"

慧通回道："非也，此间佛堂布设了火油火药，陆施主若执意逞凶，保安寺全寺也只好与诸位同归极乐。"

陆清钟怔了怔，片刻后哑然笑道："我却是没想到，保安寺方丈的行事作风，竟比我这个俗世凡人还要凶悍。"

他想了想，提议道："既然如此，你我便比过一场，倘若大师技高一筹，我便就此罢手，放世子一条生路，如何？"

蔡越一听这话急了，忙出声道："陆大人！那可是逆贼余孽，你敢抗旨不成？"

陆清钟森然笑道："陛下问起，我自然有话回，轮得到你来多管闲事？滚开！"说罢他一掌推去，袍袖鼓荡，将蔡越拍得直飞出大殿，落进殿外待命的人堆里。

他虽是内卫，脾气上来时却颇有武痴风范，既已打定主意要与慧通比试，谁都不能阻拦，当下"呼"地拍出一掌："闲人已去，该我向大师讨教了！"

慧通长叹道："天道轮回，因缘前定，合该如此。"他亦一振僧袍，飞身迎上陆清钟，与陆清钟对了一掌。二者内力相接，气浪翻涌，虽是试探，却也使出了五六成工夫，各自心中一讶，同时向后跃开。

陆清钟心道：这老和尚内功竟如此深厚，掌法亦前所未见，不知是什么来路？

慧通却心想：陆清钟位列大内高手第六，内力已如此雄厚，不知前面几位该何等厉害？今日难逃一死，唯有舍命拖延，或可为世子挣得一线生机。

他二人思忖方定，心中各有打算，竟同时出手抢攻。陆清钟平生所学，除师门青雕堂武功外，还有大内密藏《天河宝卷》和许多别派功法。《天河宝卷》是天下第一等内功秘籍，内书堂所藏功法皆是上品，陆清钟潜心研究十余年，已称得上世间顶尖高手。可慧通不过一介乡野老僧，竟能与他斗得难分高下，且掌法之凌厉迅捷，赫然如剑气纵横，前所未见，数次将陆清钟逼退至佛堂门前。

陆清钟拼着自家内力深厚，施展开"天地惊涛"，接连劈出四掌，内力汹涌如滔天巨浪，层层叠叠地压向慧通。慧通长髯飘飞，不退反进，与他在空中连对四掌，每一掌便前行一步，恰似劈山分海，待送出第五掌时，人已至眼前，这一击若躲不过，陆清钟的天灵盖势必叫慧通击得粉碎。

陆清钟硬拼不过，向后急跃，跳出槛外，只觉气海被那五掌激得隐隐生痛。回想起方才的危急情状，他不由得叹道："多谢大师掌下留情，在下技不如人，输得心服口服。"

慧通方才临到关头突然收掌，被自己的内力反噬，胸口亦闷痛不止，站定片刻后方说道："承让。"

方才那一刹那，陆清钟后退的时机略差分毫，若非慧通及时收掌，他断不可能还毫发无损地站在这里。

陆清钟既被逼出佛堂，便算落败，于是谨守承诺，不再踏入一步，只站在门槛外说道："我观大师掌法，萧瑟凌厉，剑气逼人，是在下平生仅见，敢问大师尊姓大名，师承何处？"

慧通客客气气地婉拒："无名小卒，不足挂齿。"

陆清钟怅然叹道："大师不愿告知，我也不便多问。只是在下曾听说密州延陵派有一门失传已久的'八极剑法'，称绝一时，可惜今后无缘得见了。"

慧通沉默不答。

陆清钟说完这么一句闲话，便不再逗留，转身下阶，遥遥高声喊道："陆某今日愿赌服输，望世子好自为之！"

佛堂的门扉在他身后缓缓闭合，掩去一室跃动的烛火。

蔡越眼睁睁地看着到嘴的鸭子飞走，简直要被这胡来的武疯子气死了。然而他刚才生受了陆清钟一掌，知道这人惹不得，只好含恨追上陆清钟，命手下整队撤出保安寺。

佛堂内，慧通身形微晃，跌坐在蒲团上。他枯瘦的手指微微发抖，一粒一粒地拨动檀木念珠，喃喃默诵经文，任凭心口处的黑线沿着经络走遍四肢百骸，飞快地侵蚀着他的经脉内脏。

陆清钟虽然守信放过了闻衡，却没说会放过慧通一命。二者比试之时，慧通本可以将陆清钟当场毙命，然而终究心软，反倒给了对方可乘之机。

不知道陆清钟给他下的是什么毒，将死之际，他不觉得有何痛苦，反而感受到一阵融融暖意，似乎又回到延陵温暖的春日，山上野花遍地，蜂蝶纷飞，他和师兄师妹尚且青春年少，每日在一处学武，相约长大后策马仗剑，驰骋江湖。

可世事如烟云，转眼间人事俱非，他闭关三年，剑法大成，重见天日后听到的第一个消息，是师妹已与别家少侠成亲。

那时他心高气傲，不肯承认自己心中难过，一怒之下离开门派，远走他乡，渐渐在江湖上闯荡出一些名声，也被人称一声"大侠"，还受邀参加了司幽山的论剑大会。

他与昔年故人再度重逢，是意料之外，也是意料之中的。他原以为数年已过，早已放下旧事，然而事到临头，才发现既高估了自己，也低估了"情"字。

既悲且喜，情比烈酒更醉人。他仗剑登台，施展平生所学，"八极剑"石破天惊，赢得满堂喝彩。也许是他的心思藏得太浅，他又不懂得掩饰，叫人看出了端倪，于是好事者撺掇师妹的丈夫登台比剑，与他在千百道目光中遥遥对峙。

那是他最认真，也是此生最不愿回忆起的一次比剑。

他明明没有醉，却走火入魔，明知道那个男人绝非他的对手，还是刺出了锋锐难当的一剑，剑端端正正地穿胸而过。

他从交口称赞的"少年英才"到被万众唾弃的阴邪小人，只需这一剑。

他被怒气冲天的掌门师兄一掌从高台击落，断了好几根肋骨，从不离身的长剑被人折断丢弃，可这些都比不过他眼睁睁地看着已经身怀六甲的师妹抱着丈夫的尸身，从崖边一跃而下的锥心之痛。

看在昔年同门的分儿上，掌门师兄没有对他痛下杀手，只将他逐出延陵派门户。他拖着病体，一路流浪至天守，最终被前任保安寺住持点化收留。少年剑客和惊艳的"八极剑"，以及那些含而未露的心事，都如烟花朝露,只闪烁了一瞬,就转身遁入了寂静的山野古寺之中。

日子如流水一样飞快流逝,就在慧通自己都快要忘记那些血色斑驳的往事时,一个满身风尘的侍卫敲开了保安寺的山门。

那时他看着破旧的门匾,恍惚想到,假如师妹还在人世,她的孩子如今也该到成家立业的年纪了。

一念成佛,庆王闻克桢的长子闻衡便在这座小庙中降生。慧通如一潭死水的人生里似乎短暂地被春风扫了个边,得了一口活气,令他机缘巧合地在人世间偷生了十五年。

然而几十年前种下的因缘,原来到今日才结出最后一枚果。

门轴滞涩地"吱呀"一响,小沙弥悄悄推开佛堂大门,叫了声"师父"。

那声音稚嫩无邪,响在耳畔,正与脑海中旧时画面重叠。他仿佛又回到了延陵,满山芳草野花,在款款春风里拄着木剑,朝远方脆生生地喊:"师父!"

小沙弥没有等来答复,轻手轻脚地走到慧通面前,却见方丈双目紧合,嘴角含笑,早已气息全无。

他惊怔不定地去探方丈的鼻息,终于崩溃大哭起来:"师父!"

今岁初冬的第一场大雪,就在他颤抖的哭声中悄然降临。

第一场大雪由北向南席卷了半个中原,北风凄厉,天门县城外,官道上行人几乎绝迹。城门虽只开了半扇,仍有士卒往来巡逻,询问盘查,可见守卫森严。

城郊五里外有座荒坡,背风处建着一座花神庙,年久失修,已成危房,今日却有驾空马车停在门外,屋后还拴着几匹高头大马,正是从保安寺中仓皇出逃的闻衡一行人。

那日闻衡被方丈点晕送走,只昏迷不到两个时辰便自行醒转。范扬已经做好被他痛骂一顿的准备。任谁小小年纪骤遭丧亲之痛,都免不了摧心伤骨、五内俱崩,连范扬自己都不敢相信这晴天霹雳般的噩耗,遑论还未成人的闻衡。可闻衡既没发脾气，也没孤注一掷地执意回京。他似乎已经在短短两个时辰痛不欲生的情绪里接受了事实，有条不紊地命众人点清干粮和财物，又派侍卫去前方城镇打探消息。

他们逃亡的第一夜尚且平静，甚至令人频频怀疑这一切不过是个荒唐的噩梦。然而第二日他们前脚出城，后脚全城戒严，险些跟搜捕的官兵迎面撞上。海捕文书铺天盖地，闻衡从金尊玉贵的世子到亡命天涯的余孽只用了短短两天，他甚至还没想明白究竟是哪里出了差错。为什么庆王竟会因"贪腐""谋叛"这种听起来就荒唐的罪名被秘密处决，王妃又为什么死守王府不肯出逃？为什么光抄家不够，官府还要这样大费周折地来追捕一个连武功都不会的废物少爷？

破庙里四处漏风，闻衡坐在稻草上，拿着侍卫从城中偷撕回的通缉令怔怔出神。在冰天雪地里能有个屋檐容身已是万幸，几天来的逃亡生活令他放下了一切讲究习惯。耳畔除了北风呼啸，还有杂乱的脚步声，侍卫们或喂马，或拾柴，都在忙碌，却不闻片语闲言，俨然个个如惊弓之鸟，心生警惕，没有闲话的心思。

范扬在旁边假装忙碌，实际上不住地偷眼看闻衡。闻衡有所感应，也知道他心里担忧自己，却不想和任何人倾诉，只漫无边际地想：倘若不是被我拖累，他们早该与父母妻儿共享天伦之乐，何须背着杀头的罪名在这冰天雪地中苦挨？

他又想道：若我那日没去保安寺，此时早与爹娘在地下团聚，身后名声又有什么要紧？总好过一人孤苦伶仃地活在这世上。

他这样想着，竟被自己说服了，越发觉得死是解脱，既令自己免受锥心之痛，也不必继续连累范扬他们，正是两全其美的好法子。

闻衡近来阴郁消沉，每天被"无能为力"四个字戳得睡不着觉，难得冒出个可行想法，一时半刻都等不得，当即挣扎着起身，打算出门找一件称手兵器。

也许是坐得有点儿久,他脚下发飘,一站起来眼前直冒金星,不过这都不妨碍他带着解脱般的轻松心情慢慢地踱到门边,扶住花神庙破得仅剩半扇的大门。

才刚要迈出第一步,闻衡忽然瞥见野树林子里钻出个满头是雪的小不点,手中拎着个与他瘦小的身板极不相称的大竹篮,艰难地蹚着雪朝范扬跑过去。他不会说话,只能伸着被冻僵的手努力举起篮子,范扬揭开布一看,犯难紧皱的眉头顿时舒展,夸赞道:"好,太好了,多亏了你!"

闻衡盯着这画面思索了半天,才恍惚地反应过来,那是阿雀。

那个他从保安寺里捡回来的孩子,那个被他天花乱坠的承诺说服、为他呼救至椎心泣血的小哑巴,被方丈顺手送上了逃亡的马车。这些天里他浑浑噩噩,在车中都是跟阿雀对坐发呆,吓得阿雀始终不敢近前。他原本说好要给阿雀一个衣食无忧的前程,没想到到头来全成了泡影,阿雀陪着他东奔西逃,反而比原先流浪还要辛苦。

闻衡忽然又想到,他一死能让好多人解脱,唯独阿雀是个没有去处的小可怜。

"阿雀。"闻衡哑着嗓子叫他,等他小跑着来到自己眼前,伸手拂去阿雀脑袋上的雪花,问,"干什么去了?"

阿雀难得见他理人,高兴地张着手给他比画。闻衡艰难地看明白了,阿雀是说他去村里替他们买了些干粮回来。他自觉出了一份力,心情颇好,甚至希望闻衡能像范扬一样夸他一句,可没想到闻衡脸色骤变,几乎是震怒,握住他的肩头的手明显一紧,厉声道:"范扬!"

范扬被吓了一跳,赶紧过来,不明所以地问:"公子,怎么了?"

"你让他去附近买干粮?"闻衡强压着怒意问,"你怎么想的?"

范扬一下被他问住了,愣了片刻才回道:"属下是想,阿雀年纪小,出去不会惹人怀疑,所以才……"

"你也知道惹人怀疑!"闻衡终于火了,"我们如今是什么处境?

万一遇见了追兵，你是不是还指望他跑回来给你报信？"

范扬被他质问得低下头去，低声回道："属下知错了。"

闻衡冷冷地说道："别以为我不知道你打的什么主意，更不必枉做小人。若是因我累得你身不由己，倒不如直接一刀给我个痛快。"

如今通缉令和海捕文书满天飞，他们不能进城，又缺少吃食，只能另想办法。范扬确实打了点儿小算盘，王府侍卫与人打交道随时有暴露的风险，而阿雀只是个小孩子，又是个不会说话的小哑巴，办事比他们还方便一些。

再者，阿雀毕竟不是庆王府的人，就算真的有那"万一"，死了也不过是个没有来龙去脉的小乞丐，于他们而言其实不算什么损失。

阿雀年纪小好糊弄，又一心想报答闻衡，范扬几乎不用费力就说服了他，料想他不会去向闻衡告状，却没想到闻衡一眼就看穿了自己的打算。

范扬被闻衡当着阿雀的面点破心思，既羞愧万分，又深感他话中潜藏的爱惜之心，头几乎要埋进地里："公子息怒，属下知错！"

阿雀不懂他们这些弯弯绕的心思，还没意识到闻衡是为自己生气，还以为是自己办事不力惹他不快，连累范扬受罚，慌里慌张地去拉他的衣袖，试图向他解释自己很小心，没有带来追兵，然而越是复杂的意思越是难以靠比画传达出来，阿雀急得眼泪都出来了，跟睫毛上融化的雪一起"啪嗒啪嗒"地往下掉，看上去又狼狈又可怜。

闻衡一把将他拉进怀里，用力地搂住了他瘦小颤抖的身体。

"不怪你……是我没……"

闻衡喃喃的低语里仿佛掺了一把沙，滚烫的呼吸落在阿雀被冻得青白的皮肤上，那温度几乎灼人。阿雀慌得不知如何是好，一动不敢动，整个人原地僵成了一块冰雕。直到搂住他的手陡然一松，少年身形如山崩，忽地倾倒了下来。

"公子！"

高热昏沉之中，闻衡感觉有人将他搬到粗糙的稻草上，那些干草并不柔软，甚至有点儿硌人，烟灰和尘土的气味直冲天灵盖，还有篝火也驱不散的寒冷阴风……这些感觉无不令他感到陌生，可陌生之外，又那么珍贵，珍贵得令他想要放声痛哭。

这是"一线生机"。

他已经堪堪走到"死"的边缘，然而就在责问范扬的话脱口而出之后，闻衡忽然想明白了一件事。

他怨恨命运巧合，遗憾为什么自己没有和王府一道同归于尽，却没有想过保安寺是这场劫难的出口。每年冬日进香雷打不动，这本来是王妃的差事，唯有这次她病的时机如此凑巧，她非要把闻衡一竿子支到荒郊野外的寺庙中——

王妃如此煞费苦心，简直就像是早已预料到即将到来的灭顶之灾，所以抓紧机会把最牵挂不舍的人安排好，让他避开旋涡中心。哪怕从此以后，他将再也没有双亲庇佑，要独自面对此生未知风浪。

闻衡责怪范扬不该让一个孩子去为他们冒险，却从未仔细想过，在王妃眼里，他也是一个没有自保之力的孩子。

而阿雀是一面镜子，直白地映出闻衡自己，是那个他最痛恨、明明想要做些什么却什么也做不了，却依然被人宽容庇护的自己。

他竟然还想着去死。

闻衡骤然悟透死生之境，悲喜交加，心绪激荡，本来就微弱如风中残烛的清明意识终于不堪重负，他眼前一黑，彻底晕了过去。

不知过了多久，闻衡再度从昏迷中苏醒。随着知觉恢复而清晰起来的，还有不远处锋刃破风的尖啸声和不时响起的痛呼声。

他心中打了个突，谨慎地没有睁眼，闭目屏息静听，果然在一片嘈杂声之中听见范扬高声喝骂："狗贼厚颜无耻！有种就出来与爷爷打过，乘人之危算什么英雄好汉？！"

一个苍老的声音"嘿嘿"冷笑道:"捉拿朝廷钦犯,还讲究什么江湖道义?"

打斗声四散在破庙各处,对方听起来似乎人多势众,且武功不弱,与王府侍卫斗得难解难分。闻衡试着屈了屈手指,倒是还能动,只是身上每个关节都酸软发痛,太阳穴更是疼得犹如针扎。他咬牙忍耐片刻,待熬过一阵头疼,这才后知后觉地意识到自己大概是发烧了。

他无暇关心自己的身体,只能趁这仅存的喘息之机抓紧时间思索对策。然而闻衡毕竟没有武功,无法隐藏气息,呼吸声落在修为高的人耳中,对方便知道此人已醒了。正当他疯狂思考该如何解困时,一柄冰凉长剑已如毒蛇般贴上了他的喉头,那个苍老声音说道:"小王爷既然已经醒了,不妨起来看看你这些手下是怎么被打成落水狗的。"

"喀喀……喀喀……"

闻衡捂着心口闷咳数声,撑着泥土地面艰难地坐起,好似下一刻就要断气一般,捎着虚弱嗓音问:"阁下面生,敢问是哪一路英雄好汉?"

他这一晕就晕了一下午,寺中篝火已暗淡下去,好在外面仍有微弱天光,令闻衡得以看清来人全貌:那是个矮小老者,衣着破烂,白发蓬乱,鹰钩鼻、下垂眼,天生是副阴沉面相。老者腰间别着一把牛皮鞘单刀,刀柄处擦拭得很干净,想来这才是他的正经兵器,手中剑不过是从旁人处得来,暂且用来威吓人。

"这小子临危不惧,倒还有几分硬气。"那老头阴森森地笑道,"既如此,也不怕告诉你,天门城黄鹰帮,今日你折在我手上,也死得不冤。"

"原来是黄鹰帮。"闻衡点了点头,思索良久,诚恳地说道,"果然没有听说过。"

那老儿闻言,登时脸现怒色,狞笑道:"黄毛小儿不识好歹,我先废你一臂,叫你知道我的厉害!"说着他挥剑向闻衡斩来。

那头范扬以一敌二苦苦支撑,已渐露颓势,此刻眼见闻衡被人攻击,目眦欲裂，当即不顾敌人攻势，立刻返身提剑来救："公子！"

只听"扑哧"两声，背后两刀同时袭来，一刀砍中肩胛，一刀刺中右腿，范扬躲闪不及，踉跄栽倒，拼死将手中的长剑掷出，然而力气终究有限，被那老头轻松挥手挡开。就在此时，另一道人影自香案阴影后冲出，飞身扑倒闻衡，强拖着他在地上滚了半圈，以身体为屏障，为他挡去了背后刺来的剑尖。

老头没料到半路会杀出个程咬金，先是愣了愣，再定睛一看那人，不由得"嘿嘿"发笑，不无嘲弄地说道："小王爷倒是养了两条忠心耿耿的好狗。"

闻衡顾不上被撞得发疼的肋骨，抱着怀里瑟瑟发抖的阿雀坐起来，哑声说道："先生且慢动手！在下有一言相告。"

"老弱病残"四个字中，他们主仆占了三个，弱势得甚至有些可怜。黄鹰帮名头喊得山响，其实不过是天门城的地头蛇，老头活了五十年，今日瞎猫碰上死耗子，竟然劫到庆王世子这等身份贵重之人，眼看着就要发一笔横财。他心中颇为自得，自觉已将闻衡踩在脚下，任凭他如何挣扎也不过是笑话，索性说道："你还有什么花言巧语，一并说来听听。"

闻衡说道："我与贵帮往日无冤，近日无仇，今日却平白遭遇围攻堵截，实在是不解。"

老头嗤笑了一声，说道："小王爷莫要装傻，天门城中到处贴着你的通缉令，凡擒获逆党余孽者赏银百两。你要怪，也只能怪命不好，今日撞到我的手中。"

"哦？"闻衡问道，"那敢问先生，通缉令上是要你抓死还是抓活的？"

老头怔了怔，竟被他问住了，仔细想想，还真不记得通缉令上究竟是怎么说的。他心下犯起嘀咕，嘴上却说道："管他是死是活，只要你在我手中，还怕银子跑了不成？"

生死关头，闻衡竟然还能笑出来："说得好。反正现下我无力反抗，既然如此，你可以杀了我试试，看能不能从官府处要到那百两银子。"

老头看出来他在激将，冷冷地说道："小子，我劝你最好老实点儿，别耍花招。"

闻衡亦昂然说道："我才要劝阁下三思。你若将我活着交到官府手中倒还罢了，若你提头领赏，恐怕贵帮被覆灭也只在朝夕之间。"

这话说得十分硬气，见老头被他唬住，闻衡越发理直气壮，咄咄逼问道："阁下就不好奇为何我贵为世子，这条命却仅值区区百两银子？你难道就不想知道，悬在你头上那把刀究竟是从何而来吗？"

二人说话的工夫，打斗之声渐歇，一是双方相斗难分高下，各有损伤，二则是破庙空旷，闻衡的每一句话都传出很远，说的又是他们最关心的银子，令黄鹰帮中人不自觉地分神，侧耳细听他接下来的话。

老头毕竟经验老到，察觉出不对，意识到众人已经被闻衡带偏了，握剑的手一紧，剑刃紧贴闻衡的脖颈，咬牙警告道："你再编瞎话拖延，也不过是晚死一时半刻——"

"正是。"闻衡微微笑道，"大家都活着固然最好，可阁下既然执意要杀我，反正横竖都是死，拉上黄鹰帮做垫背的，虽然有些不值，也只好这样了。"

黄鹰帮中终于有人按捺不住，大声斥道："少婆婆妈妈的，到底有什么话，直说便是！"

闻衡就缺个搭茬的，一听这话，立刻顺畅无比地将话接了过去。

"先父母之死，乃是一桩惊天冤案。谋逆一说，不过是扯来掩人耳目的幌子。皇帝的真实用意，是谋夺我父王手中的一本失传已久的绝世秘籍。诸位英雄想必都听说过大内密藏的《天河宝卷》。但这天下第一等神功实为残本，另有半部残卷流落江湖。我父王许多年前受故友临终托付，保存此卷。"

他说的不全然是假话，大内禁中有九大高手，传说个个武功高绝，皆因修习《天河宝卷》，"天下第一神功"绝非浪得虚名。黄鹰帮这群乌合之众虽没学过什么上乘武功，但没吃过猪肉也见过猪跑，自然听说过《天河宝卷》的大名，话到此处，已有些将信将疑。闻衡又说道："实不相瞒，在下天生经脉闭塞，不能习武。父王为了保存这半部秘籍，又不叫他人起疑，故令我熟习此中功法，待到合适时机再默写下来，或传给后人，将此神功发扬光大，不至为皇室独占。谁知残卷之事终究没能瞒过皇帝，是父王、母妃拼死为在下争得一线活路，这才有了今日庙中相见的情形。"

瞎话编得太真，入情入理，一时把趴在地上的范扬都给说愣了。

老头犹疑道："就算你身怀秘籍，我杀了你又如何？大雪封路，除了帮中弟兄，还有谁知道？"

闻衡被这个问题蠢得叹气，好心地提醒道："可你们还要提头去领赏哪。"

"倘若我被阁下杀了，皇帝得知，你猜他会不会派大内高手过来查问？到时候诸位就算言明不知此事，怕不也是百口莫辩？"

老头被他说中关窍，仔细一想，霎时冒出了满背冷汗，暗忖道：这小子不惜身死也要设计害他的人一道，小小年纪便有这等心思，实在可怕。

他心中已信了八分，反正杀了闻衡没有任何好处，留这人一命还能换百两银子，这笔生意总算稳赚不赔，于是说道："既然如此，我姑且信你一回，叫你的手下放下兵刃，乖乖随我见官去吧。"

见性命暂且无虞，闻衡悬着的心总算稍稍回落。他一放松，思路更加活泛，于是垂眼看了看架在颈间的长剑，蓦地笑出了声。

老头警惕地问道："你笑什么？"

闻衡举手掩口，咳了两声，悠然说道："我笑有人放着黄金万两视而不见，却为了一点儿碎银子四处奔走，如此短视，岂不可笑？"

老头不知不觉已熟悉了他这种话中有话的调子,不由自主地被他牵着鼻子走:"什么意思?有话直说。"

"我方才说过,这部被大内高手觊觎的武功残卷就记在这里,"他点了点自己的太阳穴,傲然说道,"天下除了我,不会再有第二个人知晓。此功于我而言无异于废纸,但对习武之人来说,能学到其中一二足以终身受用。"

"说句不客气的话,黄鹰帮在天门城算一霸,放眼江湖,却不过是无名小卒,诸位就甘心拿着那么点儿碎银子庸庸碌碌地过一辈子?若阁下能学成神功,跻身武林之巅,手中名利又岂止是区区百两银子?"

黄鹰帮内部松散,从方才有人喊话就能看出来,那老头除了武功高些,恐怕没别的地方能服众。闻衡这么一煽风点火,果然有人野心难控,忍不住问道:"你真肯将神功传授给我们?"

话音未落,一个身影如鬼魅般闪现到他身侧,长剑银光一闪,悄然无声地割破了他的喉咙,爆出一蓬鲜红血花。

尸体轰然倒下,露出身后半边脸上染血的老者,老者形容宛如恶鬼,阴恻恻地问道:"谁想学神功?"

他那模样委实可怕,阿雀吓得身体剧烈地抖了抖,闻衡立刻举手遮住他的眼睛,将他按回怀中,面色镇定地评点道:"这位老先生身法迅捷,内力充沛,只是出剑迟滞,破绽太多,想是常年用刀,不惯用剑的缘故。"

老头目光微动,扬手将长剑扔到他身前,发出"当啷"一声:"你既然自称修习过神功,那就来跟我比画几招,让我看看这神功到底是黄金万两,还是你吹破天的牛皮。"

闻衡盯着那柄长剑,片刻后欣然应道:"既然如此,那便恭敬不如从命。"

他还发着高烧,唇色惨白,两颊却有病态的红晕,一起身眼前金星乱飞,得拄着剑才能站稳。

阿雀含着泪试图搀扶他，被闻衡轻轻一拨，闻衡说道："阿雀，你站到我身后去。"

范扬万万想不到事情竟会演变成这样，闻衡是什么水平他再清楚不过——身无内功，就算平日里练剑，也只是个花架子，除非别人站着不动让闻衡扎，否则遇上会武的人根本没有还手之力。

闻衡去和那老怪物比剑，不是明摆着上去送死吗？

范扬想起昔年与褚柏龄比剑的旧事，恨不得自己爬起来替闻衡顶上。然而他受伤甚重，一动就流血不止。闻衡一手背在身后朝他摆了摆，示意无事，虚着嗓音对老头说道："先生也看见了，我没有半点儿内力，现下生着病，比寻常书生还不如，硬碰硬就不必了，我以此功第四篇'桃枝剑法'请教先生。"

老头心中认定他一个病秧子翻不出什么风浪，慨然允诺，反手拔刀出鞘。那刀青光熠熠，一看即知是精心保养、吹毛断发的神兵利刃，而闻衡手中不过是把普通铁剑，一不小心都有可能被削断，两相对比，胜负简直一目了然。就算此前黄鹰帮众人被闻衡唬住，此刻也不由得心生动摇，觉得太过离谱。

闻衡右手握剑，斜斜指地，朗声对黄鹰帮帮众说道："这篇剑法十分精妙，我只能使出一二分，还望诸位睁大眼睛，好好看着。"

话音落地，老头已挥刀攻上。此人使刀走的是迅捷奇诡的路子，兼之身法轻盈，来势极快，闻衡还站在原地一步未动，对方的刀尖已到了胸口。此时来不及后退，提剑格挡会被击飞，闻衡索性不闪不避，手腕翻转，抬剑上挑，直刺他的小腹。那剑比刀略长一些，正是后发先至，不等刀尖刺中闻衡，老头得先被扎穿。这一下逼得老头不得不撤刀回防，闻衡却仿佛早有预料，剑身歪歪斜斜地一撇，剑尖顺势滑开，恰好停在老头收势的半路上，朝他的右臂的曲泽穴虚虚点了一下。

这一剑若刺中，他的右臂就废了。老头大惊，立即后跳一步，拉开与闻衡的距离:"你这是什么剑法?!"

"再来!"

闻衡一振长剑,剑尖虚影闪出,霎时间刺出极快的十剑,密不透风地笼罩敌人周身的要穴,老头举刀欲挡,却碍于要穴被制,根本无从下手。闻衡的剑既轻且快,而且绝不与他硬碰硬,往往是刀来即走,不知不觉一招使尽,第二招已行云流水地续上。两个人之间,反倒成了没武功的人步步紧逼,会武功的人节节后退。

眨眼之间,二人已拆了十余招,老头被逼退至香案附近,而闻衡剑势凝滞,明眼人都能看出他已支撑到极限,手臂酸软无力,往往剑招出到一半便难以为继。

围观众人看得眼花缭乱,心神不自觉地随着闻衡的剑尖游走,只觉无比惊险刺激。两个人斗至酣处,闻衡一剑未中,又起一式,高声喊道:"看好了,下一招叫作'双龙戏珠'!"

说时迟那时快,躺在地上装死的范扬暴起,抱住老头的双腿,将他死死卡在香案前,下一刻,闻衡聚集起全身力量的一剑转瞬即至,刃尖如流星坠落,"唰"地刺穿了老头的咽喉!

从范扬突然发难,到闻衡刺出石破天惊的一剑,再到王府侍卫全歼黄鹰帮,整个过程不过片刻。待最后一个人也被砍翻倒地,闻衡和范扬才齐齐松了一口气,各自松手,顺着香案慢慢滑坐下去。

闻衡发着高热,刚才强支病体与黄鹰帮众惊心动魄地周旋、比剑、杀人,此刻终于被抽干了所有力气,险些虚脱,整个人仿佛是从水里捞出来的,连厚重冬衣都被冷汗彻底浸透。范扬更不必说,失血过多,脸色惨白如纸,连话也说不出,只是闭着眼不住喘气。

侍卫们分成两拨,重伤的被扶到一旁休息包扎,轻伤的则打扫战场,重新生起火堆。阿雀受了点儿惊吓,好在没有受伤,也无暇闲坐,蹲在地上帮范扬包扎伤口。闻衡歇了许久,感觉右手的颤动渐渐平息,才总算缓过一点儿精神。

他侧头,看着狼狈的范扬和垂目认真缠布条的阿雀,也不知哪里来的好心情,撑着虚弱声气笑道:"手还挺巧,以后学医当个郎中也不错。"

这几天里,闻衡始终失魂落魄寡言少语,眉目间阴郁得吓人,阿雀怕讨他的嫌,纵然心中担忧也不敢往前凑。然而适才危难关头,闻衡数度回护他,力挽狂澜,种种举动既令他受宠若惊,又止不住地后怕。现下闻衡肯主动开口,阿雀就像个在冰天雪地里流浪许久的小动物受尽了委屈,好不容易找到窝,反倒情怯起来,只一转头对上闻衡的目光,眼泪就不受控制地"簌簌"滚落。

经历过一场生死恶斗,闻衡此刻才算是真正从封冻的情绪里破冰而出,人和心都活了过来,被灼热的眼泪一烫,心底渐渐泛起一阵涟漪般的轻痛感。

于是他举着酸软的右臂,朝阿雀招手,叹道:"哭什么?过来。"

阿雀还捏着给范扬裹伤的布条,径自低着头掉眼泪,脚下却一步未动。

闻衡的手晾在半空中。范扬瞅瞅大的,又瞅瞅小的,到底是感念阿雀为闻衡舍命挡剑的勇气,忍着疼勉强说道:"已经好啦,多谢你。"

这下阿雀没有拖延的理由,只得慢吞吞地起身走向闻衡。他越是靠近,越忍不住委屈,待半跪在闻衡身前时,已哭得肩头一抽一抽的,看着可怜极了。

闻衡也没想到他胆子那么大,还敢给自己挡剑。虽然小孩子不知轻重,但这一腔赤诚情感确是全然发自真心,绝非作伪,比什么都珍贵。

闻衡展臂,将哭得一抽一抽的阿雀揽进怀里,轻声教训道:"现在知道害怕了?往后切不可如此乱来,世上谁还能比你自己的命更重要?"

阿雀哪儿还听得进他说话,抱着他"呜呜"地哭得更大声了。

闻衡没有兄弟姐妹,也没有跟这么大的小孩子亲近过,被他哭得手足无措,完全不知该怎么哄,想了想,小心地将他的后脑按在自己的肩头,另一只手在他背上轻轻地拍着:"好,好,不怕了,都过去了。"

范扬虚虚地合着眼养神,听闻衡在那儿翻来覆去地哄孩子,好笑之余又有些心酸。倘若阿雀是闻衡的亲兄弟,二人互相扶持,也许往后的日子不会那么难过。可惜庆王府只有闻衡这一个独苗苗,仇恨悲痛、百难千劫都压在他一个人身上,他无处可诉,无日或忘。人心只有那么大一点儿地方,他胸中却沉甸甸地装满块垒,以后还能有哪怕短暂一刻的开怀吗?

那边阿雀哭声渐渐平息下来,范扬忽然想起一事,问道:"公子,你和那老儿说的武功秘籍……?"

"自然是假的。"闻衡一听这话就知道他想问什么,懒懒地答道,"借题发挥编瞎话而已。那桃枝剑法你还不熟悉吗?"

秘籍是瞎话,闻衡也没有现编一套剑法的本事,所谓"桃枝剑法",根本就是当年东阳长公主的寿宴上褚柏龄使的"云字诀"剑法,欺负黄鹰帮众不识货罢了。闻衡故意大声叫众人仔细看,实际上是以此提示范扬。昔日范扬曾以一招"蛟龙出海"破去"双龙戏珠",当闻衡叫出这一招时,范扬立刻意会,两个人配合,得以将那老头一击毙命。而擒贼擒王,老头一死,余者望风溃散,正好叫他们一网打尽。

"那也是急智。瞎话编得跟真的似的,连我都差点儿信了。"范扬心有余悸,"要不是公子机敏,咱们今日恐怕就要折在这里了。"

"我看最该谢的是褚柏龄。"闻衡不想听他反省,故意揶揄道,"当年那老先生要是没狠挫你的锐气,也不能让你一直将此事记到现在。"

范扬叫他说得笑起来,又问:"依公子之见,这些黄鹰帮众该处理?"

闻衡沉吟道:"若扔着不管,或者一把火烧了,都有可能暴露我们的行踪。如今天寒地冻,只怕也不好掩埋。"

这毕竟是他第一次提剑杀人,更别提抛尸善后,要克服心理上的不舒服感已经很难了,再让他想法子恐怕更难。范扬问出口才想起不妥,正要岔开话题,就听闻衡说道:"办法倒是有,只是有些烦琐。"

范扬洗耳恭听。

闻衡望了一眼外面的天色,说:"将这些人安置在庙中各处,待今夜一下雪,我们便即刻离去,走前将这破庙拆了,伪装成雪压塌房屋。一场大雪过后,纵有痕迹也被掩埋得干干净净,不到雪化,不会有人发现。"

范扬:"……"

他听到最后,看闻衡的眼神已复杂得难以形容,憋了半天,才吭哧吭哧地挤出一句:"公子,您这心眼到底是怎么长的?属下真是服了。"

闻衡不以为意,淡淡地说道:"平时叫你多读书,你又不肯。"

范扬猛然觉得他似乎变了个人,从前锦绣富贵养出来的那种天真、犹豫和仁慈性子一夕之间被剥落,他身上不再有鲜明的软弱,而是成了一个灰白冷硬的锋利剪影。

这种变化不能说完全不好,但他到底是一个有血有肉的人,怎么能一味向冷铁兵刃靠拢呢?

他心中涌起一层浅浅的忧虑情绪,正要开口,却见闻衡忽然抬手朝他比了个"嘘"的手势,指了指怀中蜷成一团的孩子。范扬定睛一看,原来他二人说话时,阿雀一直倚在闻衡胸前听着。大概是他哭累了,闻衡体温又颇高,他觉得暖和,于是就着这个姿势迷迷糊糊地睡着了。

闻衡的侧脸还是少年人略带稚气的轮廓,眼神却已非少年人的眼神,唯有垂眸注视着熟睡的孩子时,那隐约流露出的温柔神色一如旧日。

范扬看得百味杂陈,最后艰难地翻身将自己的斗篷解下来给二人盖上。

闻衡此时亦精疲力竭,搂着个暖乎乎的阿雀,困意顿生。他索性也闭上眼,低声嘱咐范扬:"趁现在抓紧时间休整,雪一落就叫醒我。"

大约一个时辰后,侍卫来将沉睡的闻衡唤醒。透过半扇破门,只见雪片如搓绵扯絮,纷纷扬扬地自夜空中降下,正是他预料之中的大雪。

闻衡拄剑起身，令众人背负伤员，撤出花神庙，又将从老头身上解下的宝刀交给侍卫。

阿雀也跟着醒了，默不作声地躲在他的斗篷里，远远地注视着侍卫们以刀剑砍断庙中承重梁柱。那花神庙年久失修，早已破败腐朽，不消片刻，屋顶便摇摇欲坠，待最后一刀斫断门框，整座破庙在众人眼前轰然垮塌，连同泥胎木像一同倒地，彻底将庙中尸体血迹掩埋干净。

雪夜静寂，一座破庙倒掉，就像在池塘里投入一颗石子，"咚"的一下，就了无声息地沉入了深潜的黑夜里。

闻衡以斗篷兜着阿雀，担心他看了这场景恐怕会留下心理阴影，便举起手遮住他的眼睛。阿雀却紧紧扒着他的手，硬是拉下一寸，沉默地将这一幕全数收入眼底。

他在心里再三告诫自己，要记住。

白雪不断地飘落，很快在地上积起一层银霜。马车再度启程，车辙向西延伸，终于消失在苍茫雪夜中。

此日之惊心动魄，种种曲折反复，思之令人胆战。因此这一夜里众人冒雪赶路，虽天寒难行，却无人叫苦喊累，只盼着能赶快离天门城那是非之地远一点儿。

阿雀尚且年幼，熬不住困，随着马车颠簸很快再度昏昏睡去。然而睡到半夜，或许是马车碾过了石头，动静太大，将他震醒了，他迷迷糊糊地揉眼睛，借着一盏小风灯的光亮，看见闻衡倚着车壁怔怔出神，不知在想些什么。

"啊？"

他还有些分不清自己是在梦里还是醒着，连平日里的生疏敬畏心都一并忘了，喉咙里发出的声音像是没长大的小动物的叫声。闻衡果然被他叫得回了神，伸出手在他的背上轻轻拍着："我在呢，接着睡吧。"

阿雀用力眨了眨眼，好让自己眼前清楚一些，指了指闻衡的脸，又歪头做了个睡觉的姿势,是在问他怎么还不睡。闻衡低头看他,掌心压在他的眼皮上,声音哑得有点儿不对劲:"睡不着。"

他的手心很凉,不是正常的那种凉法。阿雀抓着他的手,像是怕他冷,默默地翻身坐起,爬到他的膝上,扯过斗篷将二人团团裹住,以自身体温替他取暖。直到这时阿雀才感觉到闻衡的身体里散发着烫人的热意,应该是很不舒服,却在尽力忍耐着。

"你干什……算了。"

闻衡眼睁睁地看着他把自己安顿好,还没反应过来怀里就多了个温暖的小身躯。阿雀像是突然间黏人起来,手脚并用地扒住他的腰,恨不得把整个人都粘在他身上。

傍晚时睡的那一觉不但没有让风寒症状有所缓解,反而愈见严重,此时闻衡有心将阿雀推开,可惜身上已没什么力气,只能任由他抱住自己。

阿雀将头埋在他的肩窝里,却还不消停,一只手在他背后慢慢地顺着,是小孩摸猫似的那种抚摩法,没什么力道,倒是挺痒的,闻衡扯了扯嘴角,勉强问道:"这是什么祖传的治病秘方吗?"

话一出口,他心中跟着一动,反应过来阿雀是在安慰他,要他别怕。

亡命天涯,前途未卜,步步杀机……花神庙遇险几可算是九死一生,他虽施计设套得以反杀黄鹰帮众,可其中多数靠侥幸,倘若当时出了一点儿差错,恐怕现在被埋在雪里的人就是他们了。

更别说这是闻衡第一次正经八百地执剑比斗,那老头纵然死有余辜,可毕竟是一条人命。他连鸡都没杀过,活生生的人死在他的剑下,他脸上装得再镇定,心里又怎么可能真的无动于衷?

他何尝不怕?只是身在此间,决不能低头示弱,他得咬牙忍住恐惧和痛苦,才能尽快挣脱过往的束缚,长出一根顶天立地的脊梁骨。

阿雀从他怀中抬头,自下而上地看着闻衡略带憔悴的面容。几天奔波让他迅速消瘦下来，虽然少年青涩犹在，清晰分明的骨骼线条却已如水落石出，隐隐勾勒出此人日后的轮廓。他情不自禁地伸手去按闻衡的眉心，像是要抚平那个浅浅的"川"字，却半途被闻衡截住，握在手心里。

"嘘。不早了，快睡吧。"

他好像真的变成了一只被人握住翅膀的小麻雀，微弱地挣了挣，就听见一声低哑温柔的"乖"，伴着斗篷一角一起落了下来。

一夜飞逝，待阿雀再度醒来时，外头天色大亮，雪已停了。马车外不远处可见巍峨城墙，城门上刻着三个他不认得的大字。

他正欲问闻衡，抬眼一看，却见闻衡脸色惨白如纸，嘴唇亦因高烧而干裂，连目光也不甚清明，再一摸额头，烧得似火炭一般，吓得阿雀疯了一样敲车壁叫人："啊！啊！"

闻衡耳鸣不止，昏昏沉沉中隐约听见他的哭腔，刚想说话，一开口却爆发出一阵惊天动地的咳嗽声。那架势直欲将五脏六腑都咳出来，仿佛有一把刀在他的胸腔里搅动，喉咙口直泛血气。他心里知道自己病情恐怕不好，四肢却像灌了铅似的沉重，无论如何也难以挪动，只得由人搀扶，倚着车壁借力。

马车停住，很快有人上车来替他把脉检查，却不是范扬，而是另一个年轻侍卫。闻衡就着阿雀的手灌下几口凉水，暂时止住咳嗽，嘶声问："范扬呢？"

"公子，您这风寒经不起再拖了，需得尽快服药。"那侍卫脸色不好看，低声回道，"范兄他伤口恶化，也正发着高热。"

闻衡强行将一阵咳嗽压下，急喘几口气方平复下来："前面停下，找地方让弟兄们休息。伤药还剩多少？"

侍卫应道："咱们随身带的伤药不够，昨日已用尽了。世子，前面就是汝宁城，属下——"

闻衡止住他的话，说道："汝宁城是天守门户，守卫必然森严，若我们入城恐怕过不了城门查验那一关。先落脚，附近村落里或许还可以碰碰运气。"

那侍卫点头应是，匆匆下车传令。阿雀捧着水，小心翼翼地凑到闻衡的唇边，示意他再喝点水。

闻衡摆手示意不用，忽然想起什么，问了个毫不相干的问题："阿雀，你有没有哪里难受？"

阿雀茫然地摇头。

"没有就好。"闻衡也不解释缘由，把他往旁边赶，说道，"风寒过人，你离我远一点儿，别把你也招了。"

阿雀抿着嘴，倔强而坚决地摇头。

闻衡有心敲敲他这死犟的脑壳，无奈实在没力气，只好敷衍地哄道："听话。"

阿雀明白不能给他添乱，又为他的病心焦，然而终究是人小力微，除了干着急，并没有别的办法，只能死攥着闻衡的手，眼睁睁地看着闻衡呼吸渐重，在半昏迷中仍一声接一声地止不住咳。

待马车在一处背风野坡下停稳，闻衡已烧得不省人事。阿雀跳下车，跟在众人身后去看范扬，只见范扬身上两处剑伤不住渗血，将白布染得殷红，人也同闻衡一样高热不退，皱着眉陷在昏迷之中。

两个能做主的人都倒下了，眼下才是真正到了山穷水尽的境地。

众侍卫聚在一处商量对策，有人说道："这么干等下去不是办法，不如分头行动，一人去附近村里找药，一人乔装入城。村中未必有可用的药，恐怕找不齐全。进汝宁城虽冒险，为了公子和范大哥，咱们也只得拼死一试。"

"不妥。"另一人忙反驳道，"入城必查通关文牒，我们没有假文牒，一旦惹官兵怀疑，对着通缉令一查便知身份。万一引火烧身，牵连了世子，岂不是前功尽弃？"

众人细想这话，亦觉有理，为难处就卡在了进城这道门槛上。然而闻衡和范扬的病多耽误一刻，便更凶险一分，容不得他们犹疑。先前那人咬了咬牙，正要下定决心准备冒死前往，忽觉有人拉了拉他的衣袖。他转头一看，是阿雀站在他身后，冲他比画着什么。

他们跟这小哑巴接触得不多，一时没人能看懂他究竟是什么意思。费了半天的力气，其中一个人才犹豫着问："你是说……你要去？"

阿雀松了一口气，郑重地点头。

不必他说出口，所有人都能想到接下来该怎么做——阿雀年纪小，完全可以假装附近村里的孩童，拿着药方替爹娘进城抓药。垂髫小儿无须通关文牒，阿雀本来又是他们在保安寺中意外遇见的，追兵不知道他的存在，自然不会有人将他与流亡的庆王世子联想到一起，更何况他还不会说话，也就不必担心他进城时被人套话，泄露他们的行踪。

无论从哪方面考虑，他都是最合适的人选。

可是有范扬的前车之鉴，侍卫们知道闻衡绝不会允许一群大男人袖手闲坐，反倒让一个孩子去冒险。

"小兄弟，你能有这份心，公子就没白疼你一回。"一个年轻侍卫蹲下来拍了拍他的肩，温柔地说道，"不过这些事由我们来做就够了，你还小，不能让你去冒这种险。"

阿雀拨浪鼓似的摇头，抓着他的衣袖仰头看着他，眼里流露出恳求神色。

那年轻侍卫也跟着他微微红了眼，众人面面相觑，然而谁也不敢当这个恶人。最终那年轻侍卫咬着牙，在他肩上重重一压，正色道："事已至此，只得冒一回险。小兄弟，这件事托付给你，不管能不能混进城内，你的安全最重要，若你有个三长两短，我们也没脸再见公子了。"

阿雀回头朝闻衡所在的马车望了一眼，双拳攥紧，对他点了点头。

小半个时辰后，汝宁城守军在城门口拦下了一个衣着单薄的小孩。

那孩子被冻得嘴唇青白,连话都不会说,只能发出"啊啊"的嘶哑声音,哆哆嗦嗦地从怀里摸出一张小心珍藏的药方,展开给城门守军看。

方子里还夹着一张字条,上面是郎中代写的缘由:这户人家本是山中猎户,只有一个男主人带着哑巴儿子,男人昨夜掉进山沟里摔断了腿,受冻整晚,今早才被人发现,郎中忙着救治,无暇分身,只能派哑儿进城来抓药。

守军见这孩子穿得破旧,又瘦小稚弱,与常见的乡野孩童一般无二,于是侧身让过一条缝隙,说道:"进去吧。"

那孩子连连作揖,收好药方,一溜烟地跑进了城中。

阿雀在街上拉了个人,给对方看了字条,问清楚药铺所在,揣着药方和银子一路小跑着过去。他穿得寒酸,演得逼真,顺顺当当地抓了药。此行任务已圆满完成大半,他拎着药包,往手心里哈了一口气,想到闻衡、范扬终于有救,面上不由得露出浅浅笑意来。

刚下药铺门口的台阶,正往大街上走时,他忽然被人从身后拍了一下肩。阿雀悚然一惊,险些没抓住药包,慌张地低头攥紧细绳,根本不敢回头,只余光瞥见了一双布满灰尘的黑靴。

一个轻柔的声音好似毒蛇一般,顺着他冻僵的颈边,慢慢爬上耳畔:"你看,那边那座酒楼。"

阿雀如同被人摄去魂魄,怔怔地循着对方的声音,抬头望去。

酒旗招展处,有一座二层小楼,敞开的窗边露出一个正在吃酒的男人的上半身。那人衣饰普通,面目亦不出奇,唯一的特殊之处就是他的脖颈皮肤上盘踞着一大块黑色刺青,看不清图形,一直延伸到衣领之中。

"'绣面豹子'黎七,是皇帝豢养的九条狗之一,也是奉命追捕庆王世子的人。"那人语中带笑,饶有兴致地说道,"只要我招招手,他就会注意到你我。怎么样,你要不要试试?"

第三章
拜师

汝宁城外，众人迟迟不见阿雀出现，等得十分心焦，那年轻侍卫更是急得团团转，一边自我说服应当不会出差错，一边暗自忧心阿雀的安危。就在他即将在地上犁出一道沟时，远处出现一个小黑点，逐渐向众人所在之处行来。

眼尖的人已瞧见那人正是阿雀，几个侍卫立刻奔过去，将阿雀团团围住："事情如何？可还顺利？"

阿雀大概是被风吹着了，眼睛、耳朵都通红一片。年轻侍卫接过他手中沉甸甸的药包，总算长松了一口气，感慨道："多亏了你，只要有药，一切都好说。"他见阿雀隐隐发抖，忙揽着阿雀的肩往马车方向走，安慰道："这一趟被冻坏了吧？快上车暖暖，我去把药煮了。"

阿雀却未挪步，扭身从他手中挣脱，又急急地比画了一大堆手势，意思是让他们赶紧动身赶路，不要在这里停留。

侍卫愣了愣，反应过来："你在城里见着追兵了？"见阿雀点头，他忙说道，"好，这就走，你先上车。"

阿雀还是没动，只是摇了摇头。

那侍卫这回终于看不懂了，疑惑地问道："什么意思？怎么了？"

阿雀先指自己，又指向马车，摆了摆手，再指向远处汝宁城的方向。

"哦……哦，"那侍卫半懂不懂，"你的意思是说，你要留在汝宁城，不跟我们一起走了？"

阿雀用袖子抹了把脸，擦去了水迹，很郑重地点了点头。

那侍卫与他无甚情分，本来也不熟，觉得强求这么个小孩从一而终确实是为难他。既然阿雀主动提出要走，侍卫也不好做主强留，于是说道："此事我做不了主，你若要走，自然没人能拦你。不过公子一直把你带在身边，待他醒了，你还是跟他说一声吧。"

阿雀却比画着坚持叫他们快走，又连连向侍卫鞠躬表示道歉。侍卫禁不住他一再催促，又见他心意已决，便也不再坚持："聚散有定，大家相识一场，不必说什么对不住。待公子醒来，我替你转告他就是。"

阿雀的脸上终于出现如释重负的轻松表情，他后退一步，朝闻衡所在的马车跪下，端端正正地磕了三个头。完成了这郑重的告别仪式，他拍了拍身上的雪，朝侍卫做了个道别的手势。

侍卫将信将疑地望着他，总觉得他表现得太过镇定，做出离开的决定像是经过深思熟虑，可那样子又分明对闻衡十分牵挂不舍，心心念念，处处着想，也不知道到底是真的有情义，还是在打什么别的算盘。

既然追兵在侧，他们在此处不便久驻，侍卫们迅速收好药材，重整行装，上马继续赶路。唯留阿雀站在道旁，脊背挺得笔直，目送众人远去，直到马车消失在道路尽头，他方抬手擦去脸上几乎凝结成冰的泪，转身向汝宁城走去。

暗无天日的昏沉之中，闻衡耳边总有饮泣声萦绕不去，令他的心脏不由自主地隐隐抽痛。不知过了多久，有人扶他起来喂水喂药，一股浓烈的苦涩滋味在舌尖炸开，全部神志旋即都随着味觉回笼。他右手食指微蜷，终于挣脱梦境，重新睁开了眼睛。

侍卫简直要喜极而泣："公子！您可算醒了！"

闻衡这一病如山倒，情况十分凶险，要不是得了救命药，只怕以他这身子骨就撑不过去了。

他自己倒没想到这是又一次过鬼门关而不入，只觉得气虚，稍微动一动就喘得不行。以前总被人说是弱不禁风的病秧子，如今他才算真正领教了一回何为病重难行。

他由侍卫搀扶着坐起来，一边端着一大碗药汤慢慢啜饮，一边询问自己昏迷后的诸事："我晕了多久？"

"少说五个时辰。"侍卫撩起车帘好让他看外头，"如今已经是下午了。"

白日西斜，外面是陌生的树林野地，既无城镇也无村落，唯独马车后有个破旧的茅草屋，尚能遮风避雨。闻衡问："这是哪里？"

侍卫答道："属下也不知道，咱们从汝宁城一直往西走，一路上都是这种荒地，还没见过有别的村镇。"

闻衡点了点头，又问："范扬如何？你们是去汝宁城中买的药？"

侍卫答道："范兄换了药，伤势已无大碍，比公子醒得还早些。药是阿雀小兄弟想法子进城弄来的。"

"阿雀？"闻衡经他这么一提，忽然想起昏迷时隐约的哭声，才意识到周围好像少了点儿什么，"他人呢？"

侍卫便将汝宁城外发生的事一五一十地对他讲了。

闻衡起初还镇定地听着，直到听到阿雀临别时的反应，右手忽然无来由地一哆嗦，药碗倾倒，泼了小半碗药汁在衣襟上。

"公子！"

闻衡被烫都没什么感觉，侍卫连忙扶住他的药碗。闻衡心中一时不知是何滋味，恍惚地问："他连话都说不清楚，你们就让他……让他一个人走了？"

那侍卫赶紧解释了一句："是阿雀小兄弟自己一定要走，绝没有任何人逼迫他。属下还说让他待公子醒来后跟您道别，他也不肯，可见是去意坚决。"

见闻衡似乎难以置信、不愿接受的样子，侍卫犹豫着又补了一句："会不会是他觉得四处逃亡太危险，此番也算报答了公子的恩情，所以才……？"

说者无心，听者有意，这话既恰好又精准，正戳中了闻衡的心病。

侍卫们拼死保护他，阿雀为他以身犯险，虽然旁人什么都不说，但他非常清楚一切祸患的根源都是自己，哪怕连自己都怯于承认，觉得这话难听刺耳，但他的确就是个拖累。

"走了也好。"闻衡精疲力竭地向后靠住车厢，竭力让自己平静地接受失去和告别，"省得他跟着咱们颠沛流离。"

"您也别太过伤怀，"侍卫看着他面无表情的样子，总觉得有股说不出的悲意，于是笨拙地劝解，"这孩子不是那等没心肝的人，没跟公子当面道别，想必是怕见到您就动摇……对了，他走前还朝着马车给您磕头来着。"

犹如一柄重锤从天而降，悍然砸落在他的胸口上，闻衡刹那间疼得几乎说不出话来，耳畔嗡嗡作响如同蜂鸣，脑海中却有一句话清晰地不断回荡——

那是"阿雀"这个名字诞生的夜晚，闻衡主动坦白了身份，半开玩笑地对他说："什么时候你心甘情愿地跟着我，再来磕头不迟。"

这句话他记得，阿雀也记得。

阿雀分明是心甘情愿，分明是舍不得走，分明是……

闻衡撂下药碗，闭眼竭力压下喉间腥气，沉声吩咐："掉头，回汝宁城。"

这命令下得太过突然,闻衡看起来像是突发失心疯。侍卫自然不能由着他的性子胡来,再三劝谏,终于把还在养伤的范扬惊动了。

范扬是习武之人,身体底子比闻衡好,倒是没他那么憔悴,只是脸色还有些发白,小心地询问:"公子,这到底是怎么一回事?阿雀不是自己要走的吗?难道还有什么别的隐情?"

闻衡没有作声,深深地看了他一眼。

范扬叫那眼神看得怔了怔。得知庆王夫妇罹难时,范扬以为那是世间最深刻的切肤之痛,闻衡此生不会再有更多的痛苦了,可没想到此时在他的眼睛里,竟然还有丝丝缕缕的痛楚之色。

"公子,"他几乎是苦口婆心地劝道,"属下知道您舍不得他,可阿雀亲口说了要留在汝宁,谁还能逼他不成?"

"阿雀为什么出现在保安寺,你是知道的,我还让人从府中给我带一瓶沃雪青竹丸,也曾对你解释过。"

当他所珍视的人一个接一个地离他而去,闻衡终于明白困境没有尽头,逆来顺受只会被无常命运压在地上痛打。而此刻他决意反抗,哪怕被当作小题大做、妇人之仁,也必须挣扎,才不致被"无能为力"灭顶。

范扬点头应道:"属下记得。"

"那不是平白无故的。"闻衡说,"我说阿雀是从人贩子手中逃出来的,只是为了安他的心。阿雀并不想让我们知道那人是谁,因为真正躲在背后的人远比人贩子可怕。是我猜此人武功不弱,唯恐他来生事,故而那夜让你多加留心。阿雀也不是天生哑巴,说不出话是因为早就被人下了毒,这也是背后的人控制他的手段之一。"

范扬没想到旧事底下还潜藏着余波,万语千言到嘴边,竟不知该如何排布:"这……那阿雀他……"

"先前仓促逃亡,我把这件事忘在了脑后。阿雀或许也以为自己已经甩脱了背后的人，可是汝宁城外，他明明人生地不熟，为什么放着能保护他的人不要，非得孤身留下，催我们快走？"闻衡眉头越皱越紧，"恐怕是他在城中见到了追杀我们的人，也见到了追捕他的人，对方以我们的行踪相挟，逼阿雀跟他走。"

那人手段之阴险恶毒，远超常人想象。现在闻衡回想起来，说不定阿雀逃到保安寺也是那人故意为之，再一路追踪至此，将猎物玩弄于股掌之间，先令阿雀自以为逃出生天，待到疲于奔命时再踏上最后一脚，目的就是要让阿雀从此再生不起叛逃心思，心甘情愿地彻底臣服于自己。

闻衡甚至不敢细想阿雀落到那人手中会有什么遭遇，耐心告罄，强压着焦虑情绪，说道："这回我说得够清楚了吗？掉头，回汝宁城！"

"公子三思！"范扬颤声道，"如今五个时辰过去，回去也来不及了。阿雀……阿雀固然可惜，但咱们好不容易才逃出来，现在走回头路不是自投罗网吗？兄弟们不是贪生怕死之辈，可公子若有丁点儿差池，我们就是万死也难赎罪，将来到了地下，还有什么脸面去见王爷和王妃？！"

"阿雀是为我才走到这一步的，"闻衡死死掐着自己的掌心，一字一顿、慢慢地反问范扬，"我却因为投了个好胎，所以就可以不顾他的死活，安心地一走了之？"

以往只要闻衡坚持，范扬总会遵循他的意思，可是这一次，范扬破天荒地没有退让。

"公子眼里有阿雀，可曾有过这些陪您出生入死的兄弟？"他盯着闻衡的双眼，质问道，"他们是为了谁才抛家舍业，从京城一路追随您到这里？保安寺的慧通方丈又是为了谁，甘愿舍身与追兵周旋？庆王府血脉系于您一人，如今公子为了一个阿雀，竟打算将王府的血海深仇抛之脑后、让这些人的心血都付之东流吗？！"

"那你待如何？"

闻衡脸色阴沉，怒极反而不动声色，冷冷地问："倘若我执意回去，你就将保安寺那套再来一遍，直接把我打晕带走？"

他已然动了真怒，范扬也知道自己说得太过，不顾腿上剑伤未愈，立刻跪下，咬牙说道："请公子按原计划西行。横竖我这条命是阿雀救回来的，属下愿亲自回汝宁城查个明白。"

闻衡虽然怒火攻心，却还没疯到神志不清的程度，不想跟范扬赌气："这事原本不是你的错，与你无干，你不必说这种话。"

范扬坚持道："那便派两个人回去探查，无论如何，公子决不可贸然犯险。"

两方僵持不下，又都有各自的道理。

鲜血自剑疮处不断渗出，在膝盖处漫成一摊，浸透衣袍。可即便如此，范扬仍长跪不起，带着所有侍卫齐齐跪地，沉默而强硬地阻拦着闻衡的决定。

闻衡沉默良久，终于妥协了。

"我知道了。"他说，"就按你说的办吧。"

范扬心中重压骤然一松，闻衡又说道："告诉他们，尽力搜寻即可，遇事以自保为先，别把自己搭进去。"

范扬与他据理力争时还不觉得怎样，此刻乍听闻衡此言，却只觉喉头蓦然一酸，几乎要滴下泪来："公子……属下……"

闻衡却疲倦至极地闭上眼，不愿再听，只说："你该回去养伤了。我也累了。"

他说着要休息，合眼只是装个样子，待车外马蹄飞奔而去，周围倏然寂静下来，他屏着的一口气才慢慢透出来，却仍觉得心中压抑。

他无能力自保，亦无能力保护他人，所以别无选择，徒劳地挣扎之后，自以为挺直了腰板，原来却还是要向时势低头。

别人总会离他而去，在命运滚滚的逆流中，他想要留住谁，不能只靠老天格外开恩。

马车再度行驶起来，窗外北风呼啸，像是凄厉的号哭声，他就着这悲声，沉默地把一个人埋进了自己的心底。

汝宁城距他们最终的目的地孟风城不远，闻衡等人紧赶慢赶，翌日终于抵达万籁门在城外的一处田庄。如今庆王谋反的消息已传遍天下，庄头战战兢兢地收留了他们，连夜入城向万籁门的人报信，当夜便有人驾着一辆印有柳家印记的马车来接人，将闻衡一众护送至孟风城内。

孟风城与京城倒不大相同，天子脚下达官显贵最多，又有皇城司日夜巡查，城中安定繁荣。孟风城地处天守西端，背靠孟山，有几处武林门派落户于此，因此民风剽悍，走在街上的人十个中有七个都是持刀佩剑的。官兵守城也不怎么严查，怕得罪人物，柳家马车连帘子都不必掀，就顺利地入了城。

闻衡的母亲庆王妃全名叫柳飞霜，是柳老门主膝下最小的女儿，上头有两位兄长，大哥柳逐风是现任的门主，二哥柳随云亦在万籁门内做长老。闻衡只在很小时见过这两位舅舅，早已忘了他们长什么样，想来对方也未必认得他。

门中仆从将闻衡引至二堂，请他喝茶暂歇，又着急忙慌地去通报门主、长老，这一去便了无踪影。闻衡喝着上等的毛峰，冷眼打量院内陈设器物，但见外处精致，称一句富丽堂皇不为过，不似个武林门派，倒像是京城的公侯世家。

他苦等半晌，一碗茶快要见底，一个着锦袍佩长剑的中年男人才匆匆踏入二堂，猛地在闻衡跟前站住，十分亲热地按着闻衡的肩仔细打量了一番，惊喜道："好孩子，还认得我吗？我是你二舅舅。"

闻衡起身执晚辈礼，朝他拜了拜："外甥拜见舅父大人。"

柳随云忙叫他坐下，屏退下人，细问王府遭难诸事，谈及王妃之死，不免伤感："可怜我那妹子，我早劝她侯门高户不是江湖中人终身所托，她却铁了心要追随你父王，一步行差踏错，竟招致今日杀身之祸！"

闻衡眉峰一动,却仍垂眸不言,好似没听懂他话中的埋怨之意。

二人叙过这十几日来的种种风波,柳随云再三试探,闻衡始终不曾表态,聊到无话可说,柳随云只得将话挑明:"眼看着京城是不能回了,眼下朝廷追捕正严,外甥往后有什么打算?说出来让舅舅帮你参详参详。"

闻衡施施然起身,长揖到地,十分真挚地说道:"我如今孑然一身,只剩舅舅这一家亲人。朝廷意欲斩草除根,外甥身无长物,实在无处可去,唯愿能托庇于舅父门下,得万籁门护佑,免遭此劫难。"

他一顶大帽子扣下来,柳随云却万万不敢接,支支吾吾地推托道:"这……事关万籁门,非我一人能左右,此事还需你大舅定夺。"

闻衡被婉拒了也不尴尬,还特别没眼色地追着问:"舅父说得有理。不过怎么不见大舅,想是今日不在府中?"

"啊……是,他有事出去了。"柳随云感觉继续唠下去,他恐怕兜不住,连忙说道,"你一路奔波,又生着病,先养好身体,余下的事,等你大舅回来再说。"

不等闻衡答话,他便高声叫道:"来人!送少爷去客院休息。"

闻衡欣然应道:"多谢舅舅关怀,那便恭敬不如从命了。"他又说道,"外甥还有一事相求。我有两个侍卫落后一步,尚在路上,或许今日会赶到,还望舅舅命人接应,将他们两个带到府中。"

比起他这个大麻烦精,微末小事柳随云自然不会拒绝,爽快答应道:"衡儿尽管放心,此事舅舅做主,一定把人平平安安地给你送来。"

闻衡终于满意了,跟着门中仆人自去客院休息。

范扬等人被柳家管事好吃好喝地招待了一回,察言观色,回来悄悄地对闻衡说:"公子,我看万籁门上下的意思,似乎不太欢迎咱们。论理您是柳门主的亲外甥,他们该把您当自家人招呼,今日竟像打发穷亲戚一般敷衍。这些年他们也没少从王府得好处,却如此行事,实在叫人齿冷。"

闻衡刚喝过药,闭着眼懒懒地说道:"人贵有自知之明,我们岂非就是如假包换的穷亲戚?"

范扬都替他着急:"那您心里是如何打算的?是走是留,您总得先给自己找好一条退路。"

"等。"

闻衡一语定乾坤,不再给他叨叨的机会,只说:"你不必管我如何打算,先想想你以后如何打算。这一路上你跟着我吃苦受累,如今终于危机已解,万籁门也安置得起,你不妨趁这个机会安定下来,好生过日子吧。"

范扬蓦然大惊,失声道:"公子何出此言?!是属下——"

"我没有别的意思。"闻衡沉声打断他的话,"往后的路终归是我一个人走,你已经做到仁至义尽,还想管我一辈子吗?"

范扬:"可是……"

"范大哥,"闻衡忽然异常认真地唤了他一声,郑重地说道,"天下没有不散的筵席,也没有不散的烂摊子。仁至义尽足够,多了就没意思了。"

范扬艰难地应了声"是"。

"好好想想,来日方长。"闻衡颔首道,"去吧。记得替我留意着那两个人的消息。"

次日一早,被派回汝宁城的两个侍卫果然被接进万籁门,到客院来见他。闻衡已做好了一无所获的心理准备,将药碗搁在一旁,披衣坐起:"有消息吗?"

两个人彼此对视,不约而同地垂下了头,谁都不愿率先开口。闻衡突然有点儿心慌,从他们的迟疑行为里读到了一些令他不敢深思的可能结果。

"属下赶回汝宁城外时,已寻不到阿雀的踪迹,但在附近四处打听之后,发现那天在汝宁城内发生了一件大事。"

他们在城外四处搜寻,然而来回十数个时辰,纵然有什么痕迹也早就淡去了。二人两手空空,正准备就这样回去复命,忽然看见远处城门半开,有人赶着一驾驴车出了城,往荒坡方向行来。

两个侍卫抱着姑且一试的心态上前搭话,问那人有没有见过如此模样打扮的一个孩子。那汉子回想了片刻,问道:"你们说的是不是个头这么高、长得挺清秀的一个小哑巴?"

"正是!"侍卫喜出望外,急切地问,"您见过这孩子?他如今在哪儿?"

"唉……这可不妙啊。"那汉子唏嘘道,"我昨儿在南斜街广源客栈吃茶,看见一个瘦巴巴的老兄带着你说的那小孩到客栈投宿。谁承想昨晚半夜客栈起火,把半条街的房子都烧干净啦!那客栈中没有一个人逃出来的,除了有家人认尸的,剩下的都在这儿了——火太大,全烧成骨头渣子了,喏。"他朝身后板车上成卷的草席努了努嘴,"官府老爷们嫌这些人是横死,不吉利,给了我几个钱,让我运到野地里埋了。"

那草席摞得足有半人高,里头不知有多少枉死的人,一个个翻过去实属不敬,而且最要命的是阿雀本来就是个没来路的流浪儿,闻衡也没给他留下过任何表记,就算他在这里面,他们也认不出来。

况且阿雀那么机灵,说不定就逃出来了呢?没有消息就是最好的消息,等这阵风头过去了,他们再多派些人仔细寻找,没准就找到阿雀了。

不光是他们,连闻衡也只能这么安慰自己,可没等他艰难地留住这渺茫的希望,他就看见侍卫从怀中摸出了一个裹得严严实实的油纸小包。

刹那间闻衡脑子里"嗡"的一声,他甚至没有听见自己的声音发着抖。

"这是什么?"

两个人既然无法翻找遗骸,便对那汉子道了声辛苦。那人抬起车辕继续朝郊外走,好巧不巧,车辘辘碾过野地里的石头,车子剧烈地颠簸了一下,摞得过高的草席被颠散了,其中一卷顺着倾斜的车身滚落下来,"哗"的一下,灰白齑粉漫天飞扬,剩下大半骨殖混着焦黑的碎木瓦块散了满地。

白骨堆里有一个被火烧去一半的皮质荷包,由于被人攥在手心里,是以那只手已被烧成了枯骨,荷包依然保留了一小部分。一个侍卫小心地将它拾起打开,里面是一张折了好几折的药方,依稀还能辨认其上字迹,正是他亲手写给阿雀的那一张。

房中一片死寂。

闻衡怔怔地盯着那被烧剩的半张纸,有一瞬间,感觉自己仿佛连"伤心"这个本能都失去了,从天至地,只有茫茫的空白。

他以为阿雀被人带走已经是最坏的结果,却没有想到世事之酷烈残忍远不止如此。

从那天起就被他强行咽下的腥气再度翻涌起来,五脏六腑犹如刀割。闻衡呛了一下,捂着嘴猛咳数声,忽然感觉手心一阵温热,有什么东西沿着指缝滴答而下——

他低头一看,只见殷红血色如三九天里的梅花,一朵接一朵,团团盛放在他的衣襟上。

"公子!"范扬抢上前来,朝外高声喊道:"快请大夫!"

闻衡剧咳数声,一口血吐干净,胸口反倒没么疼了,只是面白如纸,扶着床沿借力才不至于直接栽倒。他有心阻拦范扬,叫其不必大惊小怪,给主人家平添麻烦,可惜这口血好像带走了他全身的力气,他几次开口,都没能发出声音来。

万籁门内都是习武练功的江湖人,吐血是很常见的事,门人并不怎么慌张。大夫赶来给闻衡把过脉后,也对范扬说道:"这是忧思过甚,血不归经——不是什么大病,只需卧床休息,服药调养,切忌多思多虑。"

范扬愁得直叹气，一听"多思多虑"这个词就知道完了。大夫又对床上那个人教训道："年轻人，凡事向前看，心宽些才能少生病。你小小年纪，少说还有六七十年好活，有什么事想不开的？"

闻衡闭眼假寐，神情漠然，全然是一副油盐不进的样子。范扬好声好气地将大夫送走，回来看着闻衡，眼泪都要掉下来了："公子，逝者已矣，您得好好保重身体才能替他们报仇雪恨，千万别想不开……"

"都过去了，我知道。"闻衡开口轻声说道，"不必再提了。"

他恹恹地靠在床头，整个人只剩乌发眉眼还有点儿颜色，侧脸犹如玉雕，苍白且没有活气。某一个瞬间范扬觉得他应该要哭了，可是他的眼睛并没有泛红，好像把自己的情感和灵魂一并关进了坚硬冰冷的躯壳里，从此隔绝了一切情绪。

范扬见他久久不语，料想他心里犯堵，不愿看见自己戳在这里，便告了罪，默默地退出去，把屋子留给闻衡一个人。

范扬出得门来，走回廊下，只听见院外有脚步声靠近，人语越过墙头，字句清楚地落在他的耳畔："听说这里住的就是那个京城逃来的世子？"

"嗐，什么世子，都家破人亡了，如今被天下通缉，实在无处可去了才来投奔门主。"

"窝藏逃犯？了不得，那可是大罪。"

"谁说不是呢？"有人嗤笑道，"柳长老这些天焦头烂额，愁的不就是院里这位吗？撂下亲外甥不管，柳长老怕被人戳脊梁骨；要是收留下来，那可是个大麻烦。"

有人附和道："可不，听说那少爷根本就是个没练过武的病秧子，能逃到这里全靠侍卫保护，他若进了万籁门，是来学艺还是来当少爷的？门主和柳长老岂能容下他？"

"所以你看，柳长老将他安排在客院里，迟迟不肯让他见门主，也不为他引见门内弟子，就是想让他们早点儿看清眉眼高低，别在这里添麻烦了。"

众人嘻嘻哈哈地笑了起来。

有人在哄笑声中继续讥诮道:"今日他们传了大夫,听说闻少爷病情加重吐血了,谁知道是真的还是装的?难保他不是想借着生病在这里多赖两天。"

范扬将这些嘲笑讽刺之语尽收耳中,一时怒发冲冠,险些就要撸起袖子冲出去跟他们打一架。可不知怎么的,也许是这些时日的逃亡经历真正消磨了他的锐气与戾气,他心中忽然有些虚落,想着:他们原说得不错,我们的确是无处可去,才一心想留在万籁门。倘若万籁门不肯收留,我们这些人还有什么别的出路?

他一时又想起昨日闻衡叮嘱他的话,以闻衡之敏锐,不可能没觉察到亲舅舅对他的排斥之意。难怪他会早早催自己找好后路,范扬但听他话中意思,是打算分道扬镳,不再与众侍卫同行。

可闻衡双亲俱已亡故,亲舅舅又视他如洪水猛兽,闻衡一生亲缘淡薄如斯,能走到哪里去?难不成他真要学那些古时候的落难王孙,剃了头发做和尚吗?

自京城变故至今,快一个月过去了,范扬经历的事情比此前三十年的人生都复杂难解,每一天睁眼醒来就是乌云罩顶,从前那轻剑快马、心无挂碍的日子陌生得好似前世,他还没来得及消化巨大的落差感,就已经被迫适应了它。

而闻衡只会比他更甚。

范扬不知道他们俩现在是谁拉着谁不沉下去,但闻衡知道,如果他们不松手的话,只会两个人都沉底。

闻衡这一病不是闹着玩的,也不是虚张声势,实实在在地养了近十天才逐渐有了起色。在他养病期间,柳随风只来探望过一次,说了些无关紧要的废话,坐了不到一炷香的时间便走了。倒是他的夫人曹氏,也就是闻衡的二舅妈,又送药又问候地关怀过好几次,劝他节哀,以保重身体为要。

入腊月的头一天,万籁门门主柳逐风终于携夫人秦氏回到了孟风城。

门中情况柳随云早已传书说明,两个人进家后第一件事是到客院来看闻衡。这时闻衡身体已好得七七八八,可以下床走动,正坐在房中看一卷剑谱。听见门人通传,他抬起眼,就见一对中年夫妇联袂而至,立刻放下剑谱起身相迎:"外甥闻衡拜见大舅舅、大舅母。"

柳逐风年过不惑,生得仪表堂堂,又是一门之首,一身从容气度,其夫人秦氏则雍容端庄,颇为慈爱,两边见礼,各自叙过近况,说到庆王妃之死时,虽不免感伤,却不像见柳随云时那么夸张,只是淡淡唏嘘,很快便略过不提。

他们来的时间拿捏得恰到好处,谈了一会儿,双方场面话和客套虚词差不多都快见底时,外面天色渐晚,正好到了该吃晚饭的时候。柳逐风邀众人移步正院,又叫来柳随云夫妇,命人准备了一桌家宴。

考虑到闻衡大病初愈,又在孝期里,这桌面颇为清淡,不见丁点儿荤腥,吃饭的人也没心思仔细品尝。在座众人心里明镜似的,都等着看接下来的好戏——闻衡在万籁门盘桓许久,是走是留,就看这顿饭是接风还是送行了。

宴席过半时,柳逐风终于率先放下了筷子,状似无意地提起,和蔼地问道:"衡儿往后有什么打算?"

闻衡苦笑了一下:"先父母仙逝不久,家里又出了这么大的事,孩儿心中惶恐,也不知该如何才好,眼下只想清清静静地先守完孝,再论其他事。"

此言一出,柳随云眼前一黑,心中一凉,暗忖道:这小子是铁了心要赖在这儿不走了。

他马上抬眼去看他大哥,却只见柳逐风从容不迫地点了点头,谆谆说道："你有这份孝心是好事，可守孝也不耽误你做其他事。你娘说你天生体弱，不适合练武，如今这情形科举仕途亦走不通，更别说你还在朝廷的通缉文书上。事已至此，与其惶惶度日，我看你倒不如干脆离开中原，到西域或是海外伏鲸岛闯一闯，我还有些朋友，可以替你牵线搭桥。"他这话柔中带刚，听着客气，其实意已不言自明，就差把"别留在万籁门给我们添麻烦"这句话直接甩到闻衡的脸上了。

闻衡心中雪亮，偏要装出没听出话里有话的意思，像模像样地考虑了一会儿，说道："舅舅自然是为我好，不过故土难离，我可以一走了之，跟着我的侍卫们却有些为难。"

一听他口气有些松动，柳随云忙说道："衡儿是担心你那些侍卫不愿意跟随你远行？"

"那倒没有。"闻衡回道，"他们将我从京城一路护送到孟凤城，虽是看在我父王的面子上，可也足够仁至义尽。我没有旁的要求，只求舅舅替我安置这些侍卫，让他们有生计可以度日，如此我便是一辈子流浪海外也没有牵挂了。"

柳逐风听明白了。

闻衡这是要他花钱送瘟神，只要他肯破财，给范扬等人一笔衣食之资，让他们能安顿下来，闻衡这个灾星就肯乖乖离去，不再骚扰他们家。

这笔银子对他们家来说不算什么，最重要的是王府侍卫远没有闻衡的罪名惊天，不过是拔出的萝卜带出的泥，就算将来他们不幸被官府抓住，万籁门也可以轻轻松松地把所有事往闻衡头上推，把自己摘干净。

柳逐风和柳随云毕竟是武林中有头有脸的人物，万万做不出将外甥扫地出门这种事，但要让他们甘冒风险收留闻衡，他们也做不到，毕竟万籁门还没有强横到视朝廷法令若无物的程度。他们只能用各种方法委婉而不失礼貌地暗示闻衡，希望他识趣。闻衡果然没辜负他们的期望，开出的条件既不伤万籁门的体面，也算是为自己争到了一点儿好处。

皆大欢喜,再好不过,柳逐风点了点头,欣慰道:"衡儿心地仁善,我这做舅舅的自然全力支持。"

闻衡嘴角一勾,顺着这虚情假意的气氛,颔首道:"多谢舅舅成全。"

话音未落,首座上响起"啪"的一声脆响,柳逐风的夫人秦氏终于被他们恶心得看不下去,摔了筷子冷笑道:"傻孩子,他这哪里是成全你,分明是变着法地糟践你呢!"

闻衡对这位大舅母了解不多,只知道她出身颇高,未出阁前便与自家母亲熟识,柳氏嫁去京城后,两个人还时有书信礼物往来,却从不知道这交情深厚到了大舅母会为她当着所有人的面,把柳逐风骂个狗血淋头的程度。

"这些年妹子嫁进王府,万籁门凭着这门皇亲得了多少好处?没有她就没有你的今日,你倒觍着脸拿起门主的派头来了!如今外甥遭了难,你不思伸以援手,反而变着法儿地把他往外赶,拿几两臭银子打发谁呢?对自家人尚且如此,出门在外你也好意思称仁称侠?快别笑死人了!赶明儿出门路过正堂前那块'豪侠尚义'的牌匾,你先找块镜子照照自己那张老脸,看你配是不配!"

柳逐风:"……"

柳随云忙叫道:"大嫂!大嫂息怒!大哥这也是无奈之举,不是我们薄情寡义,实在是……"

"实在是什么?"秦氏剜了他一眼,嗤笑道,"我旁的没看出来,倒是看出你跟你大哥实在是一条心,要不怎么狗颠儿似的替他说好话求情呢?"

柳随云就是棵墙头草,登时缩起脖子,被她骂得不敢吱声了。

他妻子曹氏温柔娴静,平日里话不多,也不曾对闻衡表示过格外喜爱,此刻却温温柔柔地劝柳逐风道:"大嫂说得不无道理。咱们是什么样的人家?行走江湖最重'道义'二字,连不相干的人受冤枉都要替他伸张一番，怎么轮到自家人反而顾虑重重起来？外甥年纪小不知江湖险恶，可咱们都是经历过风波的人，哪能不替他遮风挡雨，还要把人往外推呢？"

柳逐风与柳随云老脸丢尽，面上十分挂不住，可即便如此也不肯出声说一句软话，是咬死了不松口的意思。秦氏被这二人气得险些拔剑，被曹氏好说歹说给拦下来了。闻衡一直冷眼旁观这场闹剧，此刻终于放下了茶杯，杯子在桌上磕出"当"的一声轻响。

这声音不大，但足以让所有人都安静下来，转头看向他。

"两位舅母拳拳爱护之意，闻衡实在感激不尽，"他霜雪似的眉间似乎有了一点儿暖融融的笑意，"想来先父母若泉下有知，足感欣慰。"

这句话不知如何触动了秦氏的心肠，她叹了一口气，坐回桌边，似乎红了眼圈。

闻衡漆黑的眼珠转而看向柳逐风，那笑意转瞬即逝，变成无波无澜的静水："万籁门的难处我都明白，我在此盘桓数日，已是多有打扰。我背着逆党余孽的罪名，本不应当来叨扰舅舅、舅母，无奈当日事发突然，情急之下未能考虑周全，便贸然来了孟风城。"

"你这孩子说的什么话？！"秦氏抹着眼泪说道，"这是你亲舅舅，你娘的亲兄弟，你不投奔他们投奔谁去？偏这两个白眼狼不做人，才伤透了你的心。"

"舅母别这么说。"闻衡柔声说道，"我如今身体大好，也该为日后打算。先父的罪名一日不洗清，周围的人都要受牵连。跟随我来的侍卫个个都是忠勇义士，我也没别的牵挂，舅舅若还愿意卖我一点儿亲戚情面，就烦请您替我多照顾他们一些。"

曹氏在桌子底下捅了柳随云一胳膊肘，柳随云犹豫片刻，终究点了点头，干巴巴地应道："你放心。"

秦氏追问："那你呢？你可怎么办？"

闻衡垂眸思索了片刻，随意答道："先离开天守，走一步看一步吧。"

他这根本就是无处可去，秦氏皱眉想了一会儿，忽然说道："衡儿，若舅母送你去纯钧剑派，你肯不肯去？"

柳逐风的眉头狠狠跳了一下。

纯钧剑派是当世当之无愧的第一大剑派，能人高手辈出，剑法冠绝天下，收徒条件当然也严苛非常，不知有多少人不得其门而入，秦氏竟还想着送一个不会武功的逃犯去纯钧剑派，这不是拿着他们万籁门的面子去做人情吗？

他断然说道："不妥。衡儿半点儿武功也不会，如何入得了纯钧派的眼？徒费工夫，我们还不如尽快替他寻一处安身之所。"

"横竖与你无干，我自有门路，用不着门主替我们衡儿费心。"秦氏刺了他一句，转向闻衡说道："我家有位叔祖正是纯钧剑派的长老，这些年常有往来，我叫人替你传话，请他收你做个记名弟子。纯钧派在九曲越影山上，天高皇帝远，你也不必担心被朝廷追缉，可以清清静静地守孝。三年后若学艺不成，你再下山来另谋出路便是。你觉得如何？"

她这番提议在闻衡的意料之外，然而这的确是一条更好走的路，闻衡思量片刻，打定了主意，起身对秦氏一揖，道谢道："舅母苦心为我筹谋，闻衡岂敢辜负？一切听凭舅母安排。"

秦氏转悲为喜，亲自上前拉着他的手说道："好孩子，你娘这些年来的情分我都记着，舅母帮不上你什么，只盼着你平平安安，往后也能像常人一样过上安生日子。"

那双手柔软温暖，指腹有薄薄的茧子，一瞬间让他想起柳氏的手。闻衡喉头一酸，忙低头平缓情绪，低声对秦氏说道："舅母放心。"

事已成定局，柳逐风与柳随云不好再说什么，面色怏怏地退席离去。次日一早，秦氏便遣家人往越影山送信，详陈闻衡的身世来历，请本家叔祖代为照应。

半月后，闻衡辞别了侍卫和万籁门诸人，在一名家人的陪同下，动身前往九曲越影山纯钧派拜师。

天下至高峰为昆仑，昆仑上又分为南北两脉，北脉隔开了密州与博州、九曲与天守，南脉则是博州与中庆的分界。闻衡一路西行，眼中所见景象逐渐变化，与中原腹地的天守大不相同。昆仑高邈入云，融化的雪水化作数十条蜿蜒河流向西奔流。九曲得名，正因其境内地势多变，河道曲折迂回，有"九曲回肠"之称。

越影山正在昆仑北脉之上，纯钧剑派居于北麓，闻衡自山脚拾级而上，走了大半天，才望见山中烟云掩映的巍峨殿宇、重重院落，山道两旁树木葱茏，群鸟翔集，云浮雾绕，人置身其间，恍然如身处世外仙境一般。

门口巡逻的弟子拿着他的拜帖进去通禀，不多时便领着个年轻的青袍男子出来，介绍道："这是玉泉长老的弟子廖长星师兄，你随他进去拜见。"

廖长星腰悬长剑，挺拔如松，十分俊朗。他年纪虽轻，却颇为威严庄重，寒星似的双目自上而下将闻衡打量了一遍，淡淡地说道："请随我来。"

闻衡谢道："有劳。"

廖长星不是个多话的人，一路上如非必要，绝不动尊口，像是溪水里的河蚌化形成精。但他带着闻衡穿梭于山路栈桥之间，却始终留意着他的脚步，只要闻衡稍微表现出一点儿疲态，便随之放缓步伐。

纯钧派独占一座越影山，共有七峰，主峰清野峰是掌门的居所，其余五位长老各领一峰，以山为名号。闻衡随廖长星登上玉泉峰，在堂前站定，抬眼见门楣上悬着一块匾额，上面写着"松风万壑"四个铁画银钩的大字，廖长星说道："这里是师父授业的松壑堂，你且稍候，我去通报。"

闻衡离开孟风城前,从秦氏口中得知了这位叔祖的姓名,正是纯钧派前任掌门沈廉的徒弟,人称"浩然剑"的秦陵。沈廉是一代宗师,其门下弟子个个都是翘楚。秦陵曾于试剑大会上崭露头角,一战成名,更在纯钧派祖传剑法之外自创一套"江流剑法",气势磅礴,如洪波浩然奔涌,故得了"浩然剑"的名号。

武林中自来重师门不重家门,但秦陵在纯钧派地位举足轻重,秦家对他一向恭敬,时常走动联络,因此秦陵这回得了秦氏传信,他老人家也肯给几分面子,不避烦难,愿意照顾一二。

片刻后廖长星推开门,说道:"进来吧。"

松壑堂内正中太师椅上坐着一位乌发短须的中年男人,身形清癯,双眸明亮有神,不怒自威,开口问道:"你就是闻衡?"

他声音自丹田送出,低沉浑厚,不必高声便能传出很远,一听便知是内家高手。闻衡总听秦氏提叔祖,还以为这是个花白胡子的老头,没想到竟然这么年轻,看着仿佛才三十出头,四十不到。

闻衡深施一礼,低头回道:"晚辈闻衡,拜见玉泉长老。"

秦陵仔细打量了他几眼,见他相貌周正,身形修长,除了脸上带些病气外,倒没哪里不好。秦氏在信中说闻衡体弱不能习武,秦陵却不觉得他这样子像是提不动刀剑,于是问道:"可练过武功?"

闻衡低头答道:"因晚辈自幼身体孱弱,先父母溺爱,不曾叫晚辈习练武功。"

秦陵听罢这话,不置可否,径直说道:"那你可愿拜入纯钧派门下,随我习武?"

对方这就是愿意收下他的意思了,闻衡跪倒在堂前早已准备好的蒲团上,朗声回道:"晚辈愿意,多谢长老栽培。"

秦陵点了点头,叫他行过拜师之礼,又嘱咐道:"你的来历有些特殊,往后行走江湖,恐怕不便以本名示人,还是另起一个为好。"

闻衡再拜道："请师父赐名。"

秦陵端详他片刻，说道："衡者，持平天下之权，又古时有山名衡，就给你取'岳持'二字，望你持心如衡，岳岳磊磊，行仁蹈义，不堕本派威名。"

"谨遵师父教诲。"

秦陵"嗯"了一声，廖长星会意，上前扶起闻衡，温和地唤道："岳持师弟。"

闻衡一瞬间有些茫然，随即反应过来，叫了声"师兄"。

这个名字仿佛在冥冥之中给过去落了一道锁。京华十五载如烟云幻梦，尽数归于匣中，从此江湖浩荡，天地远阔，都要由他独自踏遍。

此后一生，再也没有能替他孤身赴死的人了。

纯钧，又称纯钩，乃是上古十大名剑之一，千年前曾是王室珍藏，后来在战乱中丢失，从此流落江湖，不知所终。百年前本派先祖袁师道途经越影山，夜宿山下，半夜忽然见山顶腾起一束青光，气冲斗牛，他便循着这异象一路登上山顶，找到青光所发之处，最终在悬崖峭壁的缝隙里拔出一把宝剑，剑上铭刻着两个篆字，正是"纯钧"。

袁师道本是当世剑术大家，又得此绝世神兵，于越影山中潜心钻研，终于悟得剑道绝学，武功大成。他自此开宗立派，以镇派之宝纯钧剑命名，即是今日之纯钧剑派。

以上这个听起来仿佛卖假古董的人附赠的小故事，来自闻衡新认的二师兄、看起来十分不苟言笑的廖长星。

秦陵座下只有四个弟子算是他的亲传，大师兄康长淮，二师兄廖长星，三师兄郑长益，四师兄温长卿，另有四个记名弟子，算上闻衡，整个师门一共才十个人。若秦陵有事来不及教导，时常由亲传弟子代劳，正因这授业情谊，本门内师兄弟关系亲近，相处颇佳，倒没有什么内外之分。

四个记名弟子住满了一个院子，闻衡因是新来的，又要守孝，饮食上有颇多忌讳，秦陵已知内情，故叫廖长星单独安置他。他们玉泉峰向来人少，院落房屋有限，廖长星思来想去，最终想起临近后山处有座小院，原本是上任长老用来酿酒的所在，后来这位长老辞世，别的弟子都没有这爱好，就一直闲置着。

这院子前面挨着客院，背面就是后山，十分偏僻安静，却正适合闻衡独居，而且这小院当时为了酿酒修了一个小厨房，也方便他自炊自食。廖长星领着闻衡里里外外地转了一圈，末了说道："这里确实有些简陋，你若不喜欢，我再带你去别的院子。"

说这话的时候他顶着一张格外肃穆的脸，那意思仿佛是"你最好满意，如果不满意我就把你从后山扔下去"。

好在这几日下来，闻衡已摸清了他外冷内热的本质，坦诚地说道："这里刚好，难为师兄费心为我日日奔忙，多谢师兄。"

廖长星高冷矜持地点了点头，又说道："柴米油盐等物每月会有人送上山来，到时候我叫厨房另给你送一份。你且歇息休整，三日后师父授课，辰正二刻来松罄堂中听训。若有什么不懂的，你到前院来找我。"

闻衡点头应是。

送走了廖长星，闻衡关上门回到院中，也顾不得床铺桌椅尚未清扫，一头栽倒在光秃秃的床板上，和衣仰卧，目光散漫无际，最终怔怔地落在房梁暗生的尘网间。

此时此刻，闻衡终于能清晰地感觉到他彻底地变成了"一个人"，前尘远去，往后的日子里再也没有父母故旧可以拉扯着他向前走了。

三日之后，闻衡依照廖长星的嘱咐来到松罄堂前。他以为自己起得算早，却没想到有人比他更早。那四个记名弟子已齐聚门前，穿着式样一致的青里白衣，腰系淡青丝绦，左侧佩长剑，行走时同色剑穗随着步履微微飘动，十分潇洒。

相比之下，闻衡两手空空，装束朴素，几乎算得上是寒酸了。

听见他的脚步声，四个人侧头望来，却没有一个人肯主动开口与他说话。闻衡倒是瞥见靠后的两个人偷偷咬耳朵，从口型上来看，说的应当是"这就是新来的记名弟子"。

离他最近的男子比他高了半头，看上去不到加冠之龄，眉宇间却带着一种故作老成的骄矜气质，居高临下地睨了他一眼，轻蔑地说道："呵，哪里来的野鹌鹑？"

闻衡很少被人用这种眼神盯着看，还挺新鲜，慢半拍才反应过来，这少年并非不知道他是谁，之所以故意这么说，是对他抱有敌意，大概是担心他横空杀出，抢了众人之中唯一一个亲传弟子的名额。

他木然地心想，这人的担心恐怕有点儿多余。

闻衡的根骨是他亲爹亲娘亲自认证过的不行，除非转世投胎重新做人，否则这辈子是没可能练武了。

"在下岳持，前日刚拜入玉泉长老门下。"他没有行礼，站在离那人几步之外，不咸不淡地说，"若我是野鹌鹑，那恐怕诸位也不算什么家养的良禽。"

他骂人不带脏字，却一句话暗刺了四个人，听得那出言不逊的年轻男人眉头重重地跳了一下，当即扶上剑柄，要与他动手。

闻衡却还嫌不够似的弯了弯嘴角，朝着他们所在的方向施了一礼："师兄。"

四个人如同被人打了后脑勺，齐齐回头，只见廖长星与一个高挑男子一道走来，忙行礼齐声唤道："二师兄好，四师兄好。"

廖长星板着脸点头应了，另一位正是温长卿。他生得俊朗风流，看模样似乎比廖长星容易亲近一些，走近了招呼道："师弟们早。这就是咱们新来的小师弟？在这里住得可还习惯？想不想家？"

他只是无心之问，廖长星却深谙内情，忙在背后轻轻撞了他一下。

温长卿纳闷地回视他，闻衡只装作不知，规矩地答道："多谢师兄惦记，我一切都好，以后总会习惯的。"

廖长星说道："这位是你四师兄温长卿，大师兄和三师弟在外未归，改日再替你引见。这四位同你一样，都是师父的记名弟子，往后与你一道学艺。"言罢，他又意有所指地补了一句，"你们既为同门，自当友爱和睦，不可有恃强凌弱之举。"

他这人一贯严肃，况且辈分摆在那里，相当于他们的半个师父，此言一出，连同闻衡在内的五个人立刻回道："谨遵师兄教诲。"

温长卿哈哈一笑，打圆场道："你们二师兄从来都是这样，不是要凶你们，别被他吓着了。李直，你的'平潮剑法'练得如何了？"

温长卿没有师兄架子，经他一番提点询问、插科打诨，闻衡知道这四个记名弟子分别叫作李直、吴裕、崔君安、周勤，其中最像爹毛公鸡的那个人就是李直。他年纪最轻，武功最好，天资亦佳，更有趣的是，从出剑习惯来看，他除了修习纯钧派本门剑法外，身上似乎还有一些褚家剑法的影子。

他既然不姓褚，那恐怕就是褚家门下几个外姓小家族的子弟了，想来出身不错，难怪如此倨傲。

但倘若他在自家十分出类拔萃，他家长辈最先考虑的一定是叫他拜褚家前辈高人为师，断不会舍近求远，送他来纯钧派做个记名弟子。

闻衡这么一想，李直的傲慢就有些值得推敲了，恐怕只是徒有其表，弄个涂金布银的壳子吓唬人，内里其实虚得很，是个一戳就破的纸老虎。

不过闻衡并没有揭人短的爱好，只要李直不硬往他面前凑，闻衡是不会手欠地戳漏他的。

待松壑堂开门，五个小弟子鱼贯而入，温长卿才拉着他二师兄悄悄咬耳朵，说道："新来的这小子年纪不大，倒是沉稳有度，比李直还强些，你觉得呢？他功夫怎么样？"

廖长星收回若有所思的目光,睨了他一眼,四平八稳地教训他道:"都是你的师弟,不要厚此薄彼。"

温长卿笑眯眯地问:"哦?那一大早是谁闲得掉毛非拉着我来院子里散步,二师兄这个时候不是在吃早饭吗?"

廖长星难得地没有立刻接话,思索片刻,说道:"谁找你散步你都答应,想必你今日很有闲工夫,既然这样,不如午后就由你送他们去主峰听讲,顺便拜见掌门吧。"

温长卿:"……"

他扯着廖长星的衣袖,声泪俱下地嚷嚷:"师兄,你可不能害我啊!你又不是不知道那大小姐最近在练天女剑,就缺一个人站在那儿给她捅……"

"吱呀"一声,松鳘堂的窗户被人从内推开,闻衡虚咳了两下,用气声说道:"师兄,小点儿声。"

窗内,秦陵和其他四个弟子面无表情地望过来。

廖长星把他的手从衣袖上扒拉下来,泰然自若地对他说:"你看,不光我知道,现在师父师弟们都知道了。"

闻衡朝温长卿投去同情一瞥,把窗户关上了。

记名弟子李直恃才倨傲,二师兄沉稳端庄,四师兄……活泼天真,他们这师门还挺有趣,居然能养出一群这么性格鲜明的活猴子。

闻衡分神想着别的事,冷不防秦陵在上面点名:"岳持,你没正经学过武功,不必急着学剑,先去主峰砺金堂取一本《小忘物功》,随众弟子一道修习心法。"

闻衡忙回神应"是",坐在他左边的李直斜眼瞥他,忽然颇为恶意地提问道:"师父,岳师弟能得您青眼,拜入门中,却怎么说是没学过内功?那是他在剑法上有格外出众之处吗?"

秦陵沉吟不语。他虽是受人所托为闻衡开了后门,但也不想让几个徒弟凭空心生芥蒂。毕竟闻衡只是白占个名头，余下四个人却极有可能成为他的亲传弟子。

然而闻衡的身份知道的人越少越好，以免惹来麻烦，秦陵不能对徒弟直接讲明，正打算含混地一句带过，闻衡已先善解人意地开口答道："在师兄面前不敢自夸有天赋，只不过读过几本剑谱，认得几种武功罢了。"

少年人争胜不服输是常事，闻衡若认下了"名不正言不顺"这个锅，日后必然会成为李直他们寻衅挑事的借口，他此刻绝不能退让分毫，否则有一就有二。这次李直敢当着秦陵的面挑衅，下次怕不是就要把他不会武功的事捅到纯钧派掌门面前了！

秦陵原以为他纯粹就是个娇生惯养的倒霉大少爷，没想到他竟然真有绝活，一时没来得及否认。李直于是将他的沉默当成了默认，心道谁还不认得几种武功路数？这玩意儿算什么天分，也配与他们这种正经武学世家出身的人同列门墙？

他心中对此不屑一顾，脸上也带出几分轻视神色，阴阳怪气地说道："岳师弟也忒自谦了，何必藏着掖着？也让我们看一看你的本事。毕竟毫无根基还能被师父挑中，你可是这些年来的唯一一个人。"

第四章
少年

　　作为一个早入门好几年的师兄，他如此咄咄逼人，其实有失体面。但李直果然不负他名字里这个"直"字，空有一颗争强好胜的雄心，脑筋却不会转弯，更不会看人脸色，觉得谁不顺眼就一定要为难他，全然不顾上首秦陵已因为他这几句话而皱起眉头，嫌他太张狂。

　　闻衡坦然无畏地迎着他的目光，竟然还有空分神，心想李直这样，其实算是从反面证明了玉泉峰风气宽和包容，这样的二愣子还能留他到如今，秦陵这一门恐怕是活菩萨带着座下童子同时转世了。

　　他客客气气地说："我才疏学浅，也常担心自己当不起师父错爱，既然师兄执意要我证明，那我就斗胆一试，诸位师兄万勿见怪。"

　　不愧是庆王府里出来的人精，秦陵暗自点头，明知闻衡这话全是虚假客套，还是忍不住被抚平了眉头。

　　闻衡望了他一眼，见秦陵没有阻止的意思，又说道："方才四师兄在门口指点剑法，我瞥见几眼，不如就以这些剑招为题，一个一个来。"

李直愣了愣，还没弄明白他的"一个一个来"是什么意思，便听闻衡说："李直师兄演示的是'平潮剑法'，其中第九式、第十二式、第十五式却暗含拓州褚家'风字诀'剑意，是因为这几招变式相似，'平潮剑法'势沉稳健，需得手腕运力；'风字诀'则更为灵活轻飘，师兄内功不到火候，为了省力，所以把'风字诀'的招式化用在了这里，也不能说不对，但招式衔接有大破绽，比试时手中剑容易被人挑飞。"

"崔师兄的'平潮剑法'中规中矩，没有错处，优点是稳扎稳打，然而失去了平潮剑至柔则刚、奔涌开阔的气象。我看你用剑的姿势，似乎还是惯用单刃，我斗胆一猜，师兄以前是先学刀，后来才改学剑的？"

崔君安连连点头，赞叹道："说得一点儿也不错！"

李直白着脸，狠狠地瞪了他一眼。

"吴、周二位师兄，"闻衡见他们二人突然被点名，下意识地挺直了颈背，不由得笑了笑，继续说道，"一看就是从小学剑、用剑，招式娴熟，一个是带点儿梅溪山庄'虹影垂天剑'的风范，另一个则有'孤侠'翁白鹭之遗风。"

他句句中的，这下不光是吴裕、周勤二人，连秦陵亦拊掌称赞道："妙极！难得你博览各家武学，更难得的是竟能融会贯通，有这等见识，往后学起武功来也必定事半功倍，一日千里。"

也不一定，闻衡默然心想，师父好像还不知道自己这身子骨练不了武功，得挑个良辰吉时告诉师父，免得师父他老人家哪天毫无准备突闻噩耗，再给气厥过去。

李直听他挑自己的毛病时，虽然句句扎心，却还没这么慌，可等到闻衡一一言中其他人的师承剑招时，才终于意识到这人绝不是个省油的灯，更不是他惹得起的善茬——对习武之人而言，还有什么比弱点被敌人一眼看穿更可怕？闻衡哪怕自己不出手，只要出声指点一下旁人，就足以给他带来无穷的麻烦。

李直死死地抠着自己的掌心,脑海里只有一个念头不断盘旋:绝对……绝对不能让这小子留在玉泉峰上。

"李直?"

"李直!"

秦陵的沉声喝令令李直打了一个激灵,李直从愣神中惊醒,慌乱地应道:"徒儿在。"

"你师弟方才说的那些话你都听清了?"秦陵冷冷地说道,"回去好生练习'平潮剑法',我会叫你师兄盯着你。你最好把那些怠懒心思都收起来,若下次偷奸耍滑再被我捉住,你就不必留在玉泉峰了。"

李直悚然一惊,吓得恨不能指天发誓,忙跪下连声告饶道:"徒儿知错!求师父恕罪!徒儿一定改过自新!"

其余三个人见他战战兢兢的模样,生怕秦陵也嫌他们学艺不精,不免有些惴惴不安。正忐忑间,却听秦陵说道:"你们拜入我门下时,多少学过几年武功,根基既已栽下,便不易动摇,不过这也不是坏事。武学贵在别出机杼,自成风骨,正所谓师其意不泥其迹,将来倘能将本来的功法融于纯钧派武功中,领略武学真义,乃至另辟蹊径,自创一脉功法,就可称得上是大成了。"

众弟子松了一口气,各自对望,齐声应道:"弟子受教。"

因为李直横插一脚,这堂课拖延许久,待他们从松壑堂出来时,已过了晌午。温长卿正等在门口,懒洋洋地哼唧道:"好饿,怎么这么慢?"

对李直这种一眼可以看透的人,闻衡不必打起全部精神就能应付,可温长卿不一样。这人看着全无心机,一派天真烂漫的样子,可若没有点儿真本事傍身,谁敢在玉泉峰上如此肆无忌惮?师父和上头的师兄不以为忤,反而还对他颇为纵容?

闻衡落在最后,没搭话,李直正气不顺,周勤主动答道:"师父讲得兴起,我们听得忘神,所以就迟了。"

温长卿本来也只是随口闲聊,并不在意原因,拍了拍手说道:"本来打算带你们去蹭主峰的午膳,这个时辰也不知赶不赶得上,别愣着了,快走吧。"

越影山主峰清野峰是掌门居所,也是纯钧派的门面所在,上面除了议事待客的剑气堂,还有藏书的砺金堂、论道的海川堂、演武的精刚堂……以及专供用膳的五味堂。

闻衡看着门口匾额上的"五味俱全"四个字,感觉纯钧派比京里某些王府都讲究,这些人不去考个秀才可惜了。

按纯钧派的规矩,弟子们平日里由各峰长老教导,每隔五天要来主峰听讲一次,统一修习本派内功。盖因内功是一切武学的根基,弟子稍有不慎,很容易走上歪路,必须有精于此功的人在旁引导指点,以免出现走火入魔这种大岔子。

像闻衡这种初入门的弟子,就要和其他同等水平的别峰弟子一起学习最基本的心法《小忘物功》。

《小忘物功》是从纯钧派镇派秘籍《忘物功》中演化而来。《忘物功》是武林中数一数二的上乘内功,博大深奥,然而其幽微曲折之处颇多,纵是本派高手也未能全部参透,所以长老们从中拣选出一部分浅显易懂的功法,编成了《小忘物功》,两者同出一脉,既可为弟子们打下底子,又不至于晦涩难学。

昔年庆王闻克桢为了解决闻衡不能习武的难题,也曾找来《忘物功》让他试着修习,然而终归是徒劳。闻衡这次听讲,还抱着一点儿"纯钧派或许有不传秘法"的侥幸心理,然而他跟着众人呼吸吐纳了一下午,丹田仍空空如也,没摸到半丝"真气"的影子,他便知道自己是完全没救了。

负责教授内功的是本派高手史鹏,他巡场巡到闻衡旁边,还站住脚惊讶了一下。因为纯钧派收徒门槛高,来者要么是早有基础,要么是天资卓绝，真正能进入海川堂听学的人，很少会出现这种努力了半天还毫无成果的尴尬情况。

"啧，你是怎么回事？"他俯身按住闻衡的背心，试图以自身真气引导闻衡气沉丹田，"闭目静心，循着我的真气……咦？"

他手上那道真气一进入闻衡身体中，瞬间如泥牛入海，消散得无影无踪。史鹏不信邪，依法重试一回，依然如此。他在海川堂执教十余年，还是第一次遇到这种怪异体质，不由得大惊："你这根骨好生奇怪，怎会好像没有奇经八脉一样？"

闻衡心虚得睫毛颤了几下，还没等他想好如何装傻，史鹏满脸疑惑地起身说道："你随我来。"

李直他们从另一间讲堂出来，不情不愿地站在院中等闻衡散学。然而等了许久，直到所有人都快走光了，闻衡也没出现，李直等得不耐烦，皱眉问道："这小子又弄出什么事了？"

崔君安随手拉住一个弟子，问道："师弟，向你打听一个人，今日新来的那个小师弟去哪儿了？"

"师兄说的是那个岳持？"那弟子回道，"被史先生叫进内室了，还没出来呢。"

崔君安愣了愣，追问道："他怎么了？史先生为何忽然要留他？"

"不清楚，"那弟子摇头说道，"我隐约听着，似乎是他始终没摸着丹田存气的门路。"

李直心下一动，问道："他难道真的一点儿内功都不会吗？"

"八成是，"那弟子玩笑道，"可能先生也嫌他太笨了吧。"

几个人正说着话，旁边忽然传来一个清亮娇嫩的女声，如婉转莺啼，含笑道："好久没见了，你们在这里说什么呢？"

一个穿鹅黄短袄、腰悬长剑的少女自院外走来，步履轻盈，姿态绰约，直教众人眼前一亮。李直立刻换上一副笑脸，迎上前去，殷勤地问道:"师妹怎么有空过来了?"

少女在离他两步远外站定,说道:"刚从精刚堂练剑回来,有些问题想请教史伯伯。"

这少女不是别人,正是纯钧派的大小姐、掌门韩南甫的独生女韩紫绮。她肖似其母,生得端丽秀美,李直对她素有好感,马上抢在别人面前说道:"玉泉峰上新来了一个记名弟子,今日跟着一起过来听讲,好像因为他太笨了,方才被史先生留了堂,我们正说这事呢。"

韩紫绮好奇地问道:"笨?秦伯伯怎么会收这样的徒弟?"

没等李直接话,身后传来"吱呀"一声,闻衡推门而出,大概没有想到院子里有这么多人,一时愣住了。

韩紫绮与他四目相对,什么都忘了,脸颊上蓦地飞起一片红霞:"呀,好俊俏的小师弟。"

闻衡:"……"

李直的脸"唰"地一下绿了。

论理闻衡比韩紫绮还要大上一岁,但按入门早晚排辈的话,韩紫绮叫他"师弟"倒没错,就是前面多带了一个"小"字,令人觉得很不对味。

他面无波澜地走下台阶,瞥向崔君安,等着崔君安介绍。韩紫绮却不认生,落落大方地笑道:"我叫韩紫绮,是你师姐。你呢,叫什么名字?"

"岳持。"闻衡一句多余的话都没有,干脆利索地叫道,"见过师姐。"

他答得太不在意,反而显得冷淡。韩紫绮在同年纪的师兄弟中还没见过这种傲得格外出众的男子,反倒被勾起了好奇心和好胜心,想逗他多说几句话。

她面上笑意稍敛,直白地问:"我方才听说你被史伯伯留堂了,怎么,你半点儿武功也不会吗?秦伯伯怎么会收你做弟子?"

闻衡听她一口一个伯伯,再一想纯钧派掌门人韩南甫,就猜到了她的身份。只是他既没有借这位大小姐向上爬的野心,韩紫绮在他眼里也顶多只算长相周正,断然不到惊艳的地步,所以仍旧没看韩紫绮,心平气和地答道:"是。至于师父为什么收我为徒,你可以问问李直师兄。"

韩紫绮一头雾水地看向李直。

李直:关我什么事?

闻衡中午没吃几口饭,现在有点儿饿了,而且他还不会生火做饭,只怕回去要对着冷锅冷灶发愁,因此心情十分低落,只想赶紧走人。谁料李直突然说:"岳师弟有个绝技,他虽不会武功,却熟知许多武功招数,师父今日还夸他能融会贯通。师妹,你最近不是在练天女剑吗?何不叫岳师弟给你看看?"

"哦?"韩紫绮点头,"好呀。"

闻衡快要烦死他们了,沉着脸说道:"我学艺不精,不敢胡乱指点师姐,史先生就在房中,师姐不妨去请教他。"

"我要请教史伯伯,何时不能请教?"韩紫绮笑道,"今日偏要看看你的真本事。"

李直在旁边帮腔道:"同门切磋而已,岳师弟何必推辞?"

有些人就是爱把强人所难美化成不拘小节,还觉得自己怪理直气壮的。闻衡强按下心中不快的情绪,随手从庭院中开得正盛的梅树上折下一根长直树枝,以此为剑,以示无伤人之意,淡淡地说道:"既然如此,那我就恭敬不如从命了。师姐请。"

韩紫绮都快被他气笑了,当下擎剑在手,"唰唰唰"疾刺三招,口中高声喊道:"少瞧不起人了!拿根破树枝吓唬谁呢?"

闻衡面不改色地向后撤了一步,将手中梅枝一甩,连点她右半身腰腹几处大穴,韩紫绮出剑虽快,却没快到不给他人反攻之机的地步。她的剑还没到闻衡面前,闻衡的树枝已扫到了她的衣角。她见势不妙,立刻挥剑向闻衡手中的树枝斩去。

天女剑此名本意是"天女散花",一招中最多含着二十剑,轻灵飘逸，密如花雨，既要使得优雅绰约，更要出剑迅速，否则形神皆散，难副"天女"之名。韩紫绮毕竟是初学，剑招不熟，气力不足，兼心绪不稳，跟天女散花根本搭不上边，在闻衡眼里差不多就是东一榔头西一棒子。

经过那日破庙中与黄鹰帮一战，生死淬炼之后，闻衡的心境和剑术似乎都有所长进，他没有内力可以依赖，反而更能体悟剑中纯粹的"道"，再以广博的武学功法为基础，逐渐从中摸索出了一套适合自己的应敌剑法。

韩紫绮连续出了几剑，不是被他手中的梅枝点中要穴，就是被扫到手腕、颈间，天女剑竟施展不开。反观闻衡出剑，飘忽诡异，快得令人目不暇接，一时倒分不清到底谁才是"天女散花"了。

李直看得焦急，恨不得撸起袖子替韩紫绮上。恰在此时，韩紫绮步步后退，不小心踩到一块结了冰的地面，脚底一滑，重心不稳，登时向旁边歪倒。这一倾她正好将自己送到闻衡的出剑范围内，颈侧被来不及收走的梅枝重重地戳了一下。

围观众人惊呼小心，李直立刻抢上去要扶她，然而没等他的手碰到韩紫绮，斜刺里忽然凭空冒出一截剑鞘，刚好垫在韩紫绮的背后，稳稳地将她托住了。

韩紫绮立刻借力站稳，心中暗道幸好。江湖儿女虽然不讲那么多男女之防，可毕竟不能太亲近，刚才那一下要是栽进李直怀里，他们二人恐怕就牵扯不清了，不知会被传出什么闲话来。

她感激地看向旁边出剑的人，那是个明俊沉静的少年，比他们大不了几岁。他见韩紫绮站稳便收了剑，规矩地抱拳行礼，目不斜视地说道："得罪了。"

韩紫绮忙回道："多谢余师兄。"

此人正是纯钧门年轻一辈中的翘楚、积雪峰郑熠长老的亲传弟子余均尘。

"我来找史先生，诸位请便。"他不爱寒暄，说完自己的来意，也不等别人回话，径自转身走了。

余均尘的高不可攀是出了名的，同他一比，闻衡都称得上是和蔼可亲。然而他有冷淡的资本，在场众人连个屁都不敢放。待他的身影消失在门后，韩紫绮悄悄松了一口气，抬手一摸脖子，感觉有点儿刺痛，当即花容失色地叫道："哎呀，该不会被划破了吧？"

爱美之心人皆有之，小姑娘尤甚，韩紫绮对自己的容貌颇为看重，生怕留疤，因此不自觉有点儿一惊一乍。可李直刚被人截了和，心中正不高兴，一听韩紫绮受伤，满腔怒火登时有了发泄出口，提掌便向闻衡拍来："你竟敢伤了师妹？岳持，你好大的胆子！"

他就是欺负闻衡没有内力，比剑比不过又如何？闻衡就是把树枝舞出花来，他这一掌下去，也必能将闻衡打个半残！

韩紫绮立刻叫道："住手！"

然而阻止为时已晚，李直的掌风顷刻间扫至胸前，闻衡毫无防备，根本来不及躲，几乎是站着不动，被他重重地击中了胸口——

"哐当"一声巨响，后接一串桌椅板凳倒地的"丁零当啷"的乱响，李直宛如被人当胸踢了一脚，倒飞出去，砸塌了海川堂的门板，又撞翻了堂中数张书桌，最后以倒栽葱的姿势，一头扎进了史先生的书案下。

所有人："……"

"谁在海川堂内动武？！"

门外传来廖长星的厉声喝问，他与温长卿匆匆奔入，正好与闻声出来查看的史鹏与余均尘打了个照面。但见讲堂大门霍然洞开，室内一片狼藉，李直不见踪影，韩紫绮与三个少年呆若木鸡地僵立当场，而闻衡站在梅树下，嘴角溢出一丝血痕，缓缓闭眼倒了下去。

他胸口剧痛，气息难继，闭眼前视线中最后定格的是漫天飘落的白梅花，竟然很像那夜花神庙外纷纷扬扬的鹅毛大雪。

他茫然地心想：我要死在这里了吗？

"师弟……师弟？"

"岳持！"

闻衡蓦然从梦中惊醒，发觉自己好端端地躺在床上，右手压着胸口，隐隐发麻。床榻之畔有一把铁剑，桌上摆着一壶凉水，周遭是他熟悉的陈设。

他将右手举到眼前，盯着上面细碎的伤疤和老茧，有点儿想不明白自己怎么会突然梦到三年前的往事。

"岳持！开门！别躲在里面不出声！"

哦。

他漠然地心想，原来是因为睡觉的时候某些人在旁边打岔，这尖叫声太刺耳了，难怪他会突然做噩梦。

他翻身从床上坐起，套上靴子，走过去开门。

"什么事？"

三年前他只比韩紫绮高小半头，如今韩紫绮才刚到他的胸口，闻衡跟她说话得弯腰低头。然而他今天还在犯困，索性连头也不低，只懒懒地垂着眼，眼角眉梢像被淡墨笔扫过，斜斜飞起，漫不经心的神情恰到好处地柔和了他冷峻锋利的轮廓，像春日阳光照进密林深处，坚固岩石也显得温暖起来。

这三年里，余均尘终于不再是越影山上最孤僻的人了，闻衡与他并列，也把自己活成了不好亲近的样子。只不过余均尘是心无旁骛，天生话少，不耐烦于人情世故上多费心思，有点儿不食人间烟火的意思；闻衡却周全缜密，滴水不漏，看上去挺好说话，实际上跟谁都不交心，总是站得远远的，教人可望而不可即。

这些年里除了玉泉峰的同门，还愿意往他面前凑的，就只有韩掌门的掌上明珠、十分聒噪的大小姐韩紫绮了。

"真是奇了，你今日居然起得这么晚，难道是昨夜神功大成了？"

自从三年前李直打他反被弹飞一事传开后，所有人见了他都要问一句"师弟今日神功大成了吗"，久而久之，这已成了口头禅。闻衡懒得理她，抬手往院子里指去："师姐一大早就扰人清梦，有何贵干？"

韩紫绮知道他的规矩，从来不让别人进屋，于是很自觉地在院子里坐下，从袖中摸出一个淡青色剑穗，举在手中晃了晃："给你送这个。"

闻衡立刻拒绝道："不——"

"我知道你不爱挂剑穗，不收我做的针线，不喜欢青色……不管什么乱七八糟的，这次你必须挂。"韩紫绮撇嘴道，"这是我娘做的，不犯你的忌讳。"

闻衡莫名其妙地问："好端端的，为什么突然要挂剑穗？"

韩紫绮说道："今早听我爹说，十一月初八尚伯伯要辞去玉阶长老一职，闭关归隐，由崔进师叔接任长老之位，到时候许多江湖朋友要来观礼道贺，所以众弟子都得打扮齐整，免得给咱们门派丢脸。"

闻衡叹了一口气："知道了。"

韩紫绮又说道："我看你也清闲不了多久，初八盛会，各峰长老的知交好友都会来，秦伯伯肯定叫你们替他招待人。"

闻衡闭嘴不言，感觉自己已经开始头疼了。

韩紫绮前脚刚走，廖长星后脚就到，一看石桌上的剑穗，心中立时了然，却没有开玩笑，而是坦然地对他说道："师妹有心了，我来也是与你说这件事的。十一月初八积雪长老卸任，届时咱们玉泉峰也要迎客，旁人都好说，师父的知交挚友、明州神医'留仙圣手'薛慈要在峰上多住两月，开春方回。"

秦陵座下四位亲传弟子，唯独廖长星比较得闻衡待见，就是因为他举止端方，不爱说笑，跟野猴子似的四师兄形成了鲜明对比，是越影山上为数不多的正经人之一。

闻衡给他倒了一杯茶，不甚在意地问道："来便来了，与我有什么关系？"

廖长星道了声谢，接过茶，说道："一是他到山上后会住在你隔壁的客院里，有时或许需要人帮忙，师兄住得远，麻烦你搭把手，别怠慢了贵客。二来呢，师父的意思也是想借此机会请他掌眼，看看你这体质能否靠人力调治扭转。"

闻衡怔了怔。

廖长星叹道："你这些年来不容易，我们都看在眼里，无论如何，有机会就要试试，万一试对了呢？"

那一年李直故意对他出手，自己却被弹飞出去，这事实在奇诡，且当着海川堂讲师、掌门女儿以及积雪、玉泉二峰弟子的面发生，廖长星想替他瞒都瞒不住。闻衡醒来后，还没理清头绪，就与李直一道被送进了剑气堂，在掌门与五位长老面前对质。

据李直说，他那一掌只用了三成内力，本意是想教训一下闻衡，并不是存心重伤他，谁知掌心击中闻衡的胸口时，对方体内竟有充沛真气，像一堵墙似的将他拍了出去。他非但不觉得自己错了，反而怀疑闻衡是装弱，有意掩饰自己的武功，背地里不知还藏着什么心机。

闻衡比别人还蒙，在纯钧掌门韩南甫面前一五一十地说了自己这些年来的情况，五个长老上来轮流给他把脉，得出的结论都是同一个——丹田空空如也，奇经八脉细弱无力，别说"体内真气充沛"，别人给他输送内力都是泥牛入海，毫无踪影。

李直不服，垂死挣扎中突然迸发灵感，高声叫道："掌门、诸位长老，弟子没说假话，这小子就是装的！你们要是不信，打他一掌一试便知！"

剑气堂中喧嚣声顿去，闻衡在死一般的静寂气氛中攥紧了拳头。

纯钧派伤药很灵验，但他毕竟是肉体凡胎，被李直击中虽然没受严重内伤，但五脏六腑都在隐隐生痛，口中的血腥气至今仍未散去。

如果这时候有人再给他来一掌，闻衡不确定自己还能不能好端端地站在这里。

五位长老交换着眼神，韩南甫面沉似水，似乎真的在思考李直这提议的可行性。没等别人说话，温长卿先看不下去了，站出来说道："掌门，岳师弟要真是像李直说的那样有备而来，根本就不会跟李直起冲突，甚至根本就不会被李直打中，否则不是一下子就露出马脚了吗？这世上稀奇古怪的事多得很，岳师弟体质特殊又不是他的错，若因此白挨一掌，岂不是太冤了？"

明河峰长老孟飞雪赞许地点了点头。

李直争辩道："岳持剑法诡异，内功古怪，却一口咬定自己没学过武功。难保他不是修习了什么歪门邪道的功法，将自己练成这样，才企图偷学本派秘籍《忘物功》。掌门明鉴，这世上怎么可能有人没学过武功，单凭一根梅枝就能跟紫绮师妹打成平手？弟子也是心中疑惑，才出手试探。"

秦陵早知闻衡的身份，此刻见李直颠倒黑白、胡乱攀咬，不禁叹气。

韩南甫沉吟片刻，说道："长卿说得不无道理。不过李直有错在先，岳持也不能自证清白，依我看，这两个人都不宜留在山上，干脆放出去做外门弟子，以后不许再入内门。"

李直如遭雷劈，当场傻了。闻衡脸色微变，心中一沉，只觉呼吸窒闷，连喘口气都牵扯得五脏六腑发痛。

此事说白了是玉泉峰的家事，别的长老纵然觉得不妥，见秦陵无话，也不好越俎代庖。韩南甫见众人无话，随即说道："那就——"

"掌门容禀，"廖长星忽然说道，"弟子有异议。"

他越众而出，规规矩矩地行了礼，一板一眼地说道："依照本派门规，主峰上除精刚堂外不得动武，不得私下斗殴，不得同门相残。岳持师弟和紫绮师妹犯了一、二条，该被罚打扫海川堂一个月，禁武十日，抄写门规十遍。李直师弟却犯了三条，论理当被逐出门派，永不再用。"

"但是门规里没写不能体质特殊，更没写不能天赋过人，岳持师弟没有犯戒，亦无须自证清白。"他继续说，"一个被罚轻了，一个被罚重了，有失公允，还请掌门三思。"

韩南甫："……"

廖长星这人有时真不知该说他是耿直还是死脑筋。他就差拿出一本门规对着韩南甫大声朗读了，只要韩南甫回一句嘴，一口"罔顾门规"的大黑锅马上就能严丝合缝地落在韩南甫的脑袋上——天下有这么欺负掌门的弟子吗？

流霞峰长老谢清都听到最后，忍不住笑了起来，朝秦陵揶揄道："我早说长星这孩子老成持重，省了你多少事。"

孟飞雪说道："紫绮这性子确实得改一改，亏得岳持懂事，不拿真刀真枪跟她比画，否则不小心伤了、碰了，找谁说理去？"

韩南甫轻咳一声，经孟飞雪提醒，才想起这里头还有他的宝贝女儿的事，立刻顺水推舟、顺坡下驴，顺着孟飞雪的话说道："不错，还是长星思虑周全，就依他说的办，诸位以为如何？"

秦陵对廖长星的提议还算满意，点了点头，诸位长老见他表态，自然不会插手多管别峰的闲事，于是此事尘埃落定。李直第二天便收拾包袱离开了越影山，闻衡则被他铁面无私的二师兄打发去海川堂，勤勤恳恳地擦了一个月的地。

韩紫绮与他不打不相识，每天追着他请教剑法，碰的钉子越来越硬，最后只好偃旗息鼓，灭了心里那点儿旖旎之思，单方面地试图与他成为好兄弟。

闻衡到现在也没弄清楚他为什么能把李直弹飞，通过为数不多几次经验来看，他体内确实有一股真气，四散在身体各处，闻衡自己不能驾驭它，但如果有外力相激，真气便会自发聚积与之抗衡。

简单来说,就是他有个护体金刚罩,但不会用,只能站着等别人打他,也不能保证不被打死,反正是聊胜于无。

他想要自保,就只有依靠手中的长剑。

所以这三年来闻衡是玉泉峰上最勤奋的弟子,每天只睡两个时辰,练起剑来没日没夜,卷刃的剑堆满了后山的一个深坑。一开始所有人都觉得他有点儿疯,但经年累月旁观下来,发现闻衡疯得"细水长流",其实是一种超乎常人的坚韧不拔的品质。

勤奋能不能感动上天不好说,但玉泉峰上下确实被他打动了,哪怕明知闻衡能像他们一样习武练功的希望微乎其微,他的师父和师兄还是不肯放过任何一个机会。

思及此处,闻衡脸色缓了下来,点头应承下来:"我明白。"

"还有,"廖长星说,"转过年去,你在玉泉峰上学艺满三年,明年开春要与其他几峰弟子一道考核比试。越影山的规矩你是知道的,你若比不过别人,就只能被降成外门弟子。往后……唉,我不说了,你自己想吧。"

闻衡被他这一叹生生给叹笑了,忍不住眼角一弯,说:"是,师兄、师父如此舍不得我,我一定发奋苦练,争取留在玉泉峰上尽孝。"

廖长星威胁地点了点他,说道:"你最好是。"

一月时光转眼即逝,十一月初四这天,闻衡在后山练剑,至晚方归,还没走到自己独居的小院,就听见前面客院方向传来大呼小叫的吵嚷声,似乎还夹杂着女子的哭声,热闹非凡,让他想装聋都困难。

想起廖长星前些日子的嘱咐,闻衡不情不愿地转了个弯,绷着一张脸,打算在客院门口探个头就回来。

客院是按照越影山常见制式建造,门头上挂着匾额,上书"竹密水过",院里栽着几丛青竹,庭前有一湾清溪,夏天倒是好景,只可惜入冬后竹叶败落,现下只有光秃秃的竿子,从院墙中支出来,上头还挂着半截破布，正孤零零地随风飘荡。

闻衡定睛一看，发现那似乎是纯钧弟子服饰所用的布料，再走近一些，便听见周勤在高声怒斥："你别欺人太甚！不过是碰了你一下，你用得着如此歹毒，要别人拿命来赔你吗？"

闻衡与周勤算不上熟，但也知道他脾气温和，不是爱惹是生非的人。他激动失态至此的样子，闻衡也是头一次见。闻衡被勾起了一点儿兴趣，加快脚步转过墙角，迎面便见一群白衣的纯钧弟子堵在客院门前，周围散落着许多箱笼，地上还有一把眼熟的长剑。

冷冷的少年声音自人群中飘了出来，语带寒意，比山风还冻人："我说过，别乱碰，她自己不听劝，与我有什么关系？"

闻衡刻意放重脚步声，假装自己只是偶然路过："都在啊？贵客到来这么热闹吗？连剑都丢了。"

众人闻声回头，见是他来了，自发让出一条狭窄通道，露出站在中心的三个人：袖子被撕破、气得满面紫涨的周勤，握着右手手腕、哭成了一个胖头娃娃的韩紫绮，以及抱臂站在门口、虽然看起来啥也没干，但是已经犯了众怒的黑衣少年。

黑衣少年侧对着闻衡，清瘦得有点儿过分，乌黑长发与衣料同色，衬得肤色愈白，神情愈淡，望去像是深潭里浮着积雪，冷冽得近于凄寒。他不必多说一句话，光是这通身冷峻气质，已足以拒人于千里之外。

闻衡一眼扫过去，恰好那少年也抬眼望来，两个人目光相接，不知怎么双双愣了一下。

刹那间风停云住，天地静默，闻衡仿佛被他的视线隔空定身。他失去了全部知觉，唯独心尖上传来一股针扎般的刺痛感。

"你……"

两个人几乎是同时开口，正要说话，旁边周勤与韩紫绮像是等来了救星一般，异口同声地叫道："岳持师弟！"

这一声打断了两个人的对视，闻衡从惊怔状态中蓦然回神，转头向二人看去，余光却不经意地瞥见那黑衣少年无端地蹙起眉头，似乎是忍着痛，抬手按住了心口。

"出什么大事了？"闻衡收敛思绪，正色问，"还有这位是……"

周勤剜了那少年一眼，悄声说道："这人是师父那位朋友薛神医带来的药童，师父和薛神医到主峰去了，师兄们也跟着，就剩我们在这里帮忙归整箱笼。这小子这也不让碰那也不让碰，这也罢了，最可气的是方才紫绮师姐路过，不慎碰到箱子上的铜锁，谁知那锁上抹了毒药，竟然中毒了！我们本非故意，他却不肯给解药，这才吵嚷起来。"

他虽然压低了声音，但这群人都练过武功，个个耳聪目明，都知道他是借机指责那黑衣少年，对方却恍若未闻，脸色依旧冷若冰霜，不置一词。

闻衡奇道："中毒了？什么毒？我看一眼。"

韩紫绮哽咽难言，却死拉着衣袖不放，不肯示人。她是个极好强又要面子的姑娘，宁可中剧毒晕倒，也不想当众出丑。闻衡却不懂女儿家的这些心思，见她执拗，微微沉下脸来："怎么，讳疾忌医？"

论辈分闻衡最小，但他自打少年时就沉稳过头，又经历过大风大浪，心境成熟，久而久之养成了一身稳如泰山的气度，加上他本是天潢贵胄出身，平时冷冰冰的不显，但偶尔会流露出一点儿说一不二的专断气质，同年弟子们对他有几分敬畏。韩紫绮虽跟他走得近，也未能幸免。

因此当他声气一沉时，韩紫绮立马怂了，连哭声都弱了几分，怯怯地说道："丑……"

闻衡匪夷所思地看了她一眼，想说丑死也比毒死好，但话到嘴边又咽了回去，觉得还是应该给她留几分面子，于是说："那你继续藏着吧，我看你这样子也不是什么严重的毒。正好薛神医在主峰上，你回去求掌门帮你要解药就是了。"

韩紫绮："……"

闻衡不再理她，对其他弟子说道："劳诸位师兄搭把手，先把箱笼抬进去，放在外面不像话，这不是咱们的待客之道。"

周勤十分同情地看了韩紫绮一眼，忍气吞声地帮着抬箱子去了。

闻衡三言两语就将这两件事处理干净了，堪称快刀斩乱麻。那黑衣少年也没再找碴，只是冷眼旁观，对周围纯钧弟子扎在他身上的刀子似的眼神视而不见，看向闻衡的目光十分幽深，不知在思量些什么。

直到众人将箱笼归置妥当，周勤见韩紫绮还站在那里，心中不忍，遂悄悄扯了一把闻衡的袖子，问："师弟，怎么办？总不能让紫绮师妹真去掌门面前把这事捅破吧？那也太难看了。"

闻衡睨了他一眼，凉凉地问："师兄现在想起难看了？难道一言不合就与人动手，还没打过人家不难看吗？"

周勤登时涨红了脸，羞得恨不能找个地缝钻进去，小声悲愤地说道："谁知道他一个药童，武功那么厉害？！"

闻衡冷哼一声，却也不能真扔着他们不管。他想了想，主动走向那黑衣少年，抱拳为礼，客客气气地问："方才失礼，还未请教这位少侠高姓大名？"

那黑衣少年站在阶上，堪堪与闻衡身高齐平，冷淡地盯着他。闻衡甚至有种他的目光含着冰碴，从自己的脸上刮过的错觉，说不上是仇恨，但似乎与他看旁人时并不相似。

"薛青澜。"

他忽然开口，嗓音压得很低，声音很轻，但并不像方才那么无情，反而含着一点儿淡淡的寂寥感："我叫薛青澜，你呢？"

闻衡蓦然一阵恍惚，险些顺着他的话答出一句"我姓闻"来。

"岳持。"他定了定神，说，"在下是玉泉峰秦陵长老的记名弟子，住在客院隔壁，日后贵师徒若需帮手，喊我一声便是。"

薛青澜又不说话了。

闻衡此时走得近了，才发现他其实年纪很小，也就十三四岁的样子，瘦是因为抽条太快，而且他虽然总绷着脸，浑身上下都是不好惹的感觉，但生得异常俊秀，甚至有点儿男生女相的意思，等再长大一些，必然是个神清骨秀的美男子。

闻衡以为他还在生气，说道："适才多有冒犯，还请薛师弟别往心里去。"

薛青澜却不领情，一点儿不给面子，直接说道："用不着你来道歉。"

闻衡还没如何，旁边已有弟子听不下去了，嚷道："岳师弟已经够忍让了，你又何必欺人太甚？！就算来者是客，你给紫绮师妹下毒，还打了周勤师弟，未免也张狂过分了，你就不怕得罪了玉泉长老和掌门，没法收场吗？"

薛青澜冷笑道："那又如何？"

"你说什么？"

"我说，毒是我下的，人是我打的，那又如何？"他眼底闪过冷酷的快意，像个不要命的疯子，唇边甚至勾着一丝笑意，"你们掌门会怎么样？一剑杀了我吗？"

那弟子被他的眼神吓得生生后退一步，闻衡马上上前隔断二人，安抚道："别吵，些许小事，犯不着喊打喊杀寻死觅活的。"

"可是紫绮师妹都……"

"哦，对了，"闻衡示意韩紫绮过来，"别藏了，到底是什么毒？"

韩紫绮虽然骄纵，但不敢真的拿自己的小命开玩笑。他们方才与薛青澜几乎成剑拔弩张之势，自然拉不下脸来示弱，现在有闻衡从中周旋，她情知不能再犟，扭扭捏捏地松开衣袖，给闻衡看了一眼她中毒的症状——

好一只纤纤玉手，右手从指尖到手腕的皮肤呈现出浓重的黑紫色，宛如在墨汁里腌了三天。

闻衡："……"

难怪韩紫绮藏着掖着，这毒确实有点儿缺德带冒烟，平白无故长了一只黑手，哪个小姑娘能忍住不哭出鼻涕泡来？

他以剑柄挑起韩紫绮的手腕，仔细观察片刻后放下，无奈地叹了一口气："罢了……闹得鸡飞狗跳的，我还当是什么剧毒。铁砂藤捣碎研磨取汁，晾干后无色无味，遇水则显黑紫色，这东西没毒，看着吓人罢了。你回去找点儿碱面在水中化开，洗一洗就能掉色。"

韩紫绮："啊？"

周勤也蒙了，瞪着薛青澜问："没毒？没毒他怎么不早说？"

闻衡头疼地说道："还要人家怎么说？真正有剧毒的药何其珍贵，都收在箱子里，怕不懂行的人擅自开箱中毒，所以在锁上涂了藤汁以作警示。师姐自己不听人说话，师兄你又着急上火，还跟人家动手，也就是薛师弟脾气好，否则早跟你去主峰理论了，到时候揭破真相，你觉得挨打的人应该是谁？"

真相被说破，刚才义愤填膺的纯钧弟子全部哑了，讷讷低头不言。周勤心虚地干笑数声，背着人悄悄嘀咕道："脾气好就不必了吧……"

韩紫绮心中一块巨石落地，她迫不及待地同闻衡确认："师弟，你说的是真的？我碰了那铜锁真的不会中毒？"

"确实不会中毒。"

薛青澜在闻衡转过头来之前收回一言难尽的目光，冷酷又残忍地抛下两个字："会死。"

说罢他头也不回地摔门进屋，脾气极大，把所有人晾在了院子里。

韩紫绮吓得满眼泪花："会……会……会……会死……"

"听他吓你，要死早就死了。"闻衡望着那扇紧闭的门，思绪忽然飘远，漫不经心地说，"散了吧。"

片刻后他回到自己院里,却没急着进屋,而是放下剑,坐在院中石凳上,就着凛冽呼啸的山风发了很久的呆。

他眼中暖意逐渐被风吹散,凝结成一片化不开的霜色。

这是第三年的冬天了。

不知道是不是季节勾起的惆怅情绪,抑或是世间真有如此相似的巧合,今日见到薛青澜时,他不期然地想起了当日离去的那个人,想着如果那人安安稳稳地长大,恰好应当就是薛青澜这个年纪。

那人大概不会有薛青澜这么俊秀,但底子摆在那里,再差也差不到哪里去;也不会有薛青澜这小暴脾气,可能是个温和懂事,但容易掉眼泪的小哭包;还有一身好根骨,如果与他一道上越影山,想必现在也像模像样,要被人叫一声"小师弟"。

但无论是闻衡还是阿雀,都看不到那个"如果"了。

风声在山谷中回荡,犹如呜咽。

闻衡在院子里坐到天色彻底黑下来,才握着剑起身回去。这一夜他睡得不太安稳,乱梦频频,一时是保安寺中遍地鲜血,一时是汝宁城外漫天飞雪,天明时惊醒,只觉自己出了满背冷汗。

他头昏脑涨地坐起,太阳穴一跳一跳地泛着疼,喉咙干痒,四肢酸痛,不用摸都知道自己发热了。闻衡强撑着下了床,从桌上茶壶里倒了一杯凉透的白水一饮而尽。说来也奇怪,他在越影山上这几年体质一直很好,几乎没生过病,昨天在院子里吹了一小会儿风,竟然就受寒了。

他这一病来势汹汹,头晕得睁不开眼,既不想烧饭,也不想煎药。正当他扶着桌子起身,准备回床上挺尸时,房门忽然被人叩响,一个有几分耳熟的冷淡声音在外面说道:"岳持公子,家师有请。"

闻衡现在脑袋里只有一锅"咕嘟"着的糨糊,根本无暇思考叫门的人是谁,"家师"又是谁。他仅凭一腔强撑的精气神挪到门前,拉开门闩,一句"抱歉"刚发出第一个音,就牵动了喉咙钻心的干痒感,立刻捂着嘴，咳成了一个煮熟的虾子。

玉山倾倒，迎面砸下，薛青澜毫无准备，身体动作比脑子快，一个箭步抢上去将闻衡扶住。等他反应过来，灼热体温已透过厚厚冬衣，烫得他霎时间忘了东南西北。

"你！"

薛青澜手上运劲，险些本能地一掌将他推开，但很快反应过来，收住了手，改为托住他的双臂，惶然问道："你……不要紧吧？"

话一出口，他便觉得不对，似乎有为此人担心之嫌，于是干脆闭上嘴，奋力将闻衡扶进屋中。然而这个屋子实在简陋得要命，桌边只有一条光秃秃的板凳，连个可靠的椅背都没有，薛青澜怕一松手闻衡再栽到桌子底下去，别无选择，只好连拖带拽地将他推上了床。

薛青澜抓起唯一一个枕头垫在闻横的背后，下意识地要去探他的额头的温度，手指一动，却又缩了回来。

三番五次的"下意识"动作令他心中生出一股难以言表的恼怒情绪，但他又不能把病人丢在这里一走了之。闻衡咳过这阵，头晕愈见严重，眼前直发花，蒙眬中看到他似乎很不高兴地站在床边，不知是谁招惹了他，自己气都喘不过来了，还挺有闲心地关切问道："喀……你怎么了？"

得。薛青澜心道，不用试了，这人肯定烧糊涂了。

他不跟病猫一般见识，在心底轻轻舒了一口气，冷冰冰地说道："手伸出来，我给你搭一下脉。"

闻衡这人有个毛病，只要不到失去知觉任人摆弄的程度，绝不主动示弱，生病时尤甚。他不想因为一点儿风寒兴师动众，听了薛青澜的话非但没有伸手，反而扯过棉被将自己遮起来，虚咳着说道："不用，着凉而已，过一天自然会好。"

"不会好。"薛青澜皱眉说道，"会烧傻。"

闻衡回道："我心里有数……喀喀，不必麻烦你。"

薛青澜背在身后的手几乎按捺不住,想照着他的颈侧来一下,让这个大言不惭的人从此闭嘴消停。

"既然你信不过我,那请家师来看诊吧。"他作势要走,"包你药到病除。"

话音未落,闻衡又爆出一阵剧烈咳嗽,不得不举手虚掩在唇边。薛青澜手疾眼快,顺势一把拉下他的手腕,两个人肌肤骤然接触,冷热相激,脉搏瞬间合上了心跳,那极细微的震颤感仿佛在他的指尖下炸开了一团烟花。

薛青澜像是被烫着一般丢开手,面上慌乱神色几乎掩饰不住,转身便走:"稍等,我去取药……"

闻衡病得头脑昏沉,话音都听不全,"取药"二字却像一根毒针,精准地扎中了他最脆弱的那根神经。他几乎是从床上弹起来,一把抓住薛青澜,厉声吼道:"别去!"

方才把脉那一下只是一触即分,他这一抓却是牢牢地将薛青澜的手腕攥在了掌中,拉得薛青澜跟跄数步,险些绊倒,还好在床沿撑了一下,才没有摔在闻衡的身上。

"你——"

"别走……"

薛青澜能感觉到他滚烫的掌心贴在自己的腕骨上,五指如铁钳抓得死紧,那动作中甚至透着一股说不清道不明的绝望,就好像他不是去拿药,而是去赴死。

他像被人施了定身法,连挣脱都不会了,任闻衡握着他的手腕,寒星似的双眸望进闻衡一片深沉的眼中,沉默良久,才开口道:"会回来的。"

这句话像是从他的心脏里挤出来的,声音低得几不可闻。闻衡在他的眼神中罕有地感觉到了安抚之意,然而不等他细嚼这句低语,薛青澜忽然在他眼前一挥，袖中一股异香扑鼻而入，闻衡眼前一黑，登时垂头昏睡过去。

薛青澜一根一根掰开他紧握自己的手指，扶他躺下，用被子密密地裹到下巴。趁他睡着了，薛青澜才敢伸手探上此人的额头，试了试温度，又轻手轻脚地替他拨开眼前的几丝乱发。

"你啊……"

一声叹息落在闻衡的枕畔，旋即幽然消散。

待闻衡再醒来时，四肢百骸那种灌铅的沉重感已经散去，头疼稍缓，身体也暖和过来，一阵浓郁药香飘来，伴随着周围压低了的私语声："多谢薛神医，有劳。"

"举手之劳罢了，师伯何须客气？我这徒儿还算堪用，也懂些医术，就让他留在这里帮忙照看岳师伯。"

一个闷闷的声音回道："遵命。"

"劳烦二位，薛神医请。"

闻衡侧耳听着，等房门关闭，外间交谈的两个人彻底离去，才睁开眼睛。薛青澜端着药碗走到床边，一低头，恰好对上他望来的眼神，吓得手一抖，差点儿把药晃洒了。

此刻闻衡面对着他，神志恢复，蓦然想起自己昏睡之前的种种举动，只道是自己的反常行为吓到了薛青澜，歉然道："先前我被烧晕了，无意冒犯，对不住。"

薛青澜没想到他还会提起这茬，不愿多说多错，便点了点头，伸手将碗递到闻衡眼前，示意他吃药。

闻衡道了声谢，接过药来一饮而尽，看薛青澜似乎不太想搭理自己，还以为对方是余怒未消，于是再次致歉道："昨天的事是误会一场，我那几位师兄师姐并无恶意，还请你不要介怀。我代他们给你赔个不是。"

薛青澜脸色不晴反阴，感觉他不这么抬着就好像不会说话，"虚情假意"已成了面对陌生人时的惯用面孔,越是客气礼貌,其下的淡漠疏离之意越掩饰不住,嘴上说得亲热,其实是在不断地推开别人。

"病了就少操心。"薛青澜凉凉地说道,"我没生气,用不着你假客套。"

"……"闻衡被他噎了一下,苦笑道,"师弟教训得是,我一定谨遵医嘱。"

"先前来叫你,是家师受秦长老所托,想替你看诊。"薛青澜问,"我看你的脉象,似乎从前落下了风寒的病根,到底是什么症候?"

"不是这个。"闻衡坦然回道,"是我的体质天生异于常人,不能习武。"

薛青澜怔了怔,瞥向床边的长剑:"可你不是……?"

闻衡顺着他的视线望过去,解释道:"没有内力也可以练剑,不过只能得其表,不能得其里,难以同高手争锋。"

薛青澜喃喃道:"原来如此。"

"嗯?"闻衡问,"什么'原来如此'?"

薛青澜本是无心一语,眼神立刻飘开,状若无事地答道:"难怪师父肯答应秦长老,这种症候,想来他以前也没见过。"说完他不再继续谈论此事,叮嘱道,"你这病是外感风邪,牵动了从前的病根,需得每日服两碗药,静心休养,三日后方可下床走动。我每日早晚会过来煎药,你不必插手。"

他年纪虽轻,可绷着脸叮嘱病人时神色严肃话语利落,闻衡被安排得明明白白,束手束脚之余,又生出一番莫名其妙的新鲜感。

可能是薛青澜实在不像大夫,他在闻衡眼中还是个半大少年,面上凶得紧,心里却一片柔软,眼中分明是关切之色,非要装出一副满不在乎的样子。

薛青澜嘱咐完他,转身欲走,忽然想起来多问了一句:"你不能下床，一日三餐如何安排？"

闻衡报以茫然眼神。

"行了。"薛青澜扶额道，"我知道了。"

他掩门离去，带走了最后一点儿热气和人气，室内重新安静下来。闻衡盯着桌旁的空药碗发呆，想的却是薛青澜的师父是大名鼎鼎的"留仙圣手"薛慈，在江湖中素有侠名，绝不可能是当年带走阿雀的人。

理智清楚明白，可他心中总有一丝疑虑，轻纱般笼罩在思绪里。

薛青澜无论是来历还是性格都与阿雀搭不上边，可这两个人就是有种说不出的相似特质，尤其是乍然一见或者朦胧分辨时，总令闻衡不自觉地错认。

窗外传来扑棱的声音，似乎是鸟雀从树梢起飞振翅，闻衡从沉思中倏然惊醒，忽而自嘲般地哂了一下。

纵然薛青澜与阿雀有三分相似，已经死去的人不会回来，自己已经被命运摆弄得孑然一身了，怎么还敢轻信天意会对他网开一面？

这些年的冬天，每到这几天，即使看见山风白雪，闻衡也会想起那段逃亡时光，刻骨铭心之处，不仅仅是生离死别，更是无能为力的自己。而今年这回忆格外惊心动魄，大概是赶巧了碰上生病，身边又恰好有个年岁相同的少年人吧。

往后三日，薛青澜每日雷打不动地上门煎药，顺便送饭。相处得越多，闻衡观察所得就越多：这少年不怎么爱说话，脾气很冷，看似不好惹，但其实并不是一点就炸的炮仗。他唯一一次在闻衡面前表现出不耐烦的样子，只有初见时一语不合摔门离去，此后二人相处中，虽然时常有言语不合、互相噎死的情形，却难得没有翻脸。

这期间薛慈又单独为他诊过一次脉，倒没什么出人意料的说法，还是无可奈何。不过闻衡例行跟他假客套时，偶然提及薛青澜，薛慈对自己徒弟整天与闻衡混在一块儿并不介意，甚至和善地说道："这孩子从小生活在山里，没有同龄玩伴，成日里跟药材打交道，性格难免有些孤僻。难得他能交上你这个朋友，岳师侄若不嫌弃，就多提点提点他吧。"

闻衡微笑着应承道："这是自然。"

待薛慈离去，片刻后薛青澜才进屋，闻衡隐约听见他们师徒二人在院中交谈，不知说了些什么，薛青澜进门时脸色不大好，给闻衡续茶时手居然在哆嗦，"哗啦"一下洒了小半杯。

"怎么了？"闻衡立刻看向他，"烫着没有？"

薛青澜抿了下唇，强行拉平了嘴角："不小心。"

闻衡不知道他怎么忽然紧张起来，故意逗他道："方才和薛神医提起你，他说你成天泡在这里，只顾着贪玩，还嘱咐我好生敦促你，不要荒废了功课。"

薛青澜一听这话就知道他在瞎扯，手倒是不抖了，将杯子递给他："是吗？"

闻衡饶有兴致地问："你平日都有什么功课，背《药经》、切药材，还是进山里挖草药？"

薛青澜倏然静下来，默了片刻，才说道："差不多……都是些无聊的事。"

不待闻衡追问，他取回闻衡喝空的杯子，倒扣在茶盘中，强行结束了话题，轻巧而不容置疑道："明日还有庆典，不宜劳神，早些休息吧。"

第五章
坠崖

一峰长老卸任、继任是纯钧派的大事。对内而言，长老人选关系到一峰权力交替和诸峰间势力平衡；对外来说，长老的实力就是门派的战力，新任长老决定了纯钧派此后数年间的江湖地位。

尚鸣成名已久，一手"狂风剑"独步武林，多年来屹立不倒；崔进是他的大弟子，正值壮年，武功上佳，在门派中也颇有人望。因此这一次的交接是本派上下乐见其成的好事，纯钧派有意大办，特地邀请了许多武林名宿来越影山观礼。

到得十一月初八，纯钧派内外装饰一新，各峰弟子齐聚主峰剑气堂前，着白衣，佩长剑，个个挺拔俊朗，有如芝兰玉树，引得来客纷纷称赞。薛青澜跟在薛慈身后，一路目不斜视，唯有经过闻衡身边时略一侧头，眼尾斜飞，不动声色地瞥了闻衡一眼。

闻衡接到他递来的眼风，眼角微弯，心里没来由地软了。

薛慈这等江湖散人都是三三两两地入内，或前去恭喜主人，或与故交交谈,等到几大门派的人先后到来,才真正热闹起来。

各派遣来道贺的使者,少则五六人,多则十余人,由一到两名门派前辈带领,依次进入剑气堂,唱名弟子在旁接礼单,高声通报:"还雁门张冲、刘吉长老,率弟子八人,莅临观礼!

"博山派林彻掌门,率弟子六人,莅临观礼!

"五云寺玄空、玄净大师,率弟子四人,莅临观礼!

"招摇山庄韦星杰长老,率弟子四人,莅临观礼!

"褚家剑派六位高手,莅临观礼!"

…………

别家方可,听见褚家剑派的唱名,闻衡顿时来了精神,凝目看去,只见褚家众人穿着绛色长袍,身背长剑,拾级而上。

六人都是陌生面孔,清一色壮年男子。长老继任毕竟不同于掌门继任这种大事,虽然也是庆典,却少有这么郑重的,别家随行的大多是年轻弟子,唯独褚家不知抽哪门子风,竟然一次性派了六个内家高手过来。

数年前闻衡曾指点范扬击败褚家门人褚柏龄,三年前因为他,褚家外门的李直又被赶下了越影山,闻衡怀疑自己与褚家剑派天生犯冲,因此格外留心这一队人,一直目送他们走入剑气堂,才收回目光。

下一刻,身边议论的私语声骤然嘈杂了起来。

一阵香风扑面吹来,六名穿蓝、白两色轻纱衣裙的美貌女子款款行至近前,纵然脸上蒙着轻纱,亦不掩其楚楚风姿。女子们美目流盼,莲步轻盈,直将满峰尚未婚配的年轻弟子勾得双眼发直,连剑气堂的宾客都停下了寒暄。

"这是谁家的弟子?谁家有这么多女弟子?"

"是浮玉山庄,她们这一派全是女流,向来不收男弟子,往年从没来过咱们越影山,不知今年怎么突然到访。"

闻衡看脸完全认不出人,一听"浮玉山庄"倒是想起来了。这一派创始人是两位奇女子，其中一位苏绣娘是明州官宦人家的女儿，因缘巧合下结交了密州长真派女弟子甄飞琼。两个人意气相投，遂成生死之交。不久之后，苏绣娘之父欲将其许配纨绔人家，苏绣娘抵死不从，被家人关在深闺里，不许与外人往来，苏绣娘几次寻死未果。成亲当日，苏家人干脆将苏绣娘绑了强塞上花轿。就在仪仗队伍行经长街时，甄飞琼从天而降，将人带回了密州。

之后，两个人浪迹江湖数十年，晚年再回到明州，在浮玉山自立门户，即是今日之浮玉山庄。甄飞琼原本天资过人，历练多年，心境开阔，已是宗师气象。她与苏绣娘收留了不少孤女，悉心教授武功，逐渐将浮玉山庄壮大。浮玉山庄弟子不同于僧尼女冠，没有终身不嫁一说，可以外嫁，亦可终身不嫁，只不许有强娶迫嫁之行，更要习武自强，以免沦为他人掌中之物。

浮玉山庄因其特立独行，在江湖中一时称绝，虽然曾被许多人指斥离经叛道，但在武林中名声却还不错。盖因江湖中人行侠仗义时常顾头不顾尾，情仇恩怨一通厮杀后留下孤儿寡女，无处安置。浮玉山庄愿意代为抚养这些无处可去的孤女，倒不失为一桩功德。

不过这些都是早些年的事了。甄飞琼、苏绣娘去世后，二代掌门没有甄飞琼那样的胆识和心境，只能算不功不过，三代掌门也资质平平，无心发扬本派武功，浮玉山庄失却立足根本，必然江河日下，沦为三流门派。

到如今不知这门派是第几代掌门，肯与纯钧派来往，也不知是做什么打算。

浮玉山庄是最后一个到达的门派，待她们入席后，所有弟子退回剑气堂，分别落座。有头有脸的大人物们自然共坐一席，各派弟子合坐一席，其余像薛青澜这种既无法入正席，也不好与别派弟子混坐的药童、随从之流，便与纯钧弟子坐在一起。

薛青澜是他们玉泉峰的客人，自然被安排在闻衡这桌，与闻衡对面而坐。闻衡风寒初愈，吃药伤了胃口，不大吃得下饭，无意间抬眼，正巧留意到薛青澜捏着汤匙，恹恹地拨弄着碗中的竹荪芙蓉汤，看似专心吃饭，实际上一口也没喝下去。

闻衡低头扫了一眼自己面前的那盏汤，没瞧出什么问题，探手一摸，触感微温，又看了看周围的菜肴，这才明白过来。

今日客人太多，天气寒冷，很多菜从后厨送到席上时已散尽热气，变得温凉。这对别人来说不算什么，然而就闻衡这几日观察来看，薛青澜似乎从来不碰凉了的食物。

前些天他替闻衡煎药，连水也要放在炉边温一温才喝，恨不得抱着炉子过一整个冬天。闻衡只当他是南方人，格外怕冷，但现在看他这模样，又觉得这不是个小问题——五谷养人，薛青澜肉体凡胎，怎么能一天到晚粒米不沾，纯靠喝热水度日？

这场宴饮宾主尽欢，一直持续到深夜才散场。众弟子送宾客回住处，薛慈喝了不少酒，虽不至于大醉，却歪歪斜斜不走直线，玉泉峰山路陡峭，薛青澜和温长卿两个人合力搀着他，费了不少力气，好容易才将人抬回了客院床上。

薛青澜一天没好生吃饭，胃里隐隐作痛。送走温长卿后，他回到厢房，拎起桌上茶壶欲给自己倒杯水，然而倒出来一看，只有半杯凉透了的酽茶。

薛青澜顺手将茶泼了，将杯子掷回桌上，杯子发出"咚"的一声闷响。

屋里只点着一盏灯，除了桌子旁边，其他地方都隐在茫茫黑暗中，像蛰伏的怪兽，随时要扑上来噬人。薛青澜坐在半明半暗的屋子之中，灯光铺开的阴影将他的轮廓涂抹得越发瘦削，肤色苍白如雪，被层层黑衣裹着，好似一把被夜色缠绕的剑，有摧金断玉之势，却最终窒息于缠绕束缚之中。

明明还不到十五，他周身却阵阵发冷，无孔不入的寒意顺着门扉、窗缝悄然肆虐，玉泉峰的冬夜原来并不比宜苏山的更好挨——

"咚咚咚。"

窗户被人轻叩三下，窗纸上映出一个挺拔的影子，薛青澜第一眼没有认出是谁，僵着声音问了声"是谁"，对方却不答话，又敲了三下。

他勉强站起来，推开半扇窗户，冷若冰霜地问道："大半夜的……你来干什么？"

闻衡没带剑，空着手站在窗前，眉目沐浴在淡淡的月光下，竟令清冷皎洁的月色也陡然温柔起来。

他不由自主地哽了一下："你怎么……"

闻衡不慌不忙地答道："席上没吃饱，刚才煮了一锅清汤面，薛师弟要来分一碗吗？"

他身体已经大好了，两个人没有理由再像前三天那样形影不离地相处。薛青澜脑海中的理智告诫他应该离闻衡远一点儿，心里却总是不由自主地想向他靠近，整个人仿佛正在被两股力量往两个方向拉扯，一时不知该如何答复，只好呆呆地望着闻衡。那表情看上去甚至还挺委屈的，他此时像个想出去玩又怕挨骂的孩子。

闻衡不知第几次把"怎么这么可怜"的感慨咽回去，屈指在窗台上叩了叩，说道："走吧，再不回去面就凉了。"

这句"凉了"像一只手，在薛青澜背后推了一把，在脑子跟上之前，他已单手撑着窗棂翻了出去。

闻衡极轻地笑了一声："走了。"

当年廖长星给闻衡安排这个院子，看中的就是它带了一个小厨房，能让在孝期内的闻衡自己做点儿吃食。三年来，逆境逼人，闻衡早就从不会生火的大少爷变成了十指沾遍阳春水的老手。他不追求口腹之欲，但毕竟聪明，跟着厨子学了几天就摸清了关窍，填饱自己的肚子不成问题，现在看来，糊弄薛青澜也不难。

闻衡说是煮好了面，其实只在灶上烧着水。他把薛青澜领进门，才自去洗手下面。薛青澜也不嫌烟气大，跟着他在厨房里转悠。等暖烘烘的灶火驱走了一身寒意，饥饿感也随之复苏，他坐在桌边捧着一只粗瓷碗，在蒸腾的热气里小口啜饮着面汤。

厨房里一灯如豆，薛青澜的额头被热汤面催出一层细汗，过于苍白的脸颊透出一点儿鲜明血色，从冰雪变成了暖玉，更显莹润光洁。

直至此时，他身上才终于露出这个年纪的人该有的样子，专心吃饭的时候有点儿呆，分明是个深夜饿醒来厨房找吃食的半大少年。

而厨子陪坐在一旁，吃不了几口就撂了筷子，等薛青澜放下见底的空碗，又招呼他到灶边来，从灰堆中扒拉出几颗烘熟的大栗子，用湿布包好递到他手中："我有孝在身，不能开荤，也没什么可招待的东西，委屈你了。你拿着暖暖手吧。"

薛青澜跟他头对头地蹲在炉灶旁边，任由闻衡将布包塞入自己手中，表情明显已经蒙了，就好像他捧着的不是不值几文钱的栗子，而是一包滚烫的飞来横财。

他低头复又抬头，怔怔地望着闻衡。

不知是不是错觉，某个瞬间闻衡捕捉到他眼底一闪而逝的光彩，宛如初春冰消雪融之时，枝头悄然落下的第一颗水珠。

千言万语涌上心头，都如洪流撞上堤坝，卷起滔天巨浪，在他胸腔中"隆隆"回荡。薛青澜张了张嘴，最终说出口的却只有一句轻轻的、撒娇似的抱怨的话："多谢师兄……你们山上真的好冷啊。"

两个人相处这些时日，闻衡常称薛青澜为师弟，这是从薛慈与秦陵论处的辈分。他自觉只是个寻常称呼，与叫旁人"师兄""师姐"并无不同。薛青澜却从未正经地回应过他，谁知这崽子的第一声"师兄"竟在此情此景下叫出，闻衡猝不及防，心中一荡，陡然觉得一股热气从胸口蹿上颈侧，烧得他耳际略微发红。

薛青澜太好哄了，他想，怎么他总是遇见这么好哄的小孩？

"北方气候寒冷，的确不如明州宜人，觉得冷怎么不早说？"闻衡搀着他站起来，哄道，"今夜暂且忍忍，明日我找师兄，叫人替你们院中多加个火盆。"

薛青澜用栗子焐着手，仰起脸来看他，分明畏冷得厉害，嘴上却说道："不用了，客居在此，怎么好意思再给主人家添麻烦？"

闻衡垂目与他对视，眸中泛起层层笑意，粲然生光，那表情虽不明显，却是他少有的、不加掩饰的真情流露。

他语带揶揄，含笑说道："难为师弟这么懂事，那就不要火盆了？"

薛青澜垂死挣扎："北方天气委实难熬……"

明明是他自己怕冷，非要怪天气，闻衡终于忍不住笑出了声，顾及他的面子，还要强装正色地说道："好，好，那这么着，我这屋子里可以生火，师弟要是不嫌烟气大，就屈尊常来坐坐，如何？"

这人一边拿话逗他，一边恨不得把台阶铺到他的脚下，可恶是真可恶，温柔也是真温柔，薛青澜玩不过他，只好闷闷地"嗯"了一声。闻衡屈指替他掸去衣袖上沾的一点儿灰，说道："时候不早了，今日忙了一整天，该回去睡了。"

薛青澜梦游似的点了点头，脚下却生了根一般不肯动弹。

冬夜清寒，此时万籁俱寂，唯有灶中木炭偶尔发出轻微的"噼啪"声，烛火摇晃映出两个人的影子，天地之间好像只有这一间狭窄陋室充溢着暖意，令他如扑火飞蛾，在炽热的灯旁恋恋不去。

闻衡看懂了他的眼神，又好笑又可叹，推着他的肩膀转了个方向，低声妥协道："外面天黑，路不太好走，我送你回去。"

薛青澜今年十四岁，初次登门就敢孤身一人同一院子的纯钧弟子杠上，可见其人天不怕地不怕，胆大包天。可在闻衡眼里，他好像是一个什么也不会的小孩子,怕黑怕冷还娇气,认生时张牙舞爪,一旦被顺毛摸一摸,就露出了家猫的本来面目。

他握紧了手中的布包,找不到推拒的理由:"多谢师兄。"

长夜风紧,两个人并肩而行,走过满地冷冷月色,薛青澜一边强忍着五脏六腑因寒气侵袭而紧缩的疼痛,一边又觉得这一刻当真是他一生中甚为难忘之时,不枉他在越影山上受了这许多苦楚折磨。

闻衡目送他小心地揣着那包栗子从窗户翻进去,与他挥手道别,又如来时一般悄悄离开客院。

他没急着回房,而是走向了后山。

玉泉峰后山与纯钧门禁地临秋峰相连,闻衡常在这里练剑,对地形很熟悉,走夜路也驾轻就熟。这纯属一时心血来潮,还是那包栗子给了他灵感。见薛青澜实在怕冷,闻衡想起从前在王府时,北方冬季严寒,家里总少不了手炉、脚炉。只不过自打他上越影山来后,所见都是练武之人,身体强健、寒暑不侵,自然没有这东西,闻衡许久不用,一时也没想起来。

本门弟子不得随意下山,托人从山下城中捎一个最快也要半个月,闻衡记得他从前练剑时曾在后山林中见过一种半透明的石头,大概是云母之类的矿石,块头不大,硬度尚可,用匕首挖得动,刚好可以拿来打磨一番,做个手炉。

他借着不甚明亮的月光走入松林中,分心留意着周遭的大小石块,不知不觉走出好远,直入山林深处。茂密树木渐渐遮掩了小径,闻衡走到路的尽头,抬眼一望,赫然已至临秋峰界碑前。

惨白月色里,碑上"门派禁地,不得擅入"八个大字似以利剑刻就,戾气森然,分外肃杀。

闻衡自然听说过临秋峰是本门禁地,也听过弟子们私下里的议论传言,不过他天生缺乏好奇心,尤其不爱作死,并无窥探秘密的打算,见到界碑转身就走。可是刚迈出去一步,他忽然听见头顶树梢风声掠过,界碑后随即传来双足踩在落叶上的一声闷响。

这么晚了,谁会来禁地?

他脑海中念头急转,脚下却不敢动,生怕发出一点儿声音惊动对方,只能屏住呼吸,俯下身体,透过树丛缝隙悄悄向外看去。

有灌木和界碑阻挡,他看不清那人的全身,只能凭借一个模糊轮廓判断此人个头中等,肩膀略窄,惯用右手。那人起先背对闻衡,后来不知怎么回头望了一眼,正好让闻衡看到了那人的正面。

他脸上蒙着黑色布巾,包得严严实实,只露出一双阴冷的眼睛,一看就是做贼的打扮。

闻衡本能地觉得不妙,暗中扶上腰侧佩剑,谁知就是这么不巧,他身旁的草丛忽然扑簌簌响了一声,一个不知是野兔还是野鸡的黑影霎时惊起。闻衡呼吸骤停,那边黑衣人已经被惊动,剑锋顷刻扫至,内气激起的罡风扫过闻衡的脸颊,传来一阵刺痛——

没有思索的时间,闻衡举剑便挡,"咔"的一声脆响过后,木质剑鞘四分五裂。闻衡回手抽剑,就势在地上一滚,避开剑锋,同时高喊道:"临秋峰是禁地,闲人莫入,你不识字吗?!"

这招是故意装傻,他期望对方看在他不明真相的分儿上不要痛下杀手,可那人"嘿嘿"冷笑,并不接话,手中剑疾刺不停,竟似一心要置他于死地。

闻衡自三年前花神庙一战后,再没遇到过这种生死一线的险境。他不敢有丝毫轻慢态度,亦不敢再分心说话,咬牙硬接下了这一剑。

对方剑上灌注了内力,闻衡每接一剑都像被重捶一下,只能勉力支撑,手指全麻,虎口几乎绽裂。这是他第一次直观地感受到内功的碾压,额头冷汗直如雨下,他却趁着这空当抢出一剑,青光如数点流萤,分别刺向那人的腰腹,在他挥剑格挡时,那剑光却诡异地闪了一下,凭空出现在他的右手腕间,一剑挑飞了他的精铁护腕!

那人大骇后跃,疑惑地"咦"了一声。

若闻衡内力强劲,这一剑下去,就是削不掉他的右手,也能入骨三分,叫他再也拿不了剑。只可惜闻衡是个毫无内劲的普通人,又被精铁护腕挡了一下,这一招奇袭纵然迅捷无匹,却终究未能得手。

那人衣袖散开垂落,却并不在意,反而嗜嗜笑道:"能刺中我一剑,你今夜死得也不冤了!"

话音未落,他连人带剑扑上前来,连环九剑动如风雷,攻势甚猛,闻衡吃过一次亏,不敢硬碰硬地招架,只能觑着他的剑招空隙,挑各门各派称手的剑招还击。

他这左一剑右一剑的,看似毫无章法,却剑剑指向要害,令那黑衣人几度手忙脚乱,不得不撤剑回防。短短一刻,二人已闪电般拆过几十招,那人招式渐渐使完,闻衡却越打越顺,旁门左道的剑法层出不穷,一剑接一剑,竟似浑然一体,源源不断。

那黑衣人见势不妙,情知不可被闻衡牵着鼻子走,眼珠一转,故意卖了个空子,引得闻衡长剑挑高,露出胸口空门,他左手暗自蓄劲儿,"呼"地拍出一掌,隔空打中闻衡胸前的"膻中穴",立时将闻衡拍得倒飞出去,背后重重撞在一棵松树上。

闻衡胸口受重击,体内真气立刻自发凝聚,但那黑衣人隔空出掌,并没有碰到他,自然也无从被这股真气反击。他后背剧痛,撞击的刹那甚至听见了"咔嚓"一声,不知是树断了还是骨头断了,胸口血气翻涌,忍耐半天,终于"哇"地吐出一口血来。

那黑衣人拎着剑缓缓走来,一脚踹在他的腰侧,将他踢到野灌木丛中一个浅坑旁边,不紧不慢地磨着牙说道:"今日被你撞破,我万万留你不得。小子,你要怪就怪自己命不好,做了个枉死鬼!"

话音落地,长剑高高扬起,挟着劲风斩下,闻衡此刻眼前全黑,周身剧痛，已毫无反抗之力，却不甘心就这么等死，剑风扫到面颊时，他提起一口气，猛地朝旁边滚去，整个人落入那浅坑中，身下一空，笔直地坠了下去。

那坑底铺着树枝枯草，看起来很浅，黑衣人本来是想将他杀了后就地掩埋，省了自己挖坑的工夫，谁知那树枝枯草只是薄薄一层，底下竟然还有个坑，高逾三丈，极深极黑。闻衡掉下去后许久才传出"扑通"一声闷响，此后静悄悄的，再也没有任何动静。

那黑衣人摸出火折子擦亮，只见一个黑黢黢的洞口，内里幽深曲折，洞中情况全然看不清楚，闻衡也不见踪影。他思索片刻，终究不敢以身犯险亲自下去探探，于是从旁边找来数块碗盘大的石头，一一踢入洞中，试图砸死闻衡，最后又找来一块大石，严严实实地堵住了洞口。

这里是密林深处，洞的位置也十分隐蔽，就算有人发现那小子不见了，等找到这里，他也早就饿死了。黑衣人望着一片漆黑的树丛和石块，心道这样更好，无须他亲自动手，将来事发，别人也不容易怀疑到他头上来。

他吹熄火折子，拾起散落在地上的剑鞘，身法飘忽如夜行鬼魅，迅速消失在黑暗中。

乱石扑簌，灰土眯眼，闻衡蜷缩在洞底一处不大的凹洞里，听着沉重的石头一块接一块擦着他的肩背滚落，在坑底砸起滚滚烟尘。片刻后，洞顶上方又"噼里啪啦"地掉落许多土块，夹杂着枯草断枝，巨石封口的闷响过后，这场惊心动魄的夜袭最终告一段落。

四周陷入死一般的寂静之中，闻衡在黑暗中默数着自己的心跳，直等到周围久久不曾传来别的声响，才缓慢艰难地从藏身之处挪出来，盘膝闭眼坐定。

他胸口剧痛，摔下来时又撞伤了右腿，不知道是不是骨头折了，疼得用不上力，万幸身上没有破损伤口，否则在这密闭洞窟中，恐怕血都要流干。换作学过《忘物功》的纯钧弟子，此时自可运功调息，修复内伤，可一切内功心法对闻衡而言都是废纸，他除了在心中默诵口诀、呼吸吐纳聊以安慰外，并没有什么别的自救办法。

洞口被堵，闻衡彻底被困死在此地，不过就算没有被堵，凭他自己绝无可能攀缘而上，只能坐在原地等别人来救。不过转念一想，他在这个时机下被困，其实还算幸运——洞中虽黑暗却不太冷，不至于活活被冻死，以他现下的体力和状态，少说他也能熬过三天。在这三天之内，本门师兄怎么也该发现他失踪了，如果动作快一点儿，说不定三天里他就能获救。

他心中担忧情绪稍散，此刻黑暗也不让人那么讨厌，起码这里很安全。待痛楚稍缓，他便摸索着找到一块稍微平整的地方，靠着山壁睡了过去。

这一觉并没有想象中的那么安稳，闻衡中途数度惊醒，睁眼闭眼都是黑的，造成了一种梦怎么也醒不过来的错觉。或许是由于他身负内伤，躯体正在缓慢地自我修复，他睡得比平时更久。等从长长的梦中醒来，洞中还是一片漆黑，他确信这一夜已经过去，头顶却没有丝毫光线透入。

看样子那人把洞堵得很死，可他在洞中睡了一夜，居然没有气闷，难道这洞还有别的出口？

这个猜想顿时令他精神抖擞起来，闻衡站起来仔细摸着洞壁走了一圈，除了摸到一手土，并没有什么发现。他不死心，犯傻一样又绕了两圈，最终不得不直面事实，重新席地坐下，老僧入定一般思索着自救的办法。

黑暗中不辨晨昏，不知过了多久，闻衡在寂静中捕捉到一点儿细微的动静，似乎是有人踏过草丛时的窸窣脚步声，轻得像幻觉。

他侧耳细听片刻，心脏蓦然狂跳起来，当场就要扯开嗓子呼救，可就在开口的瞬间，一个念头忽然在脑海中闪现——这到底是来救人的人，还是那个害他的人特意返回，来查看他到底死没死透呢？

声带颤抖着发出一个短暂音节，又立刻陷入沉默之中，仿佛呼救之人被突然扼住了咽喉，他只能咬牙颤抖着咽下一口冰凉的空气。

闻衡清楚地感觉到周身奔涌的热血迅速冷却，蓦然意识到一个被自己忽视已久的问题：能找到这里的人，不光是来救他的，还有可能是来杀他的。

昨夜两个人交手时他无暇细想，可一夜过去到现在，已足够闻衡琢磨清楚这场交锋背后所蕴含的各种信息。其中他确定无疑的一点，就是那蒙面人必然是趁着这次观礼混入越影山的宾客之一，否则他根本不可能绕开纯钧派的层层盘查，深入到临秋峰禁地。

几个小土块"簌簌"砸落，头顶巨石松动，一束阳光穿过缝隙，淡淡地斜照入洞中，紧接着黑暗被彻底撕破，光明如井中涌出的清泉，照亮了这片死寂封闭之地。

闻衡没想到那人竟然直奔这洞口来，心中疑惑越深，手中刚攥紧剑柄，一个嘶哑急切的少年嗓音从天顶飘了下来："师兄？岳持师兄！你在不在里面？说句话！"

闻衡泛白的指节骤然放松，他没想到第一个找到他的人会是薛青澜，但现在起码可以放心，昨夜与他交手那个人，绝不会是薛青澜。

"是我！"闻衡清了清嗓子，仰头对着洞口喊，"你先去叫人，我身上有伤，你一个人拉不动——"

薛青澜一听他受伤，别的一句话也听不进去了，探头看了一眼山洞的深度，喊道："你让开点儿！"

闻衡："什……"

话音未落，一个黑色身影从天而降，带着呼啸风声和尘土气息，笔直地砸向了闻衡。

闻衡差点儿被他吓疯了，当即扔了剑，踢开脚边的石头，上前一步，伸手去接半空落下的人。

薛青澜跳得急，别说施展轻功，连怎么缓冲都没想好，拼着硬挨一下也要先到闻衡身边再说。谁知薛青澜低头一瞥，闻衡竟不避不闪，张开手在下面等着。薛青澜此刻身在半空中，无处借力，情急之下手中运劲，朝着洞壁连拍出数掌，被气劲直接拍上洞壁，像只断了线的风筝，跌跌撞撞地滚落下来，

闻衡立马抢上前去，好悬接住了他。闻衡只靠单腿支撑，被从天而降的人仰面砸倒，硬是咬着牙抱住了他没松手，两个人一道摔在满地尘土中。

全身伤处都被牵动，闻衡疼得跟死了一回一样，却仍然压不住怒意，厉声斥道："瞎跳什么？！满地都是石头，你不要命了？！"

薛青澜蜷着，一只手臂死死攀着闻衡的后背，被骂了也没抬头，整个人都在轻轻哆嗦。

闻衡能明显感觉到他在颤抖，滔天怒火刚烧起来，就被担忧情绪浇了个透顶，忙扳着薛青澜的肩膀问："怎么了，撞到哪儿了？"

薛青澜方才纵身一跃的千丈豪情已毫无踪影，他不肯答话，也不肯看他。于是闻衡单手搂着他，另一只手强行抬起他别开的脸，薛青澜满眼未退的血丝和泪痕，就那么清晰直白、毫无遮掩地袒露在了他面前。

闻衡愣了，有一瞬间甚至怀疑自己做了一个荒谬的梦。薛青澜在他眼里一直是个有点儿孤僻冷情、不愿意跟人亲近的少年，这样的人连悲喜都罕见，怎么竟然破天荒地为他流了眼泪？

"你……"

他看着那双泛红的眼睛，突然理解了自古以来无数"肯爱千金轻一笑"的傻气举动，只要能把这个实心眼的傻孩子哄好，别说身外之物，让他给薛青澜笑一个都不是问题。

"刚才吓着你了，是不是？"闻衡按着他的后脑勺，安慰道，"别怕，别怕，没事了。多亏你来得及时，我方才不该骂你，师兄错了，给

你赔礼好不好？"

薛青澜肩膀一颤，闻衡怕他要哭，马上顺着他的后背吓唬道："唉，不能哭，我身上都是土，待会儿蹭你一脸，你出去就没法见人了。"

耐心哄劝终于缓解了薛青澜的恐惧情绪，他渐渐不抖了。他深吸了几口气，坐直身体，却没有收回手臂，仍然紧紧抓着闻衡的衣裳，好像怕一松手闻衡就会消失一样。

"师兄。"他像是从一个漫长的噩梦中醒了过来，喃喃道，"我还以为……"

闻衡任由他抓，没放开圈着他的手，镇定地安抚道："没事，这不是好好的吗？"

"你知道现在是什么时候了吗？"薛青澜望着他的眼睛说，"今天是初十。你失踪了一天一夜。"

闻衡怔了怔："怎么会？"

薛青澜继续说道："昨天纯钧派中出了件大事，有人盗走了你们的镇派之宝纯钧剑，韩掌门下令封山，各个门派的人在山上吵成一团。在这个节骨眼上，你失踪了，你知道这意味着什么吗？"

闻衡皱起眉头，照这么说，前夜他撞见的蒙面人应当就是盗剑贼，可单凭一个人，要在纯钧派重重防守之下偷走纯钧剑，未免有些托大。而且就闻衡与他比剑所见，那人的武功顶多算高手，却称不上顶尖，这样的人来盗剑，风险必然极大，他图的又是什么呢？

"掌门他们怀疑我？"闻衡奇怪地说道，"我又不会武功，嫌疑应该很小才对。"

薛青澜摇头："不小。"

"听你那位廖师兄说，他们在临秋峰供奉纯钧剑的藏剑阁外树丛中，发现了你碎掉的剑鞘。"

经他这么一提醒，闻衡才想起前夜他与那人打斗时，确实曾被砍碎剑鞘,他当时没留意,不想那剑鞘竟然被人拿去做了文章。

薛青澜见他变了脸色,跟着他紧张起来:"前夜到底出了什么事?你为什么被关在这里,剑鞘又怎么会出现在藏剑阁外?"

闻衡像拎猫一样轻轻捏了捏他的后颈,示意他不必紧张,将那晚的事一五一十地对他说了。薛青澜紧皱着眉听完,点头道:"所以你是被那人栽赃的,只要将你从这洞中救起,就可以洗脱嫌疑?"

"本来应该是的。"闻衡垂眸看着他,含笑道,"可是能救我的人现在跟我一起被困在这里了。"

薛青澜终于意识到自己一时冲动造成了什么后果,也终于想起了他是为什么才跳下来的,浑如被人自背后抽了一鞭子,险些直接跳起来:"你受伤了?伤着哪儿了?"

"神医总算是想起问我一句了,"闻衡伸直了腿,有意要宽他的心,"再过一会儿说不定它自己就好了。"

薛青澜已经摸透了这个人的性子,天塌了在他嘴里都会变成"没事",情形越糟他越和蔼,好像全天下就只有他一个人靠得住似的。

他从袖中摸出内服伤药,倒了两粒叫闻衡服下,一手顺着闻衡的膝盖慢慢向下按,一边问"疼不疼,说实话"。按到小腿胫骨某一处时,薛青澜感觉于下肌肉蓦然收紧,同时听见闻衡极为克制地"嗞"了一声。

这恐怕是闻少爷这辈子发出的最大痛呼了。薛青澜放轻了力道,在伤处四周按了一圈,又托起他的腿向左右转动,最后轻轻吐出一口气:"万幸,骨头没断,应该是摔裂缝了,不用打夹板,但是近期只能静养,不能太用力。"

话说完了也没听见闻衡有什么反应,薛青澜疑惑地抬眼,却见闻衡眉目间蒙着一层郁色,视线不知落在哪一点上,居然在出神。

薛青澜自己还没意识到,但闻衡在这相逢后的片刻中,忽然想明白了一件事——在发现这个洞穴之前,薛青澜所了解的消息和其他师兄弟一样，根本不知道他是受困于此，而唯一的证据指向他是个心怀叵测的盗剑贼。

薛青澜究竟是怀着什么样的心思，才在这一天一夜里，不眠不休地翻遍了后山，最终找到这里？

他在确认洞中的人是闻衡的那一刻，毫不犹豫地跳了下来，不怕闻衡居心叵测，却怕别人闻声找来，会发现这个潜逃的"盗剑贼"。

为这一腔深思熟虑和深信不疑，他喊哑了嗓子，相见之时，却一个字都没有对闻衡提起。

猜测着薛青澜这一系列举动，闻衡动容之余，其实有几分心惊。

他总觉得这小崽子身上有点儿似疯似偏执的特质，过于莽撞，不拿自己的性命当回事。可当他想通了薛青澜的种种举动背后的迂回曲折，便再也不计较不起什么疯不疯了——他倒是挺冷静，可没有薛青澜疯这一下，他现在还蹲在山洞里当鼹鼠，怎么有脸怪人家莽撞？

闻衡本以为薛青澜其人是一颗远挂天际的寒星，永远孤冷地睥睨人间，可锋芒之下的本来面目原来那么沉默而炽热，他双手握着那温度，几乎要被灼伤，却舍不得放手。

"接下来……该怎么办？"薛青澜见他半天不说话，只好主动开口，"后山只有我一个人来，别人恐怕一时半刻搜不到这里。"

闻衡顺着他的话"嗯"了一声，好像刚才走神的不是他一样，只是态度忽然就温柔了下来，搭着他的肩膀问道："你轻功如何？自己能上去吗？"

薛青澜抬头望了望井口一般大小的洞口，犹豫地说道："我试试。"

闻衡随着他站起来，鼓励道："没事，别怕摔，我在下面接着你。"

"可千万别。"薛青澜快要被他吓死了，再三告诫他，"你的腿骨现在只是裂了一条缝，万一被砸断了就真的完了。你如果不想一辈子跛脚，就站远一点儿。"

"好，知道了。"闻衡顺着他的意思退后，靠在岩壁上，耐心地说道，"小心一点儿，不要逞强。"

薛青澜提气纵跃，飞身攀上洞壁，一路踩着凸起的石头借力向上攀爬，只可惜到一丈多高时难以为继，脚下踩空，身子向下坠去。好在他还记得闻衡的嘱咐，留着力气调整身形，好歹没一头栽下来，只是落地时没站稳，被闻衡手疾眼快地一把捞住。

"不小心踩空了。"虽然闻衡什么也没说，但薛青澜一对上他含笑的视线，立刻凭空生出三分心虚感，讪讪地说道，"我再试一次。"

没过多久，薛青澜再次踩空，闻衡在下面坦然又无奈地张开双手，在他落地跟跄时将他接住。

薛青澜没脸抬头，只能用余光看清闻衡漂亮锋利的下颌线和微微上翘的嘴角。闻衡又是好笑又想叹气："薛师弟，我说一句'学艺不精'，不算冒犯你吧？"

薛青澜："……"

"真是奇了，"闻衡纳闷，"我记得你刚来时不是能一只手打我的好几个师兄吗？难道你师父只教了你拳脚功夫，没教过你轻功？"

薛青澜破罐子破摔地把头埋进了闻衡的肩窝里，小声说："知道了，别骂了。"

"艺低人胆大，就这三脚猫似的轻功你还敢往下跳？"闻衡捏着他的后脖颈把他拎开，"好了，别撒娇了，我在洞里滚得满身是土，你也不怕吃进去。"

薛青澜帮他掸了掸肩头，被困洞底也不见有多着急，懒洋洋地问："三脚猫上不去，独脚猫师兄有什么高见？"

"独脚猫"凉凉地说："喊，喊破了喉咙，看会不会有人来救你。"

薛青澜又笑了，闻衡在一块凸出的岩石上坐下，略一沉吟，说道："轻功法诀我倒也知道一些，只是自己没练过，现下临时抱佛脚，传授给你，咱们能不能出去，全看你的悟性了。"

薛青澜回道："做了几日师兄，现在你又想做我的师父了吗？你占便宜没占够？"

闻衡摇头道："收不起这么大的徒弟。真要占你便宜，我早让你改口叫大哥了。"

薛青澜像个专门气先生的顽劣孩童，拖长了调子，毫无尊敬之意地说道："是，是，小弟年轻不懂事，功夫也稀松平常，还请大哥不吝赐教。"

闻衡便将从前背的一部"步下生莲"轻功详释给他听。此功原是庆王府所藏秘籍，失传已久，当世除了闻衡，估计再没有第二个人能完整背下来。传说佛陀行经处一步一生莲，这门轻功典出于此，讲究的是"身法灵似蜻蜓动，足过处如点莲花"，飘忽轻灵，随意自如，配合内功吐息，纵然只有水上浮羽，也可以借力飘出数尺。

闻衡起先还嘲笑薛青澜是三脚猫功夫，等自己上手教起来才发现他天分高、悟性好，学东西很快，内力却真是稀松平常，不禁生出几分疑惑："平日里你师父是如何督促你练功的？挺好一棵苗子，怎么才这么一点儿进境？"

薛青澜一边闭着眼默背口诀，一边无所谓地答道："我太懒了，三天打鱼两天晒网，不好好练功，进境自然有限。"

纯钧派不说弱肉强食，起码门内优胜劣汰的规矩还是很明确的，闻衡自不必说，同门弟子也足可称勤奋好胜，不甘落于人后，他头一次见到懒得这么理直气壮的人，感觉薛青澜比韩掌门家的大小姐还娇贵挑剔。

闻衡思来想去，觉得此事也不能完全归咎于薛青澜，他练功不勤是一回事，薛慈没有教好是另一回事，若给他两个月的时间，未必不能把薛青澜这棵歪苗掰正。

闻衡正走神时，忽听薛青澜问："对了师兄，你饿不饿？你都快两天没吃饭了。"

"还好，"闻衡问，"怎么，你饿了？"

薛青澜从怀中摸出一个布包递给他："幸亏我还带着一点儿口粮，杯水车薪，不过总比没有强。"

闻衡见那布包眼熟，心中一动，接过来打开，里头果然是那晚离开前他给薛青澜包的栗子，一个不少，上面还带着薛青澜的体温。

要不是凑巧受困，不知这包栗子还要被他揣在怀中多久。

闻衡抬眼瞥向他，薛青澜也是在给出栗子之后才蓦然意识到其中关窍，有些心虚地躲开眼神，嘴硬地说道："没有辜负师兄厚赠的意思……一时忘了吃。"

闻衡没接话，"咔"的一声捏开栗子壳，露出其中香甜的果实，递给薛青澜："现在吃也不晚。"

薛青澜摇头："不用……我吃过饭了。"

闻衡信他才有鬼。

他不知道薛青澜受过什么苦、心里把他当作了什么人，连几个栗子都舍不得吃，要这样珍重地藏起来。眼下他只想尽快离开这里，去外面给薛青澜许多更好更甜的东西，免得这傻孩子日后再上当受骗，被几个不值钱的干果轻而易举地哄晕了头，连自己的身家性命都毫不犹豫地说扔就扔。

"那也差不多该到下一顿饭了。"闻衡面色不变，然而不容置疑地说道，"不必可惜，以后要吃什么东西都给你做。"

他虽没明说，但已算是点破了薛青澜的小心思。薛青澜不好再固执，只得老老实实地与闻衡你一个我一个地分食了栗子。

这玩意儿虽不能果腹，好歹稍微缓解了一点儿饥饿感。薛青澜拍了拍手上的灰，起身说道："好了，我再试试。"

这次他按照闻衡所授轻功，施展开"步下生莲"，足尖点石借力，沿洞壁飘然而起，虽然气力仍不足，但观其身法，已得此功真意，十分飘逸轻盈。这回到达的位置比先前高了许多，然而薛青澜毕竟是第一次试运此功，半路上呼吸一乱，丹田中提着的一口气登时散了，身子霎时有如千斤重，自半空中倏然坠下。

因为这次薛青澜攀得比先前高，下坠之势也比先前两次猛，闻衡赶在他落地时上前扶住他，只觉双臂一沉，脚下传来"喀拉"一声，似乎有什么东西裂了。

细微的碎裂声逐渐增加，地面开始微微晃动。闻衡反握住薛青澜的手，疑惑地问道："这是外面地动了，还是我们踩塌了什么？"

薛青澜比他还蒙，茫然地摇了摇头，正欲说话，脚下忽然一空，地面"哗"地出现一个大洞，二人谁也没能幸免，手拉着手一起摔了下去。

耳畔风声呼啸，闻衡抓紧了薛青澜，凭直觉猜测距地面甚远，高声喊道："运功提气，朝地面出掌！"

黑暗中他的声音回荡开来，回音不断，地底空间似乎极大。掌力破风之声响起，闻衡右手握着长剑，试图扎入坚硬石壁延缓冲势，可惜这剑实在不够锋利，始终没有找到可借力之处。眨眼间，薛青澜打出去的掌风终于碰到了地面，他抓住时机运起轻功，借着这微弱之力，在空中掉转身形，最终被闻衡一把护住，两个人一起落在坚硬的石头地面上，滚出去好几圈。

好在薛青澜这一下救得及时，闻衡好生疼了一回，倒是没再添新伤。闻衡趁黑暗之中薛青澜看不见，悄悄擦去额上疼出来的冷汗，口气轻松地说道："悟性不错，还挺会学以致用。你有这等资质，要是再勤快点儿，不愁神功不成。"

薛青澜一惊未平一惊又起，紧紧攥着闻衡的手，僵着嗓子问："我以前听说摸金之人常在古墓顶上打盗洞，师兄，我们刚才……该不会是一脚踩进了你们纯钧派祖师爷的长眠之处吧？"

"也不是不可能。"闻衡搭着他的手站起来，安抚地捏了捏他冰凉的手指，"别怕，带火折子了吗？"

薛青澜摸出火折子擦燃，两个人借着微光环顾四周，恍然发觉这地下空间极为宽阔，他们正置身于一条宽敞幽深的石廊中。薛青澜轻声说："有字。"闻衡随着他手中的火光看去，但见两边石壁上刻着密密麻麻的字迹和图画。那字迹古怪得很，不属于闻衡认得的任何一种文字，但似乎又有中原字体的神韵；图形却如武学秘籍中的图示，是一个个笔画简单的小人，似乎正在演示某种武功。

闻衡凝目看了片刻，只觉得这功夫稀奇古怪，毫无章法，根本就不是给人练的武功。他正疑惑间，映在石壁上的火光忽然剧烈晃动，薛青澜双腿一软，不由自主地向后跌倒，火折子脱手飞出。闻衡敏捷地将火折子抄回手中，另一只手搀住了薛青澜："怎么了？"

薛青澜胸口闷胀，体内真气乱窜，隐隐有暴动之势。他本欲答话，一开口却血气难抑，蓦地喷出一口血来。

"薛师弟！"

"别看，"薛青澜抓着他的衣袖，哑声说道："喀喀……别看墙上的图形，有蹊跷……"

闻衡立刻回道："好，不看。"他赶紧让薛青澜背靠墙壁盘膝坐下，专心闭目调息，平复体内暴动的真气。

火光下薛青澜面如纸、唇如蜡，神情委顿，显然是内伤甚重。闻衡自己屏息内视，却全无不适之感。

墙上的图形他看得并不比薛青澜少，为什么能毫发无损？

闻衡心中疑惑，又转头去细看那壁上的刻痕，这回加以揣摩，总算看出一些门道来：那些图形确实都是武功招式，每一式都是前所未见之高招，但似乎是被刻意打乱了顺序，全无章法，恐怕这功夫需得与墙上文字配合练习，没有呼吸吐纳之功相佐，仅以自身内力演练这些招式，很容易导致真气走岔，便如给一驾大车的四个角上都套一匹马，越是驱驰，越是力竭混乱。

闻衡自身没有内力，哪怕从头到尾演练一遍，也没有内息可被牵动，这本是天生劣势，在此时反倒成了他的护身符。

他俯身查看薛青澜的情况，却见薛青澜额头渗出丝丝冷汗，眉心紧蹙，神情十分痛苦，仿佛陷在梦魇里，运功调息根本不起任何作用。想也知道，这古怪功法光是看图形就能让人心神混乱甚至走火入魔，功力稍浅或是心志不定的人难以自行从中脱出，搞不好会越挣扎越深陷，以致发狂死掉。

闻衡不敢让他就这么挣扎着，在他身前半跪下来，连叫了几声"薛师弟"，发现根本叫不醒薛青澜，只好咬牙使足了力气，在他背后的灵台穴上重重一按，同时低声唤道："青澜！"

薛青澜气息微弱地呻吟了一声，蓦然醒转，浑身脱力地栽倒在闻衡身上，难受至极地喃喃道："师兄……"

"难受吗？"

薛青澜就像只被折了翅膀、奄奄一息的鸟，半天才攒足一口气，断断续续地问："有一点儿……你没事吧？"

闻衡隔着衣服能感觉到他身体冰凉，不住发抖，虚弱得有些可怜。闻衡脱下外袍把薛青澜严严实实地裹住："石壁上的画专门防那些练过武的人，我没有内力，自然什么事也没有。你摒除杂念，别再想石壁上的东西，也别动真气，咱们尽快想办法出去。"

薛青澜没力气说话，咳了几声，牵扯得胸口剧痛，恨不得蜷成一团。闻衡摸了摸他的额头："我背你走，你替我举着火折子。"

这个人从来沉稳笃定，泰山崩于前而面不改色，令人觉得只要他在身边，不管落到什么境地都莫名其妙地感到安心。薛青澜攥着闻衡的衣衫，声音虽小，但石廊毕竟空寂，还能让人听见："不用师兄背……待我缓缓，咱们慢慢走过去。"

"背你又不费力气,你才几两重?"闻衡在他的头顶笑了一声,"小小年纪,不必这么懂事。"

薛青澜摇头说道:"你腿上还有伤,别乱来。"又补充道,"我怀中有伤药,师兄扶我一把。"

闻衡按住他:"你别动了,我来。"说着闻衡小心拨开外层衣裳,自他的内袋中取出一个瓷瓶,正是薛青澜方才给他吃的那一种药。

薛青澜就着他的手吞了两粒药,调息片刻后胸中烦恶之意稍减,但这也不过是扬汤止沸而已,治不了他真正的毛病。

他呼出一口冰凉的气,强行按捺住想靠近热源的冲动,低声对闻衡说道:"我好些了,咱们走吧。"

闻衡以手背贴了贴他的额头,怀疑地说道:"真好了?别逞强。横竖整个纯钧派的人都知道我走丢了,大不了就是多等几天,总会有人来救咱们。"

"早知道……"薛青澜说了一半就住了口,自嘲地改口道,"怪我轻率,没帮上忙,反倒害得你落到这步田地。"

"连你都自称轻率,那我这种半夜摔进深坑的废物岂不是没脸活着了?"闻衡半抱着把他从地上扶起来,一听他这话就来气,"先不说你错没错,就算你真错了,我现下杀了你祭天有用吗?能让我立刻回到地面上吗?"

薛青澜不小心踩了猫尾巴,连忙心虚地转移话题:"师兄,我刚才听见你叫我的名字了。"

"怎么,不爱听?"闻衡凉凉地说道,"不爱听我也叫了。再说叫得亲近有什么用?薛公子不还是一样跟我生分吗?"

"师兄我错了。"薛青澜老老实实地道歉,"我是你的救命恩人,不应该妄自菲薄。"

闻衡被他气笑了,在他背上轻轻拍了一掌,那力道连蚊子都打不死:

"小崽子，你要是能把消遣人的机灵劲用到正事上，说不定咱们两个现在都已经出去了。"

薛青澜笑了起来，一时竟觉得哪怕被困在暗无天日的地下，却是他这些年里难得的无拘无束，真正快活的时光。

这条石廊又深又长，两个人走了几百步还没到头。

一路上两个人先后遇见三道厚重石门，均被人炸出一人大的窟窿，倒省了他们开门的工夫。

闻衡说道："这石门足有一尺厚，可见当初防备森严，上一位来到此地的前辈是个狠角色，咱们这一路也没踩到什么机关，看来应当都被他清扫干净了。"

薛青澜揶揄道："师兄，你们纯钧派若不是财大气粗，就是胆大包天，居然在人家的坟头上开宗立派。"

他仗着此处无人就肆无忌惮，闻衡笑道："倘若这真是古墓，咱们这一趟恐怕有进无出，你怕不怕？"

薛青澜无谓地说道："人早晚都要死，死有什么可怕的？"

他这口气太过理所应当，闻衡一时没反应过来哪里不对。

正说着话，二人踏入最后一道石门，眼前忽然一亮，前方再无阻碍，豁然开朗。

闻衡在黑夜中走得太久，闭眼片刻才适应这突如其来的光线。

目之所及是一个极宽敞的石室，半是天然半是雕琢，主体是山体内部的巨大岩洞，顶上有几处窟窿，将外面天光分割成一束一束照落下来。石室周围有八道石门，似乎暗合太极八卦，中间矗立着一座石台，上面有个朦胧的影子。

"师兄，你看那个。"薛青澜悄悄指着那高台上的影子，"好像是个人，活的。"

闻衡亦悄声说道："你怎么知道？"

薛青澜:"方才影子动了。"

话音落地,那人身形一闪,从高台上凭空消失,几乎是同时,闻衡拖着薛青澜向后急退,举剑格挡,只听"当"的一声响,剑身被鬼魅般的人影屈指弹中,闻衡从虎口到肘间一阵酥麻,长剑险些脱手飞出。危急时刻,耳边忽然掠过一阵轻风,猩红火苗闪烁,那人影被烫着了似的往后缩了一下。

一阵淡淡的焦烟气味传来,闻衡不肯错失时机,强忍着手臂酸软,三剑快似疾风骤雨,将那人逼退三步,同时高声喊道:"前辈手下留情,晚辈是误入此地,绝无伤人之心!"

一个苍老嘶哑的嗓音冷笑道:"好狂妄的小子!凭你这面条一样软绵绵的剑法,伤得了谁?"

薛青澜强提着一口气,同样是阴阳怪气的腔调:"不用他出剑,老前辈这不是已经伤了半截嘛,怎么,是还嫌伤得不够深吗?"

原来薛青澜趁那人专心攻击闻衡时,闪电般一伸手,将火折子袭向了那人的脸,那人的胡须多年未理,生得蓬松茁壮,沾火就着。他虽及时后撤,但胡须哪有人躲得快,到底还是被薛青澜手中的火折子燎去了一小段。

那人瞪着薛青澜,阴恻恻地说道:"小崽子,死到临头,还有闲心在这里玩弄字眼。"

"可不敢当,"薛青澜一张嘴能把人气死,"要说闲,谁也闲不过阁下。您老在地宫里颐养天年这么久,想必是寂寞坏了,不然怎么见到个活人就要发疯?"

借着两个人互相讽刺的工夫,闻衡看清了那人的面容和衣着。这人少说也有七十岁,花白须发乱飞,遮住了大半面容,露出的小半张脸清癯,不似疯癫之人。

闻衡看他双手指甲断处参差,像是被人用牙齿根咬断的,头发、胡须也许久未修,显然在此住了不是一日两日,猜他或许是犯错了被囚禁于此,可那老人昂头与薛青澜对骂时,恰好有一束光照在他的衣袖上,随着他的动作,一片绣纹忽如流光般一闪而过。

闻衡冷不丁地突然开口,肃容说道:"玉泉峰秦陵长老座下弟子岳持,拜见前辈。敢问前辈是纯钧派哪一峰、哪一代长老?"

第六章
盗剑

那老头听了他的问话，骂声顿时一滞，慢慢地转向闻衡，两只眼睛似乎正透过斑白乱发悄悄地观察他。

闻衡坦然无畏地与他对视片刻，那老者忽然一挥手，说道："小子有几分眼力。你来同我比画比画。"

薛青澜立刻回道："不行！"

老者说道："少叽叽歪歪的，你方才不是很嚣张吗？现在怕了？"

闻衡朗声应道："晚辈遵命。"他把薛青澜拉到一旁安置好，小声叮嘱："我去去就来，你在这里等我一会儿。"

薛青澜急得扯他的袖子不让他走，压低了声音急促地说道："你受了内伤，腿上还有伤，怎么打得过这个老怪物？"

闻衡在他的手上拍了拍，安慰道："别担心，他身上穿的是本门长老服饰，这是纯钧派的老前辈，我不会有危险的。"

"万一他不是呢？"薛青澜脸都白了，"就算他是，你们纯钧派难道全是不杀生的善男信女？师兄，你还看不出来吗？要不是犯错受罚，正经门派里谁会无缘无故地把自家长老关在这个鬼地方？！"

老头在背后"嘿嘿"冷笑："婆婆妈妈的，我若要杀你，早便杀了，小孩家恁地多嘴！"

闻衡手腕翻转，反过来将薛青澜的胳膊攥住，紧紧地握了一下，倾身说："无妨，你安心看着，别怕。"说罢他提剑朝那老人走去，执晚辈礼拜了拜，不卑不亢地说道："请前辈赐教。"

老人并不答言，袍袖鼓胀，倏忽以指做剑，闪电一般点向闻衡。闻衡时时提防他突然发难，不敢懈怠，此刻正全神贯注，运起全部力气相抗，正面接下了这一指。

他在越影山上见过不少高手，以指做剑的并不少见，而且剑长指短，使剑的自来占便宜，是故闻衡与他人讨教时，纵然没有内力，单凭飘忽多变的剑法，也不至于一上来就落下风。可今日他与这老人交手不过两招，立刻感觉到自己与真正武学大家天堑一般的差距。在对方深不可测的内力压制下，再讨巧的剑法也是白搭。更何况他剑技也没到出神入化的境界，末强本弱，是个一戳就塌的花架子。

那老人指风如刀，凌厉迅捷，闻衡接了第一下，再接第二下就有些勉强，手臂麻意更甚，右手难以自控地颤抖不停。那老人也看出他力竭，不悦地说道："你腿上有伤，怎的出剑也不用内力？是受伤了，还是自负剑法高超，不肯使出全力？"

闻衡整条右臂麻得没有知觉，长剑脱手坠地，"当啷"一声。他索性也不打了，站住苦笑道："并非受伤，是晚辈天生经脉异样，不能修习内功，绝不是故意敷衍，前辈勿要见怪。"

"没修过内功？"那老人出指出到一半，忽然变向，改为抓起他的左腕，凝神号脉片刻，喃喃道，"奇也怪哉⋯⋯"

闻衡一动不动，任由他号完了左手号右手，像此前所有人一样摇头疑惑地说道："真是奇了，你这奇经八脉怎么好似没长一样？"

这种话在闻衡听来，基本与"你吃了吗"没差别，并不足以令他心神动摇。那老人神神道道地围着他转了一圈，像是在研究他身上的异样之处，绕到闻衡背后时，却趁其不备猝然发难，抬手"呼"地一掌向他的背心拍去。

薛青澜失声喊道："小心！"

闻衡闪避不及，被那一掌击中肩胛。可奇怪的是，他就像被人轻轻推了一把，丝毫不疼，身体中一小股真气自发汇聚起来，反倒将那老人也推得向后仰去。

薛青澜如离弦之箭一般飞身抢上前来，全力一掌劈向老者。那老人轻轻让过，打算给这个再三挑衅自己的小崽子一点儿教训。他凝力于右掌上，正欲还击，忽听闻衡断喝一声："前辈手下留情！"

八分的力道纵然只用了三分，也不是薛青澜受得了的。他体内紊乱的真气尚未完全平息，方才又不顾伤势强行出手，这一掌几乎抽掉了他的半条命。他被冲上前的闻衡拦腰接住，胸腔震动，当即"哇"地吐出一大口鲜血。

"青澜！"

那老者也被这惨状惊得退了一步，立刻说道："我已经收了力，根本没下重手，你们不要讹人。"

闻衡有好几年没手抖成这样了，好半天都摸不准薛青澜的脉搏："我师弟方才在石廊里看见了壁上的字画，险些走火入魔，刚才又因救我伤势加重，晚辈没有内力，不能替他疗伤，还请前辈高抬贵手救他一命！"

"这小子三番五次地对我出言不逊，我凭什么救他？"那老者站得远远的，"既然你说他是为了你才受伤，那么你求我——"

话还没说完，"扑通"一声，闻衡已经干脆利落地跪了下去。那老人吓得又退了一步，语气里已带上气急败坏之意："男儿膝下有黄金，你怎么能说跪就跪？！你……你……你还有没有骨气？！"

闻衡坦然地说道："若能换他一命，别说只是让我跪下，给前辈磕几个头也不是难事。"

他可将一切置之度外，薛青澜心中却无论如何也过不去这个坎。薛青澜本已力竭神危，近于强弩之末，却硬是咬着牙撑起身躯，挡在闻衡身前，抓着他的手说道："师兄，他存心害你。生死是我自己的事，你……你不要求他。"

他的七窍已开始缓慢渗血，双手冷得像冰，面上几乎无活气。闻衡心中酸楚难言，用力将他抱紧："你相信我，青澜，师兄一定平平安安地把你带出去，好不好？"眼见薛青澜的气息逐渐衰弱下去，再多拖延一时便多一分凶险，闻衡转向那老者，笔直端正地跪好，许诺道："老前辈还有什么要求，但请吩咐，只要您肯救他的性命，晚辈绝不推辞。"

那老人冷眼旁观许久，此刻终于开口问："这黑衣小子口口声声叫你师兄，他也是纯钧弟子？"

闻衡回道："他不是本派中人，是玉泉峰长老的好友的徒弟，近日在门中做客，纯属被晚辈牵连才遭此无妄之灾。"

那老人一听这话，立刻摇头说道："不救，不救。"

闻衡说道："他不是，我是，若前辈一定要一个纯钧门人的身份，晚辈甘愿一命换一命。"

薛青澜在昏沉中听见了这句话，张了张嘴，要阻止他，然而发不出任何声音，只能感觉到闻衡抱着他的手不断用力，好像这样就能多留他片刻一样。

老人并不买账，嗤笑道："我要你的命有什么用？杀之无益，平白脏了我的手。"

闻衡却说道："一条人命捏在手中，只要前辈想用，总有用得着的地方。"

老人定睛瞅了他片刻，忽然问："这小子既然不是你的师弟，你何必这样护着他？你连命都肯为他舍出来？"

这话倒将闻衡问住了。他低头看了一眼，默然片刻，才低声答道："他舍命来救，我自当以性命相报……没什么缘由。"

老人听了这话，反倒态度稍缓，自言自语地嘀咕道："白璧微瑕实在可惜，不过情深义重，也算抵过了。"他又对闻衡说道："要我替你救他，可以，我也懒得杀你，不过你需替我做一件事，或许花费十年八年，或许有性命之危，你答不答允？"

闻衡毫不犹疑，斩钉截铁地说道："别说一件，一万件也做得。既承深恩，前辈所命，晚辈自当赴汤蹈火，万死不辞。"

这下老人终于满意了，忽然探手一抓，将他怀中昏迷的薛青澜提起来，摆成盘膝坐姿，单掌按住薛青澜的背心，将一股深厚内力送入薛青澜体内，助他梳理真气。他运功不过片刻，薛青澜的面色便由青转白，双颊透出些许血色，呼吸渐趋平稳。又过了片刻，随着老人收功撤掌，薛青澜双睫轻颤，也慢慢睁开了眼睛。

闻衡半跪在他身边，两指搭着他的腕脉，感觉到脉象渐转平稳有力，便知这最凶险的一关总算是过去了："还有哪里难受吗？"

薛青澜垂眸看着他修长的手，心中百味杂陈："多谢师兄，放心吧，我好多了。"他顿了一顿，又望向那老者，低声道谢："多谢前辈。"

闻衡高悬的心总算落回肚子里，见他乖乖地道谢，闻衡不由得笑了笑，伸手揉了揉他的后脑勺："谢天谢地，你没事就好。"

那老人站在一旁看热闹，冷不丁地开口道："别高兴得太早，你这位小朋友……哼。"

闻衡立刻扭头问道："他怎么了？"

薛青澜忙在他身后微微摇头，那老人话锋一转，气哼哼地说道："他？我看他刁得很，专门欺负你这种脾气好的人。你要还这么纵容他，日久天长，迟早被他骑到脑袋上。"

薛青澜："……"

闻衡失笑，只当他还记恨薛青澜烧了他的胡子的事，诚恳地解释道："他年纪小不知轻重，当时害怕才乱打一气，不是故意的。前辈大人大量，别和小孩儿计较。"他又转向薛青澜说道："青澜，来给前辈赔个不是。"

若非闻衡绝不可能生出这么大的儿子，老人简直要怀疑两个人的关系了。薛青澜依言起身，朝老人一揖，道歉："适才多有冒犯，还望前辈海涵。多谢前辈的救命之恩。"

老人从衣襟上撕下一根布条，拢起满头乱发，在头顶紧紧绾了个发髻，露出清癯面容。他虽年岁甚长，容貌不复从前，双眼却清澈如明湖一般，仍留存几分当年俊秀潇洒的风姿，令人一见便心生亲切，继而不禁惋惜起来，不明白这样的人怎么会在地宫中平白蹉跎岁月。

他梳起头发后，整个人气质一变，同先前疯疯癫癫的老头子判若两人，颇为沉静从容。老人一振衣袖，隔空从远处吸过两块大石，落在闻、薛二人面前，说："请坐。"自己则在石阶上盘膝坐下。

他再度开口，声音浑厚低沉，全不似初次照面时那样嘶哑难听："老夫顾垂芳，曾是纯钧派临秋峰第三代长老。"

韩南甫是纯钧派第四代掌门，按辈分论，顾垂芳当是闻衡的太师叔。闻衡要起身行礼，被顾垂芳隔空按下："时过境迁，不必行这些虚礼了。"

薛青澜只觉得这个名字耳熟，想了半天，问道："前辈莫非是'沧海悬剑'顾垂芳？"

顾垂芳淡淡一笑，却只摇了摇头，说道："剑藏海底三十载，刻舟难寻，旧事亦不必再提。"

"沧海悬剑"这个名号闻衡曾有耳闻，他们纯钧派有一门剑法就叫"沧海剑"，正是这位顾太师叔所创。大约四十年前，顾垂芳游历至东海沿岸一带，不巧遇到了当地土皇帝鲸鲲帮拦路抢劫。他这一路所见所闻，都是鲸鲲帮烧杀抢掠、无恶不作之事，连官府也与这匪帮勾结，致使当地百姓穷困潦倒，度日艰难。顾垂芳心中早已憋了一肚子火，正好借此机会假意降服，被鲸鲲帮帮众掠到黑鲸岛上做苦工，见到了盘踞此地的鲸鲲帮帮主郭兴和手下一众喽啰。

顾垂芳年轻气盛，当下图穷匕见，提着剑在黑鲸岛接天崖上力战三日，以一人之力诛杀郭兴，重伤四大堂主，收拾了无数妄图反抗的喽啰。第四日，接到他的传信的纯钧派弟子赶来支援，上下齐心，终于将鲸鲲帮彻底铲除。

这一战威震江湖，顾垂芳力降鲸鲲帮的风姿深深烙印在许多人心中，黑鲸岛从此改名伏鲸岛，纯钧派亦因此颇受赞扬，一时传为美谈。然而顾垂芳三十岁时接任临秋峰长老，没过几年，却忽然在江湖上销声匿迹，据说是闭关去了。

可这一闭就是三十年，顾垂芳再无消息，仿佛凭空消失一般，死活难料，逐渐被人遗忘，连本派也没什么人提起他了。

闻衡以前听到的传言是说他走火入魔，闭关时不幸身亡，没想到有朝一日竟然能在地宫深处见到这位传说中的大前辈。

顾垂芳不愿多提旧事，两个人也不好打听，只听他说道："方才观你言行，我信你是个有情义的孩子，因此将这件事托付给你。此事关系到纯钧派的一桩大秘密，或许对你打通经脉、修习武功也有些好处。"

一语石破天惊，闻衡讶异地问道："太师叔此话当真？"

顾垂芳说道："纯钧立派之始，是本派师祖在越影山上偶得一把纯钧宝剑。那纯钧宝剑实则是这地宫的钥匙。师祖从悬崖中拔出此剑后，地宫开启，他进入临秋峰山腹中，发觉这里刻满了武学功法，还有一些古时候的竹简、布帛，上面记载着诸多怪异文字。

"师祖在越影山中潜心研究数年，最终破解出来的功法不到十分之一。他明白单凭他一人之力，穷尽一生也未必能参透这地宫中的全部秘籍，便在越影山上开宗立派，收了两个天资聪慧的弟子，师徒三人慢慢将这地宫所藏的武学破译誊写出来，纯钧派如今的《忘物功》和许多武功，都是从此得来。"

初代师祖的大弟子后来成了第二代掌门，他的师弟就是临秋峰的长老。两个人继承师祖遗志，继续收徒，想将地宫武学全部破译出来，发扬光大。可是不久之后，两个人很快发现这些弟子中，有人因为练了地宫中的武功走火入魔，乃至根基全毁。

顾垂芳叹道："地宫武学，当有一篇心法总领全局，可惜至今未见，不知遗落在何处。《忘物功》于这总篇而言，就如《小忘物功》于《忘物功》，其中许多不能解之处，正是总篇缺失之故。有些弟子天分差些，强练高深武功反而适得其反，容易误入歧途。总而言之，我师父与师叔见识到这武功的可怕之处，愈加小心谨慎，索性将地宫封存起来，以免后人重蹈覆辙。两位长辈仙逝后，纯钧剑作为掌门信物被传给了我师兄郑廉，我们商议后，都觉得地宫不宜再开启，便将此事保密，发誓不再外传。"

"只可惜我们防得住一般人，防不住有心人。我三十岁时收了一个弟子，他名叫聂竺，十分聪慧，根骨尤佳，练《忘物功》不但进境飞快，而且一眼就看出了其中的问题，来请教我。我那时太过相信他，便对他透露一些地宫故事，没想到聂竺记在了心里。一年后八月十五，他趁我和师兄往拓州赴会，深夜潜入地宫，盗走了一部分武功秘籍，还偷走了本派镇派之宝纯钧剑，从此远走高飞，再也不见踪影。"

闻衡听到此处，与薛青澜无声地对望了一眼，疑惑地问道："太师叔，弟子前夜在临秋峰后山与一个黑衣蒙面人交手，随即掉入深坑。就在那一晚，纯钧剑才被人盗走……"

"剑是假的。"顾垂芳坦白地说道，"纯钧派至宝被人偷走，这事说出去不大好听，更怕招人觊觎，师兄干脆做了一把假剑。如此一来，就算日后纯钧剑再次被盗,也不会把人引到地宫里来。"

闻衡点头,顾垂芳叹道:"我识人不清,铸成大错,既担忧聂竺用地宫中学来的武功为祸武林,更担心地宫之事暴露,惹人眼红,给纯钧带来大麻烦,所以自封于此,日夜看守地宫。"

"我要托付你的就是这件事。"他对闻衡说道,"纯钧剑遗落在外三十年,至今未还,劳烦你去替我将它找来,带回越影山。

"《忘物功》纰漏难补,修习到一定境界再难进步,不仅没有增益,反而于身体有损。我年岁既高,想来守不了多少年了,上天安排你二人今日到此,即是有缘解开这桩夙愿,好叫我了无牵挂地离世。"

闻衡想象不出当年顾垂芳与聂竺之间的师徒情谊如何曲折纠结,但从太师叔的寥寥数语中,却不难听出惋惜痛心之意,聂竺想必是位惊才绝艳的人物,正因如此,他的背叛行为才令顾垂芳格外灰心。

"太师叔放心,"闻衡承诺道,"弟子既然答允,就一定将纯钧剑带到您面前。"

顾垂芳端详他片刻,温和地招手道:"你来。"

闻衡不明所以地走到他面前,半跪下来,顾垂芳将手搭在他的头顶,闻衡只觉一股暖流从头顶浇下,涌向四肢百骸,全身如浸入温泉,酸麻的右臂血流通畅,先前所受的内伤也被疏通。丹田内先是充盈到极致,随即豁然明朗,飘飘然如腾云驾雾,自有一种前所未有之开阔自在感。

他周身缓慢散出丝丝白烟,神情平静,只觉身躯轻盈,几乎要离地飞去。磅礴内力虽不沿经脉流动,却无处不在,每一寸肌肤都被这洪流般的内息荡涤,百川同归,最终化为胸口膻中一片浩渺气海。

反观顾垂芳,随着内力源源不断地注入闻衡体内,他原本红润的面色逐渐枯槁,神情委顿,眨眼间竟仿佛老了十岁。

闻衡睁开眼,已明白他这是将大部分功力传给了自己。纵然顾垂芳为逼迫他答应寻剑有乘人之危之嫌,可终归还是多做了一件事,不忍令他白白送命。他心中滋味难言，不禁哑声道："太师叔……"

顾垂芳轻轻笑道："你年纪轻轻，剑术造诣却极高，这很好，不过没有内功护体总是不行。好孩子，你这奇经八脉不是先天不足，依我看来，倒像是被一股深厚精纯的内力给封住了，你既无法化为己用，外来的真气也冲不破它。

"这是你的机缘也未可知，可惜老朽功夫不到家，无能为力了，实在惭愧。"

闻衡深深拜了下去："愧受太师叔厚赐，晚辈必定竭尽全力，完成太师叔的心愿。"

顾垂芳说完这几句话，气力不济，形容枯槁，显出满脸疲惫之色。闻衡和薛青澜不欲再叨扰他，便问道："我二人被久困此处，外界仍在追缉弟子，须及时出去分辩清楚，免得误纵真凶，还望太师叔为弟子指点一条脱身之径。"

顾垂芳想了想，说道："地宫一共八道门，内外三层，形如九宫八卦阵，你们来时走的是伤门，本该被困在石廊中，但既然此门已通，卦阵自变，伤门成了生门，你们从哪处来，就从哪处离去。"

闻衡与薛青澜互相看了一眼，想起那一面墙的鬼画符，心有余悸。顾垂芳见状说道："那墙上的武功也是高深武学，最容易乱人心智，你们只消目不斜视，不贪不急，它自然伤不到你们。"

话是这么说，当二人回到那条石廊里，望着距他们头顶至少一丈高的大洞时，他们还是不约而同地叹了一口气。

"师兄，要不然你再回去问问太师叔，能不能请他老人家出来送咱们一程？"

闻衡环顾四周，沉吟许久，突然说道："我知道了。"他将手中剑递给薛青澜，"你用上内力，把剑钉进上面的石壁里，钉得比我高些。"

薛青澜歪头，微微仰起脸来盯着比自己高了半头的闻衡，怀疑他如果不是闲得没事找打，就是急得犯失心疯了。

闻衡忍俊不禁，躬身将薛青澜抱起来举高："这个高度差不多。"

"当"的一声响，铁剑挟着八成内力，如刀切豆腐，深深嵌入石壁当中。薛青澜面无表情地垂下眼，冷飕飕地问他师兄："够了吗？"

闻衡将他放下，敷衍地揉了一下他的后脑勺，就算是安抚过了。闻衡跳起来抓住剑柄，体重将柔韧剑身压出一个弧度，令他脚尖刚好触及地面，闻衡试了试剑身弹性，对薛青澜说道："我数三下，数到一时，你就运轻功上去。"

薛青澜不知他葫芦里卖的什么药，但是对他盲目信任，点头应了声"好"。于是闻衡在地面用力一蹬，整个人随着剑身弹起——

"三！"

铁剑弹动，带着他猛地向上一蹿——

"二！"

闻衡整个人弹到最高处，又重重坠下——

"一！"

他踏到地面的刹那，真气自发地在足底聚集，生出一股强大冲力，薛青澜运起"步下生莲"，闻衡展臂将他一抓，两个人同时腾身而起，扶摇直上，顷刻间穿过石廊顶端的大洞，冲入后山深坑。

闻衡内力今非昔比，这一下劲力非同小可。薛青澜不待冲势用尽，足尖已在洞壁上一点，再次借力，携着闻衡飞起。先前二人在洞中被困了大半天也不得脱身，这次却顺利得不可思议，转眼就飞出洞口，稳稳落在一旁的泥土小径上。

那块用来封洞的大石头还在一旁，薛青澜看了闻衡一眼，闻衡点点头，薛青澜足下运力，一脚将那石头踢回原位，严丝合缝地堵住了洞口。

此时天色已近黄昏，一轮红日斜挂在山外，暮色如琥珀笼罩着空寂无人的山林。闻衡与薛青澜好不容易逃出生天，此刻一切尘埃落定，终于打心底里长舒了一口气。

萧萧松风吹起衣袂长发,二人并肩远眺夕阳,又不约而同地对视一眼,回想起这短短半日里惊心动魄的遭遇,此刻立于晚风夕阳下,在庆幸之外,胸中蓦然生出一股难以言述的畅快豪情。

他们第一次并肩作战,施展身手,不光死里逃生,更在危难之际互相扶持,这份情谊何其珍贵,足可慰藉此生,哪怕吃了许多苦头,思及此处,也生出几分甜意来。

闻衡暗忖道:总因一顿饭牵出许多波折来,果然一饮一啄,莫非前定。从前是阿雀,现在是青澜,这两个人都是一样死心眼,从今往后必须看好他,绝不能重蹈覆辙。

薛青澜虽然披着闻衡的外衣,但很快被凛冽山风吹透,看着穿得单薄的闻衡,轻声说道:"回吧。"

闻衡收起思绪,漫不经心地搭着他的肩,应道:"嗯,回去了。"

薛青澜回头最后看了一眼这琉璃般灿烂的夕阳,与他并肩远去,两个身影飘然,很快消失在山路尽头。

"你与盗剑贼交过手?"

松风堂内,闻衡孤身跪在地上,上首端坐的秦陵眉头皱成了一个疙瘩,疑惑地问道:"你为什么三更半夜不睡,跑去后山禁地?"

"师父容禀,"闻衡不慌不忙地答道,"弟子一向自炊自食,那夜是去林中拾些板栗,却碰巧撞见有人夜闯禁地。弟子身无武功,瞒不过那人耳目,与他交手几十招后被人一掌击下山道,晕了过去,滚落到一片树丛中。今日是青澜师弟找到了弟子,弟子才得以回来面见师父,陈述冤情。"

秦陵不信,追问道:"那人既然要杀你,为什么还要多此一举,拿走你的剑鞘?"

闻衡低头想了想,回道:"弟子闭气晕倒,对之后的事情一概不知,剑鞘之事也是听别人说的。但弟子斗胆猜测，此人或许是故意为之，以此嫁祸弟子，让掌门和师父怀疑弟子，来为自己争取逃跑时间。"

秦陵面露怀疑之色，冷冷地说道："花言巧语。你被救回来还不到半个时辰，却对答如流，编好了一套说辞，焉知不是贼喊捉贼？"

闻衡心平气和地说："师父明辨，如果弟子盗剑，根本不会带着自己的剑去，也不会遗落剑鞘却无知无觉，更不会在盗剑之后还主动回来。弟子只听说了我的剑鞘在藏剑阁外，却不知详情。敢问师父，藏剑阁当夜可发生过打斗？打斗中可有人被打碎了剑鞘？弟子的剑鞘是昨夜被人击碎无误，其上痕迹清晰，仔细查验后可以为证。"

秦陵闻言默然不语，似乎被他说中了事实。闻衡又说道："此事之所以如此诡异，是其中有一桩巧合。倘若贼人杀了一个会武功的弟子，藏起尸体，再故意将剑鞘抛到藏剑阁外，这桩嫁祸便显得顺理成章；而本派若查不清楚这剑鞘来处，强留各派宾客，势必会遭人攻讦，最终迫于压力，不得不放他们离开，真正的盗剑贼正好借机浑水摸鱼，溜之大吉。

"可他遇到的偏偏是我，弟子不会武功，根本没有盗剑的能耐，又有一点儿真气护体，侥幸未遭毒手，这样一来，误打误撞，恰好破了这个圈套。"

他这番分析丝丝入扣，合情合理。秦陵思索片刻，也觉得有理，眉头终于稍展，叹道："我最清楚你的身世来历，你在纯钧派三年，为人处世亦有目共睹。为师相信你不是那心怀鬼胎之辈，此事里你确实是无辜受冤了。"

闻衡神色舒缓，拜谢道："幸得师父信任，允准弟子当面自辩，说清真相，弟子并没受什么冤屈。"

撇清了玉泉峰的干系，秦陵心情好多了，抬手示意闻衡站起来答话："我方才听你的意思，是说盗剑人就在山上这些宾客之中，有什么证据？还是你同他交手时，看出了他的武功路数？"

闻衡默了片刻，才说道："这正是此事最匪夷所思之处，弟子至今也没想明白。"

秦陵问："怎么说？"

闻衡回道："近日上山的宾客中，要么是江湖中有名有姓的人物，要么是成群结队的各大门派的人，以前都与本派有交情，按理说应该是信得过的人，"他顿了一下，低声继续说道，"可弟子昨晚交手的那个人，他所使的……是垂星宗的武功。"

秦陵心脏重重一跳，险些没压住嗓门："你可看清楚了，那确实是垂星宗的武功？"

闻衡明白他在担心什么，轻轻地叹了一口气："七十二路夺魂剑，弟子也希望是自己看错了。"

秦陵霍然起立，大步朝外走去："马上跟我去见掌门！"

若闻衡所说一切属实，那么此事非同小可。垂星宗是穆州第一大宗门，更是令江湖人恨之入骨又忌惮无比的魔宗。垂星宗武功奇诡，行事异常狠辣阴毒，还有许多不可言说的污秽之事，甚至几次威胁到名门正派子弟，简直是一群丧心病狂的疯子。偏偏垂星宗高手众多，实力强劲，这些门派轻易奈何他们不得，只得严令弟子不得与垂星宗门人往来，一旦发现，势必严惩不贷。

当今武林之中，当真是人人谈垂星宗色变。名门正派人士严防死守，不光怕他们搅弄风雨、祸乱江湖，更怕这群妖人一时兴起，折辱自家的俊秀子弟，闹出令宗门颜面扫地的丑闻来。

夜幕降临，越影山上灯火渐次亮起。闻衡借着纸灯笼的微光，抬眼望见牌匾上"剑气横秋"几个大字，想起当年他第一次来到这里，就是被掌门和各峰长老三堂会审，没想到转眼三年过去，他再次来到剑气堂，竟然还是这种待遇。

这一次事关重大，几个亲传弟子也不知内情，只能在外面等候。大师兄康长淮手中托着用布包好的剑鞘残骸，恭敬地送到秦陵手中，廖长星则微微皱着眉头，不知是忧是怒。闻衡步入剑气堂，路过他面前，忽然停下脚步，认真地对廖长星说道："师兄，求你件事。"

廖长星见他一脸从容赴死的神情，还以为他有什么要紧的话要交代，点了点头，肃容道："你说。"

闻衡说："我两天没吃饭了，薛师弟为了找我，也一天没吃饭了，师兄帮帮忙，叫人给他送些饭菜，顺便替我弄点儿吃食，多谢师兄了。"

廖长星："……"

他转头看向秦陵，秦陵懒得纠缠这些小事，摆了摆手，说道："随他，去吧。"

廖长星与闻衡对视一眼，闻衡微不可察地点了点头，廖长星便先告辞离去，径自回玉泉峰，去后厨叫人烹制热饭热菜，提着食盒往客院去寻薛青澜。

他到客院时，薛青澜刚从用作炼药房的偏厢出来，见到廖长星时还有点儿意外，站住向他行了一礼："廖师兄。"

"打扰了，岳持托我来给你送些吃食，"廖长星朝他亮了一下手中的食盒，"还未谢过薛师弟的援手之义。"

薛青澜原本脸色雪白，神情冷漠，似乎有些防备，听了"岳持"二字眨了一下眼，态度稍微缓和了一些："不过是略尽绵薄之力，不敢当这个'谢'字。劳烦廖师兄特地跑一趟，外面冷，请进屋稍坐，喝杯热茶。"

有了这冠冕堂皇的借口，廖长星顺水推舟地进了客院厢房。薛青澜关好门窗，廖长星才确定隔墙无耳，才小心问道："方才岳持被师父叫去问话，现在又去了剑气堂，故意将我支到你这里来。如今此事内情只有你二人知晓，薛师弟，这究竟是怎么一回事？"

薛青澜早与闻衡串过供，此时便略去地宫的事，只道自己在后山一处隐蔽树丛中发现昏迷不醒的闻衡，施救之后他才醒转，并对盗剑之事一无所知，又将闻衡那夜的遭遇转述给廖长星听。

廖长星却仍不放心："若真是他，从盗剑到他被人发现，中间有一天一夜，这么长的时间，足够他伪装好自己了。"

薛青澜握着茶杯的手指微微一紧，而后他摇摇头，简洁直白地说道："我信他。"

他这么干脆，廖长星怔了怔，一时感觉自己倒像个外人，于是委婉地解释道："我不是怀疑岳师弟，只想尽快弄清事情真相，若掌门长老怀疑他，才好为他分辨。"

薛青澜将茶杯"咔嗒"一声放在桌上，凉凉地说道："既然你们掌门怀疑他，那要不要我过去当面对质？大家把事情摊开说明白，有什么难的？"

廖长星心说这小药童软硬不吃，对岳持倒是颇为回护，果然年纪小能玩到一块儿去，对别人就一个赛一个地冷脸。

薛青澜毕竟是外人，没道理帮着闻衡撒谎，说的话比较可信。廖长星也是聪明人，将他转述的闻衡前夜的遭遇仔细捋了一遍，很快想通其中关窍，恍然道："难怪岳持非要让我过来，他的心也太细了。"

薛青澜没听明白："什么？"

廖长星见他目露茫然之色，难得露出一丝笑意，替师弟表了一次功："事情若如你们二人所说的那样，盗剑的必定另有其人，而岳持非但没被灭口，还被你救了，那人极有可能因此暴露身份。岳持现下在掌门那里，自然安全无虞，但你这个知道内情的人就落单了。他是担忧那盗剑贼怀恨在心，怕对方趁乱来找你的麻烦，所以才故意找了个借口，叫我来替他守着你。"

这人得心细到什么程度，才能顷刻间想到这么多弯弯绕绕的地方？薛青澜被他这番话说得自顾自地愣了许久，不知想到何处，那神情不似被人牵挂的喜悦，倒好像有些难过似的。

廖长星不知自己哪句话说错了，惹得他如此，唯恐多说添乱，只得看似严肃实则拘谨地坐在那里，按照闻衡的安排，老老实实地充当起护院家丁来。

不知过了多久，有人在门外轻轻地叩了三下，打碎一室沉寂气氛，也扯回了薛青澜游离的神思。他立刻起身，扬声问道："谁？"

一个他再熟悉不过的声音悠悠地飘了进来："青澜开门，是我。"

房门向外敞开，薛青澜还没收拾好表情，就看到了站在如水的月光下、长身玉立的闻衡。

"怎么了，谁惹你不高兴了？"他低下头，仔细观察着薛青澜的神情，"晚上饭菜不合你的胃口？"

薛青澜光是看着这个人就心酸得难受，摇了摇头，强忍心绪，说道："没事。进来说。"

闻衡关门进屋，没有继续追问，只抬手虚揽了他一下，拍了拍他的肩头，又对屋内的廖长星唤道："师兄。"

廖长星颔首道："你回来得倒快，事情已经交代清楚了？"

"是。"闻衡一眼扫见桌上那被人忘到脑后的食盒，瞥了薛青澜一眼，"这次多谢师兄了。"

廖长星稳重地站起来，叮嘱道："我先去找师父。天晚了，你们吃过饭早些休息，明日恐怕还有的忙。今夜你们最好住在一起，不要落单，明日我叫人收拾山际院，在查明盗剑之人之前，暂且委屈薛师弟与岳持同住一段时间。"

他这么安排是为了保护二人，闻衡点头应是，没说什么，薛青澜却有些犹豫："这……恐怕家师不会同意。"

廖长星却说道："薛师弟放心，尊师那边由我去说。此事于本派干系重大，尊师与家师相交甚笃，这点儿小事一定能体谅。"

待送走廖长星，薛青澜自在了一些，才转头对闻衡说道："何至于此,用得着这样小心吗?"

"小心无大错,命要紧。"闻衡抬手揭开桌上的食盒,看了看其中的内容,问道,"怎么不吃饭?这都多久了?"

薛青澜不甚在意地答道:"忘了。"

闻衡没多说什么,把盒盖扣好后,又开窗看了一眼,问道:"你师父呢?"

薛青澜指向西厢一间点着灯的屋子:"在闭关炼药,叫我不要打扰他,看样子要忙一整夜。"

"那就好。"闻衡说道,"收拾几件换洗衣物,抱个枕头,拎上食盒,跟我走。"

"什么?"

闻衡推着他的肩,将他转了个方向,漫不经心地催道:"快去。"

薛青澜茫然地被他支使着去收东西,闻衡眼皮半抬不抬,懒洋洋地向灯火通明的西厢看了一眼,原本上翘的嘴角倏忽绷得平直,那一刹那,他藏在窗格阴影下的神色冷峻得几乎有些慑人。不过这表情转瞬即逝,待薛青澜回身,闻衡已经将窗户关好,像个大少爷似的抱臂站在窗前,问:"都收拾完了?"

薛青澜收拾出个小包袱,打好了结拎在手上,正要去拿食盒,却被闻衡抢先接了过去:"我来,走了。"

二人一路畅通无阻,回到了闻衡住的院子。他连着两日未归,屋里冷得像个雪洞,不过生起火之后,热气很快充满了整间屋子。闻衡将食盒中的菜拿出来热过一遍,又煮了一锅浓稠的红枣小米粥,逼着薛青澜喝了两碗驱寒。

闻衡两天没进食,不敢吃得太多,只一边端着一碗粥慢慢喝,一边把今夜这些明里暗里的心思一一拆解给薛青澜听。

他在越影山上过了三年逍遥日子,自己都以为已经忘了这些猜度人心、钩心斗角的本事，没想到多思多虑是他的本能，平时藏得很严实，一受到外力激发，就成了他的第一件亮出来的武器。

薛青澜听他絮絮地说着话，额头、鼻尖沁出细密汗珠，被热意和饱腹感催生了无穷睡意，却还撑着眼皮问："师兄，既然要自证清白，直接将地宫中的事说清楚不就行了，何必这么麻烦？他们知道被盗走的是假剑，也就免得白费工夫了。"

闻衡看了他一眼，笑了："我现在解释你还听得进去吗？不说这些没用的了。你先别急着困，在土坑里滚了一天，我给你打盆热水，你好歹擦擦再睡。"

薛青澜已然困得脑子都不转了，闻衡说什么都应承着。他强撑着最后一点儿精神洗漱后，几乎是一沾枕头就睡着了。

他这两天为了什么不眠不休，闻衡比谁都清楚。闻衡替薛青澜盖好被子，又收拾了残羹冷炙、锅碗瓢盆，随后自己才洗漱休息。

闻衡在洞中睡过长长一觉，又得了顾垂芳传功，体力大有提升，现在并无多少倦意，只闭目养神，在脑海中慢慢复盘这两日的所有事情。

盗剑一事暂且不论，地宫经历堪称奇遇，顾垂芳虽未明说不可将这事宣扬出去，闻衡却要留一个心眼。

闻衡听说过"沧海悬剑"的名号，也听说过外界对顾垂芳销声匿迹的种种猜测，如今看来，自封三十年简直是其中最古怪的一种。

徒弟盗剑逃逸、师父愧疚自罚这套说辞并不怎么可信，闻衡从常人思路推测，纯钩剑被盗时顾垂芳也才三十多岁，正是年富力强之时。他大可自己下山亲自追缉叛徒，说不定就能追回来了，为什么反而把自己关了起来，平白无故地浪费时间，致使纯钩剑至今仍流落在外？而且他听顾垂芳的意思，纯钩派在丢剑之后并没有急着寻找，却别出心裁地造了一把假剑，假装什么事都没发生过——镇派之宝还可以这么糊弄吗？

更令人生疑的是这三十年来纯钩派对顾垂芳的态度。越影山一共七峰,唯独临秋峰被划为禁地,派中弟子大多数不知其中缘由,长老前辈们也甚少提及临秋峰和前代长老之事,令闻衡不得不怀疑,顾垂芳是否有他表现出来的那么清白无辜。这三十年不见天日,究竟是他自封,还是说根本是禁锢?会不会是因为纯钩派为了防止他与外界联系,以免做出什么不利于纯钩派的事?

种种念头在他的脑海中交错,怎么想都有可疑之处,闻衡能断定顾垂芳一定没有把全部真相和盘托出,但被顾垂芳藏起来的究竟是什么,答案恐怕只能靠自己去寻找。

直到三更时,闻衡方蒙眬地产生些许睡意。

直至此时,他突然发现本已熟睡的薛青澜在睡梦中似乎冷得厉害,紧紧地蜷缩了起来。

夜深寒气重,晚间做饭烧水产生的热气散得很快,床尾的火盆也只能让屋里不至于冻人,闻衡早已习惯这种气候,不以为苦。可就这么一小会儿,薛青澜已快要缩成一颗虾米,止不住地轻轻发着抖。

闻衡怕他冻出毛病来,只得伸手去试了试温度。

床榻布被都是一片寒凉,甚至衣襟也没沾上体温。不知道薛青澜到底是什么体质,越睡被窝越凉,这样半夜他不活活被冻醒才怪。

闻衡住处简陋,并没有多一床被子给他盖,只好将自己那床被子拿来替他也盖上。无处可去的自己,只能半靠在床尾,借着一点儿被角小憩。这一连串动作有点儿扰人,薛青澜被他给弄醒了,含含混混地"嗯"了一声。

闻衡立刻放低声音,说道:"没事,你睡。"

好在薛青澜困意浓厚,可能以为自己在做梦,很快就重新陷入深眠之中。

一梦沉酣,次日薛青澜醒来,险些忘了身在何方。睡已经睡够了,可是被窝太暖和了,暖意中萦绕着一缕熟悉的青竹香,将睡意的尾巴无限延长,他整个人陷入一种懒洋洋的温暖倦怠中。

他不记得自己有多久没睡过这样一个安稳踏实又不设防的觉了,只觉身心舒畅,像与能抚平一切褶皱的春风阔别重逢。

叹息般的低笑声,像一片羽毛,柔和地响起:"可算醒了,还要接着睡吗?"

他笑起来连着胸腔一起震动,吓得薛青澜激灵了一下,猛地抬头,差点儿撞飞闻衡的下巴:"师……师兄?"

闻衡被他这模样逗得直笑:"结巴什么?不是师师兄,是你岳师兄。"

薛青澜听他这语气,更是惊得马上要坐起身来。闻衡反应也快,手上稍微使了点儿力气,将他按躺下,说道:"别乱动,你一出去热气就散了,缓一缓再起身。"

帐外是寒冷的霜气,衾枕间却暖意袭人。

薛青澜被按着,老大不自在,只能拿话打岔:"廖师兄今日不是要过来?真要搬到别的院子去,总得容我回去禀明师父,收拾些东西。"

闻衡不慌不忙地说道:"不急,吃了饭再去。顺便想想还缺什么,待会儿叫师兄一并给添置上。"

他早已不是宗室贵胄,可从小养成的习惯还在,说话做事慢条斯理,总带着一股漫不经心的从容感,好像天塌下来也无法让他变一变脸色。薛青澜被他带得静下来,略一思索,回道:"倒也不缺什么,就是得请廖师兄多给两个火盆,免得——"

闻衡似笑非笑地垂下眼帘睨了他一眼:"免得什么?"

薛青澜抬起眼皮看了他一眼,拖长了声音说道:"免得再麻烦师兄。"

闻衡短促地笑了一声,学着他的语气说道:"师弟别客气,不麻烦。"

薛青澜:"……"

这小崽子看着不亲人,但闻衡感觉他只是闷,其实脾气挺好,就像戳三四下才轻轻拍人一下的猫,真烦了也就是一甩尾巴不理人,从来不露尖牙利爪,面上虽凶,心里却知道谁是真正待他好。

"现在醒透了没有?"闻衡眼看他又不说话了,知道这是要甩尾巴的前兆,低头温和地说道,"冬日天寒,起猛了容易着凉,最好缓一缓再起身,如此方是养生之道。"

薛青澜小幅度地点头,闻衡便松开手,说道:"不闹你了,下去洗漱更衣吧,外袍在火盆旁烘着。"

薛青澜从被子里爬起来,问:"你呢?"

闻衡哼笑道:"我?我替你守了一宿被子,半边身子都麻了,你倒问起我来了?"

薛青澜又好笑又愧疚,跪坐在一旁,拉过闻衡的右臂替他推拿按摩,缓解麻痹感。闻衡支起一条腿,抬臂任他动作。薛青澜一低头,未束的乌发散落下来,遮住了耳朵,只露出小半张脸。他虽低头抿着唇,颊上却有个浅浅小窝,分明正在强忍笑意。

闻衡看着,心说这样才对,薛青澜就该在滚滚红尘里鲜活地贪嗔痴笑,做什么想不开要去当天上的寒星?

手臂知觉逐渐恢复,闻衡试着活动手指和手腕,笑道:"多谢,已经好了。"

薛青澜不再拘谨,说道:"你慢慢起,我去做早饭。"

闻衡有些讶异地扬眉,正欲发问,薛青澜已猜到他想说什么,开口道:"山珍海味虽不能,烧水煮粥还是会的。师兄尽管放心,不会烧了你的厨房。"

没过多久,薛青澜果然端上了一钵白粥、两碟腌菜。食材有限,他也翻不出花来,只多煮了两个熟鸡子儿。两个人吃完简单早饭,恰好廖长星寻了过来,被闻衡强征帮忙,三个人齐力将铺盖等一应零碎杂物收拾进了山际院。

山际院是记名弟子居所,当年闻衡本该住在此处,却因为地方不够又要守孝，便独自搬去了后山。后来李直离开，秦陵没再收新徒弟，其中一间房就一直空置着，这回为了安置薛青澜和闻衡，才重新打扫布置了一番。

屋中地方有限，摆不下两张床榻，索性换成一张宽榻，足可并排睡三个人。廖长星站在屋中环视一周，抱歉地对薛青澜说道："事急从权，只能腾出这么一块地方安顿，慢待薛师弟了。往后有什么事，薛师弟尽管麻烦岳持，千万不必客气。"

薛青澜还没说话，闻衡先调侃道："师兄卖得一手好人情。"

廖长星反问道："薛师弟难道不是受你牵连？更别说人家还救了你一命，就是让你当牛做马也使得。"

"万万使不得。"薛青澜忙说道，"师兄折杀我了。"

闻衡怕他不自在，在背后搭着他的肩，说道："师兄心地善良，这已算是简单的了，不用不好意思。"

薛青澜不解其意："嗯？"

廖长星一听便知他的话外之音，再看闻衡护犊子似的护着薛青澜，忍不住笑着摇头，说道："罢了，接着忙你们的，若没事我就先走了，师父那边还在等我。"

闻衡放下手中的物什，问："前日的事情如何了？"

这是纯钧派自家的事，薛青澜不便旁听，主动借口打水退到门外，将主屋留给他们师兄弟。廖长星见他走了，方对闻衡说道："事关重大，师父也没对我多说。现下只能靠各峰长老出面尽力斡旋，先稳住他们，再暗中调查。"

闻衡摇头："晚了，现下事情已经闹大了，再想让他们留下来恐怕很难。"

受邀前来的名门正派人士个个心高气傲，谁肯被当作鸡鸣狗盗之辈一样看管起来？这事说出去纯钧派恐怕要被群起而攻之。再则江湖势力此消彼长，别派与纯钧派又不是素无龃龉，他们虽不至于做出盗剑之事，但是很乐于看纯钧派闹笑话。因此除了真正与纯钧派有交情的那几人，其他人绝不会束手配合纯钧派的行动，最多再拖三天，哪怕找不出罪魁祸首，纯钧派也必须放人。

廖长星心累地叹了一口气，一提这事就愁得皱眉头。他作为玉泉峰上挑大梁的弟子，有许多难处，只是不好对闻衡说，于是拍了拍闻衡的肩，说道："偌大一个门派，再难也用不着你们小孩家家的跟着操心。这些日子别乱跑，保护好薛师弟，若有异动，记得及时找我。"

闻衡了然地说道："我明白，师兄放心。"

过了一会儿，薛青澜从门外进来，手中端着水盆和布巾，随口问："廖师兄走了？我看他似乎忙得很。"

闻衡接过铜盆放在一旁的架子上，答道："丢剑这事要处理得不留话柄，恐怕他最近都没有什么闲工夫了。"

薛青澜还惦记着刚才的话，好奇地问道："师兄，你方才说'这已算是简单的了'，是什么意思？难道纯钧派还有什么别的规矩吗？"

"什……"闻衡让他问得愣住了，旋即反应过来，苦忍半晌，实在没忍住，别过脸笑出了气声。

他笑得还挺好听，低音像淙淙的流水，薛青澜越发迷惑，又问道："你笑什么？"

"笨。"闻衡一指头戳在他的脑门上，"就因为不是好话才不明说，你还非追着问，让我以后怎么做人？"

薛青澜蹙眉看着他，眼神带有五分怀疑、三分审视，还有两分好奇，那表情仿佛在说"我倒要看看你嘴里能吐出什么象牙来"。

他这副模样实在很新鲜，与初见之时判若两人，闻衡无奈地笑了。

他捏着薛青澜的后颈，把他提溜到跟前，磨着牙恨恨地说道："好啊，学会消遣我了，小崽子，你眼里还有没有师兄了？"

薛青澜不答话亦不挣扎，不住地笑，发出细细碎碎的气音，最后活生生地把闻衡笑得没了脾气，在他的背上轻轻地捶了一巴掌了事。

午饭后两个人分头行动，薛青澜回客院给薛慈帮忙，闻衡则去主峰砺金堂内查阅本门典籍。这一去直到日暮方归，闻衡回到山际院时，立刻被三个弟子和韩紫绮团团围住。这几日他的遭遇传遍了纯钧派，记名弟子们素日与他关系尚可，韩紫绮尤其牵挂他，是以一听说他搬进了山际院，立刻赶来探望。

闻衡同他们没有什么好交代的，只拣不要紧的情况略说几句，谢过众人慰问，又多嘱咐了一句薛青澜也要住进来，让其他三个弟子安分一些，别招惹人家。

周勤和韩紫绮在薛青澜身上吃过大亏，一听这名字就皱眉头。韩紫绮十分不快，酸溜溜地说道："也不知道廖师兄究竟怎么想的，非要你照看他。"

刚走到院外的薛青澜恰好听见这句话，脚步一顿。

闻衡声音不大，但习武之人毕竟耳力好，薛青澜站在墙外也能听得清楚，闻衡没什么语气，再平淡不过地答道："有恩报恩，理所应当。"

薛青澜想起上午的玩笑话，嘴角一弯，忽然听到墙内一人笑嘻嘻地劝道："师姐也不必如此介怀，反正他们住两个月就走，总归是外人，哪有咱们同门师兄妹亲？"

薛青澜唇边的笑意凝固了片刻，倏忽散了。

薛青澜望着院墙顶端露出的一片树梢，脚下如同被粘住，无论如何也迈不开步子，只能退后几步，在山际院外不远处找了棵大树，轻身掠上去，把自己藏在了半凋的枝叶间。

他无意与纯钧弟子再起争执，作为一个外人，现在闯进去无非是平添尴尬，还是等他们散了再说吧。

太阳已落下山头，可夜色还未至，天际是一片灰黄的暮色，没有晚霞，只有无边的云翳。薛青澜漫无目的地远眺四周，忽然想起昨日那琉璃般灿烂的黄昏景色，心想，离开了越影山，往后他或许再也看不到那样的夕阳了。

世间种种美好之物，朝霞夕阳、春花秋月、缘分邂逅……原来都是这样可遇不可求，珍贵却又短暂的。

暮色退去，寒霜笼罩了整座山头，院落里渐次亮起灯火，山际院的来客不知什么时候已经离去，薛青澜却仍保持着原来的姿势坐在树上，一身黑衣融在夜色里，似乎被山风吹成了不会说话的石块。

不紧不慢的脚步踩着落叶由远至近，最终停在树下，他没听见，也或许是听见了但没有分神注意。

闻衡在树下幽幽地问："星星好看吗？"

薛青澜雪白的脸在满目昏暗里微微一动，他终于回神，眉梢眼角有了生气，迟缓地垂眸向下望去。

他声音轻而微哑，其实语气平平，但在闻衡听来就有些委屈，他说："没有星星。"

今夜无星无月，是阴沉天气。

闻衡朝树上伸手，说道："那下来吧，回去吃饭了。"

薛青澜活动了一下僵硬的四肢，收起了所有散漫思绪，若无其事地对树下的闻衡说："师兄闪开。"

"不用。"闻衡催促道，"你下来。"

薛青澜只好依言跳了下去，这回运上了轻功，落下时衣袍飘飞，轻捷无声，像一片羽毛悠悠地从半空中飘下来。

他估算好了距离，小心谨慎，以免跟昨天一样砸到闻衡，但"羽毛"还没落地，就被闻衡接住了。

薛青澜僵硬地站在原地，不愿意挪动脚步。

"怎么了？"

他张了张嘴，却不知该如何开口，更不知该从何说起。

闻衡心思何等玲珑剔透，早猜出了八九分实情，附在他耳边轻声问："是不是不喜欢这里？我们可以搬回后山去。"

薛青澜有时候觉得很奇怪，闻衡猜他的心思好像总是猜得特别准，他的一切伪装在这个人面前总是溃不成军。

"我……"他慢慢吐出一口郁结在肺腑里的寒气，艰涩地说，"不是不喜欢，是住不了多久，哪里都一样。"

他一开口，闻衡就心软了。借着夜里一点儿微弱的光，他低头瞥见薛青澜白皙的颈侧有两个红痣似的小点，不知道是天生的，还是被虫子叮了。

"听到他们说话了？"闻衡了然地问，"你该不会是一想到自己要走，舍不得我，所以才躲在这里偷偷伤心吧？"

薛青澜摇了摇头，闻衡以为他要矢口否认，没想到他说："不知道。"

他果然还是个孩子，对什么都懵懵懂懂的。

"不知道也没关系。"闻衡哄他，"等转过年来，我也该下山去了，到时候去宜苏山找你，好不好？"

薛青澜这回真被他惊着了："你为什么要下山？"

闻衡耐心地说道："自然是下山寻剑，难道我还能坐在越影山上等聂竺主动来找我？"

薛青澜一想也对，这时闻衡又说道："这事虽是我一人揽下来的，但我仔细想了想，你在其中似乎也出了不少力，叫上你给我打下手不为过吧？"

薛青澜："……"

他沉郁的心绪被闻衡三言两语搅散，他彻底难过不起来了。闻衡捋了一把他的头发，哄孩子似的问："还伤心吗？不伤心了就跟我回去吃饭，这边物什齐全，晚上可以泡热水解解乏。"

薛青澜后退半步，想要拒绝，却不想被闻衡一把薅住了脖领子。

"你……师兄你干什么？！"

"怕你跑了。"闻衡步伐平稳地走向院子，平静地答道，"这回知道谁跟你比较亲近了吗？"

第七章
神似

"知道了！知道了！师兄你松手！"

薛青澜生怕这副模样被别人看去，不知道会惹来什么议论。闻衡笑了一声，像会读心术一样，淡淡地说道："不怕，院里没人。"

这话一出，他果然不再挣扎了，埋着头，状若鹌鹑，一声不吭地被拎进了厢房。

此时此刻，远离不见天日的洞底，回到不止有他们两个人的俗世，薛青澜再清楚不过地意识到，闻衡对待他，与对待其他人确实不同。

他心底有一个想都不敢想的答案，薛青澜犹豫地唤道："师兄……"

闻衡正在铜盆边洗手，头也不抬地应道："嗯？"

薛青澜攒足了勇气，正欲开口，颈侧忽然传来一阵细细的刺痛感，他像被猝不及防地扎了一针，立刻抬手按住了脖颈上的那两个小红点。

闻衡还等着他的下文，抬头一看，只见薛青澜捂着脖颈坐在床沿上发愣。

他想起夜色里衣领下一闪而过的红痕，擦干净手走过去问："怎么了？手放下我看看。"

薛青澜蓦地回神，按紧了那片突突刺痛的皮肤，头摇得像拨浪鼓，说道："不要紧，大概被这山上不知道什么虫子咬了一口。"

闻衡蹙起眉头，这个季节天寒地冻，山上绝少见到虫子，薛青澜到底是有多细皮嫩肉，才不幸中招？

"什么时候被咬的？"他俯下身去，"松手。"

薛青澜拗不过他，只得松手。闻衡这回借着房中烛火看清了，那是两个芝麻大的出血点，边缘还有些红肿，伤口结了一层薄薄的鲜红血痂，看起来也就是这两日的事。创口其实不大，但薛青澜天生肤色白，看起来就格外显眼刺目。

"疼不疼？"

薛青澜摇头道："或许是前几天在树林里不小心被咬了，真不碍事，师兄别看了。"

闻衡直起身来，说道："不可能，你这伤口刚愈合，要么是昨天咬的，要么是你自己把痂挠破了。把手放下，不许再碰了。"

薛青澜垂下目光，不敢与他对视，"嗯嗯"应是。闻衡随手将他翻折的一小片衣领抚平，说道："先吃饭，待会儿找点儿药给你搽上。"

两个人同坐桌前，薛青澜闷头吃饭，疼痛令他从一时迷乱中醒了过来，也令方才要说的话自然而然地被岔了过去。

闻衡再心细也不能凭空猜他的心事，只觉得薛青澜今日似乎兴致不高，以为他还在介意下午那几句话。

饭毕天色已晚，薛青澜先去沐浴，回来后拿着闻衡找来的药瓶给自己上药。等闻衡也沐浴完回来，薛青澜已换好衣服拧干了头发，正盘膝坐在榻上把玩那小小的瓷瓶。

"师兄，"他似乎恢复了心情，抬头叫了闻衡一声，举起手中的瓶子问道,"这药叫作什么?味道有些奇特,是纯钧派的秘方吗?"

闻衡瞥了一眼那没有封签的药瓶,说道:"是灵犀碧玉膏。家里偶然得来的方子,我也不知出自何处,但颇有效果。用犀角和炮制过的碧月蝎磨粉,加青梅酒调和,抹在伤处,可解蛇虫毒。"

犀角和碧月蝎都是难得的珍贵药材,这么一小瓶价逾十金,薛青澜握着那貌不惊人的瓷瓶,只觉得沉甸甸地压手,忙将它递还给闻衡,苦笑道:"这点儿小伤,就是放着不管,两天后也自愈了,何苦动用这能救命的东西?"

闻衡却没接,绕开他从另一边上榻,淡然说道:"不值什么,你拿着用吧。山上蚊虫多,若被咬了你就早晚各搽一次,好得快些。"

薛青澜是真不明白他一介白身怎么还做这种拿银子打水漂的事,再要推拒,却见闻衡已闭目入定,正在默运心法,当下噤声,不再打扰闻衡。

如此又过了近两个时辰,闻衡调息方定,缓缓睁开眼睛。自从被顾垂芳传功后,他确实能更清楚地感觉到体内生生不息的真气,无数涓涓细流围绕着气海自发运行,气海中心则凝滞着他无法化解的一团真气,就像盘踞在海中的一块巨大冰川,能被感知的只有一角,尚有巨大部分潜藏在海面以下。

对面薛青澜已经困得靠着床尾栏杆睡着了,脑袋一点一点的,手里却还握着那小瓷瓶。闻衡看得好笑,过去摇了摇他的肩膀:"青澜?醒醒,躺下再睡。"

薛青澜半睁不睁地勉强抬起眼皮,摇摇晃晃地往铺盖处挪,好不容易掀开被子躺进去,立马被冰得"咝"了一声。

闻衡回头问:"怎么了,冷吗?"

薛青澜虽睡意浓,心里却始终压着一块石头,闭眼摇头,拉紧了被子,含混地说道:"不冷。"

闻衡将信将疑地吹熄了灯,躺回床上。

刚才能睡着是因为靠着床脚的火盆,足够暖和,现下挪回冷冰冰的铺盖中,没过多久,薛青澜仅存的一点儿睡意全散干净了。

他闭眼躺在黑暗中,一侧是坚硬墙壁,另一侧是半人宽的空当,身下的床榻硬得硌人,他直挺挺地躺在上面,简直像是躺在一口冰凉的棺材里。

苦寒严冬,漫漫长夜,也不知道什么时候才能过去。

薛青澜按捺着翻身的冲动,正闭着眼胡思乱想,闻衡的声音从另一边响了起来:"还不睡?"

薛青澜呼吸一滞。

他听见衣料和被褥发出窸窸窣窣的碎响,一只手探进被子,恰好落在他的小臂上,宽大掌心带着熨帖的热意。

"果然还是冷。"闻衡在黑暗里叹了一口气,下地把火盆重新摆了位置。

薛青澜没反应过来一样,怔怔地唤道:"师兄……"

闻衡重新躺回另一边,闭着眼说道:"快睡,有事明日再说。"

"嗯。"

次日清晨天刚蒙蒙亮,闻衡已收拾停当,到院子里去练剑。三年来无论晴雨霜雪,这习惯都雷打不动,前两天因故耽搁,今天他却不能再偷懒。没过多久薛青澜也醒了,寻到院中,只见一身白衣的闻衡在朦胧晨光中练剑,如同白鹤振翅而飞,人剑都是一样飘逸飒爽,十分赏心悦目。

他站在廊下看了一会儿,闻衡练完一套剑法,招手叫他过去:"冻醒了?"

薛青澜走到他面前,摇头道:"没事,睡够了。"

闻衡提议道:"干站着没什么意思,不如与我过两招?让我领教领教薛少侠的功夫。"

"不敢。"薛青澜拎过剑,活动手腕,笑道,"打人不打脸,师兄千万手下留情。"

两个人一个穿黑衣一个穿白衣，俱是挺拔颀长的少年郎，相对站在庭前，便如芝兰玉树。薛青澜叫了声"看剑"，抢先出手，闻衡挺剑相迎，接了第一下便说道："尽管出招，不必留手！"

薛青澜"哧"地笑了笑，剑光大亮，攻势陡然转得凌厉："师兄这是瞧不起谁呢？！"

"铿"的一声，两剑相撞，闻衡赞叹道："好剑，只可惜——"

他忽然闭口，挥剑斩向薛青澜的右臂，薛青澜回剑格挡，没想到闻衡这下却是虚招，剑尖画了个半圆，点向他的肩窝。

薛青澜问："可惜什么？"

闻衡又一剑跟上："没什么，这一剑出得挺好，我骗你的。"

薛青澜："无赖！"

薛青澜被他毫不正人君子的出招方式气得用了全力，剑势大开大合，直朝闻衡正面攻来。他剑法只算平常，这几招却颇为高妙，乍一亮出，竟逼得闻衡不得不后退避其锋芒，攻势也缓了下来。

然而闻衡到底技高一筹，薛青澜剑招用尽，被他连戳几处破绽，难以为继，终于把剑扔下，耍赖道："不打了！今日教不了你了！"

闻衡收了剑，过去替他拾起地上的铁剑，含笑揶揄道："才几招就认输？这放弃得未免也太快了，还是说少侠故意让着我呢？"

薛青澜毫不退让地挖苦回去："岂敢，岂敢，知道你是一代剑圣，剑还你，我不配拿这个，就该掰根树枝耍着玩儿。"

说罢，两个人同时破功，笑了半天才停下。闻衡归剑入鞘，问他："刚才有几式使得好，神完气足，是你师父教的？"

薛青澜略一迟疑，答道："算是……我的另一个师父。不过我学得不好，也没学全。"

闻衡从刚才拆招时就知道他学得杂乱，内功也不合适，心想薛慈到底只是个郎中，没教坏好苗子。薛青澜如今武功还算可以，纯粹是天赋好，学到什么都能使出七八分来。

闻衡没再追问剑招的事，反而说道："不怪你。你资质上佳，只是没跟对师父，有些浪费天赋。"

薛青澜没想到他会这么说，接着他的话戏谑道："这话说的，难不成师兄还想让我改换门庭，真来给你当师弟？"

闻衡略一沉吟，居然没否认，反而说道："这么想未尝不可，你要是不嫌弃，这两个月我来教你如何？"

薛青澜先是怔了怔，继而失笑道："我……师兄怎么突然起了这种兴致？"

闻衡说道："你体寒畏冷，不是药石能医好的病症，最好是修炼一部上乘内功，借此固本培元、调和阴阳。此事宜早不宜迟，眼下看来，你师父恐怕教不了你，你又不是纯钧弟子，不便将本门功法传授给你，我倒还知道一些别家内功，不犯忌讳，用来教你最合适不过。"

说罢，他低头看了看薛青澜的脸色，又说道："我这不是一时兴起，你不必急着回答，仔细考虑好了，再……"

薛青澜点头道："好啊。"

闻衡："嗯？"

薛青澜说道："我考虑完了。"

"昔日师兄曾在地底授我'步下生莲'，我学了轻功，岂能不学内功？学了内功，岂能不学外家功夫？"他一本正经地说道，"待到来日师兄剑术绝顶，神功大成，我不就可以狐假虎威、横行江湖了吗？"

闻衡被他这一串张口就来的歪理冲昏了头脑，半天才缓过来，恨恨地给了他脑瓜一下。

两个人说定，接下来一个月里，闻衡果然每日抽空教薛青澜内功剑法。盗剑之事最终不了了之，各门派的人离去之后，薛慈本欲让薛青澜搬回客院，却被闻衡找借口留下了。他是铁了心要把薛青澜的武学根基重打一遍，所授内功既非《忘物功》，也非别派武功心法，而是庆王府祖传内功秘籍，相传是大内密藏的《天河宝卷》。

这本秘籍是他从小就背熟的，闻衡自己虽不能修炼，闻克桢却一句一句地给他拆解阐释过，他烂熟于心，教起薛青澜来亦不费力。至于剑法轻功等只是捎带的，这些年闻衡一心钻研剑术，在熟知各家剑法之外，另有一番心得见解，综合下来，便是他自创的一套剑法。闻衡偶尔也拿来教薛青澜拆招，只是这剑法出自经年积累，其中颇多奥妙之处，非博览武学者不能通，薛青澜这种天赋的人学了一半都觉得艰涩，这种事强求不来，闻衡只好退而求其次，另找了些别的刀法、剑法慢慢教薛青澜。

山中岁月不知长短，时如逝水，薛青澜总觉得自己刚来不久，转眼却已进了腊月。

这一日恰好是腊八节，按往年常例，掌门夫人会亲自带人熬粥分送诸峰弟子，以期来年平安。韩紫绮别有心思，借机揽下了这份活计，带着两个小弟子，主动拎着食盒来到了玉泉峰。

她先是到松壑堂拜见过秦陵，又给四个亲传弟子送了粥，最后单剩一个山际院。韩紫绮笑吟吟地进门，却发现院里只有三个弟子，一问才知道闻衡一大早就出门练剑了，至今还没回来。

韩紫绮眼珠一转，便对众人说道："师兄们慢用，我去找找岳持师弟，若见到了，就叫他回来。"

她素日行为落在众人眼中，众人都知道她对闻衡有些不同，自然不能说破，只嬉笑道："多谢师娘、师妹惦记着我们。"

韩紫绮曾撞见一回闻衡在后山练剑，猜他应当还在那处，循着旧日记忆一路寻过去，果然听见不远处有飒飒风声。她心内一喜，加快脚步，正要扬声唤人，却听见另一个少年声音先响了起来，喊的是"师兄"。

韩紫绮一下子站住了。

剑气破风声停住，闻衡的口吻是她从没听过的温和："嗯，是哪里不懂？"

韩紫绮闪身躲到一棵大树后，透过缝隙向外看去，只见树林外有一片空地，薛青澜与闻衡站在一处，两个人手中都握着剑，想来刚才应当是在拆招。

薛青澜问："这一式竖剑下劈，固然威力极大，但倘若对方料得先机，侧身避开，我却收势不及，该如何应对？"

"问得不错。"闻衡回道，"这一式若叫人看穿，确实是个很大的破绽，但也不是全无解法，来拆一招试试。"

薛青澜依言提剑上前，两个人快速过了数招，闻衡喊着"来了！"，挥剑直下，薛青澜立刻侧身避让，剑锋擦着他的发丝落下，果然未中。趁此机会，薛青澜立刻接上一招"中流击水"，意欲半途截住闻衡，孰料闻衡这一剑却并未落到底，中途手腕一转，竟然倒握着剑柄，在他的右胸穴道上轻轻撞了一下。

薛青澜万万没想到他会来这么一手，霎时半身酸麻，双腿一软，向后栽倒。闻衡手疾眼快地把他捞了回来，忍俊不禁地说道："对不住，一时不慎，手重了。"

这神来一笔正好点中了薛青澜的穴道，若真用上内力，能当场将他放倒，饶是闻衡刻意收着劲，也令他一时半会儿动弹不得。薛青澜浑身无力，气得不想理人："这算什么剑招？！"

闻衡眉目里都是笑意，顺手收走他手里的剑，十分自然地将他带到旁边一块平坦的大石头上。

韩紫绮眼睁睁地看着这一幕。闻衡却还没走，守在薛青澜身边，一边伸手托着不让他倒下去，一边教他如何运功冲开穴道，又指点道："用剑之道，在于人剑合一，不光要会用剑，也要会用剑鞘剑柄、指腕肩肘，乃至手中无剑、心中有剑。你若全身每一处都可是伤人利器，还愁别人寻着你的破绽吗？"

薛青澜闭目运气片刻，酸软之感渐去，周身知觉随即恢复。他坐直身，无奈地说道："亏你说得出来，师兄，除了你谁还能想到这上面去？我等凡人连剑都没练明白，就别肖想什么'心中有剑'了吧。"

闻衡被他逗笑，伸手递向他，说："行了，歇够了就起来，今日腊八，早些回去煮碗粥暖暖身子。"

他的举动中流露出的温柔之意几乎刺眼，陌生得不像韩紫绮认识的那个岳持师弟。

自打闻衡拜入纯钧派，就一直独来独往，言行举止无不冷漠，离群索居。这些年来，就算是同门师兄弟之间，也没见他这么细致地给谁讲解过剑法，更别说亲手指点谁。

韩紫绮也曾心存幻想，三番五次地向他示好，却从未得到回应。闻衡无情得一度令她以为这个人根本不懂什么叫人情，如今才明白原来不是人家不会，而是她不配。

可是区区一个薛青澜，又何以得他信赖呢？

韩紫绮一时之间心乱如麻，当下不敢再多停留，悄悄沿着来时路离去。她甚至没有去山际院叫上那两个小弟子，一个人魂不守舍地回到了主峰。

那边闻衡、薛青澜都没觉察到有人来了又走，眼看天色渐晚，两个人正欲归去，没走多远，薛青澜忽然停住脚步，片刻后在他身后说道："师兄，下雪了。"

暗淡的天幕中，盐粒一样的小雪珠子细细密密地落下来，悬停在眼睫、发梢上，顷刻化为水珠。这一刻风声静住，万籁俱寂，苍穹宽阔无垠，唯有细雪纷纷扬扬，世界犹如被冰封。

又是一年初雪。

自今日起，便是他失去亲人的第四个年头了。

闻衡的噩梦里常常出现这片天空，有时伴着满目血色，有时是冲天火光，更多的时候只是荒无人烟的原野。远处的地平线上有个小黑点，似乎是天守城，又似乎是汝宁城，他在白茫茫的雪地里跋涉，总觉得自己丢了什么很重要的东西，却永远也到不了想去的地方。

他每每从梦中惊醒，无论身处何地，犹有严寒刺骨之感。

他怔怔而立，凝眸望着天际，不似赏景，倒像被什么魇住了。薛青澜觉察到异样，走到近前，低声问："师兄？"

"嗯？"

闻衡蓦然回神，眸中茫然之色散去，目光一下落入薛青澜眼中，却见他稍稍踮脚，抬手替自己拂去了头顶和肩上的细碎积雪。

他专注的模样令闻衡不期然地想起了阿雀，这些年里飘浮着的惆怅情绪忽地落到实处，连茫茫雪天也跟着有了苍凉意味。

"走神了？"薛青澜轻声问。

"是啊。"

闻衡眼神柔和而深远，非常漂亮，却蒙着一层难言的伤感，薛青澜恍惚忘了今夕何夕，顺着他的话音问："想到什么了？"

以他平日的行事作风，他断然不会有这一句追问的话，可大雪好像将他们短暂地与人间分割，让他心甘情愿地脱下枷锁，小心翼翼地向对面迈出一步。

闻衡默不作声地掸去薛青澜肩上的雪片，薛青澜以为他不愿回答，却听闻衡说："三年前，我身边也有一个小朋友。"他在薛青澜腰边比画了一下，"大概这么高，瘦瘦小小的，没你生得俊俏，还算清秀，但跟你一样，总是吃不饱饭。"

薛青澜有些哭笑不得："胡说，我何时吃不饱饭了？"

闻衡淡淡一笑，有几分自嘲意思，没答他的话，自顾自地往下说道："我这个人可能是天生看不得别人吃不饱饭。第一次见他是在一座寺庙里,他在客院树上偷枣子,像只灰扑扑的小麻雀,我觉得他可怜,就强行把他留下了。那时候我对他说,跟着我,可以吃饱穿暖,不必挨饿受冻、四处流浪,他信了,我也以为世事能如我所愿。谁知第二天,外面忽然传来了家破人亡的噩耗,我开始逃命,承诺的事一件也没做到,他跟着我风餐露宿,吃了许多苦。"

"后来呢?"

"逃了十几天,我生了一场重病,病得快死了,他冒险入城替我买药,千辛万苦地将药送回来,却不幸命丧于恶人之手。"

薛青澜浑身一僵,面色古怪地问道:"他……你这位小朋友已经过世了?"

闻衡的思绪还沉在回忆里,他没留意到薛青澜的表情:"事发后我让人回去寻他,他住过的客栈被烧成了一片白地,我派去的人在遗骸里找到了他的随身之物。"

"是他走的那天也下着雪,"薛青澜小心翼翼地问,"还是师兄看着我,便想起他了呢?"

"那年冬天闹雪灾,我逃亡那一路上都在下雪,因此年年初雪时不免想起旧事。"闻衡低头看他,很淡地笑了一下,"别多心。故人已矣,你是你,他是他,说相似其实也只有一点儿,我还不至于认错人。"

"哦。"薛青澜默了片刻,不死心地再问了一次,"真的只有一点儿相似?"

闻衡满怀愁绪,被他这一问搅和得有点儿愁不下去了,怕他多心,只好解释道:"我说的一点儿相似,是你们俩都爱爬树。至于其他,都不怎么像,他小时候很爱哭,也不挑食,而且还是个不会说话的小哑巴。"

不爱哭且挑食的薛青澜:"胡说,我何时挑食了?"

闻衡:"你爱吃红枣吗?"

薛青澜哑口无言。

"我也想让他平平安安地长到和你一样的年纪。"闻衡摸了摸薛青澜的头发，认真地说道，"但世事不可逆转，空想没用，寄托也没用，我若把你们混为一体，岂不是既亵渎了他，又辜负了你？"

所以他默默咽下了所有悲思，不为外人道，宁愿每年初雪时痛彻心扉，也不肯妥协，不肯忘却。

能被这样一个人放在心上，哪怕只占方寸之地，也足以抵过百劫千难了。

薛青澜无端眼眶一热，生怕失态，忙眨眼忍下，扯着闻衡的衣袖岔开话题："雪下大了，不是说要回去煮粥吗？明州不过腊八节，我还不知道你们这边是什么习俗。"

两个人站着说话的工夫，肩头已落了许多雪花，地面也积了一层薄雪。闻衡知道他不愿再多提伤心事，遂顺着他的话说道："好，那就回去吧。"

远处群山绵延，雪幕萧萧飒飒，地上两行脚印一直延伸到树林尽头，又被新雪掩盖，铺开一地无垢的洁白。

对这些从小生活在门派中的弟子来说，年节并不重要，花开了月圆了天冷了，他们还是一样练武，顶多是吃食上变些花样，寒来暑往，都是寻常气候，不值得多费心思。因此纯钧派的新年过得非常朴素，既没有阖家团圆，也没有爆竹新衣，无非是中午饭堂多加了两个菜，师兄弟们见了面互道一声"新年吉乐"。

薛青澜对此适应良好。他比闻衡还像个纯钧弟子，白日里该干什么照旧干什么，晚上抱着闻衡给他做的手炉缩在榻上看书，神情平淡，丝毫不见动摇，似乎早已对此习以为常。

闻衡毕竟曾在温柔富贵乡里长大，见识过世间第一等的繁华热闹场景，每逢佳节，不免思念亲人；薛青澜却像是打小与世隔绝，不食人间烟火，心中既然了无牵挂，自然也无从生起涟漪。

闻衡本来对薛慈观感尚可,薛慈是誉满江湖的神医圣手,又是自己的师父的知交好友,无论哪个身份都值得敬重。可是与薛青澜相处越久,闻衡越觉得薛慈这个师父当得实在失职,白瞎了一棵好苗子,对薛青澜也不算好——药铺老板逢年过节还知道给伙计多发几文钱,到薛青澜这里,连句吉祥话都没有。

薛青澜听到他的脚步声,放下手中书卷,刚仰起头,脑门上忽然贴上了一个冰凉的东西。

清甜橘香扑入鼻端,他的眼睛立刻弯了起来,盈满笑意:"哪里来的橘子?"

两个朱橘滚滚落进他的怀中,闻衡在榻边坐下,说道:"今日除夕,山下田庄送来了许多节礼果子。"

薛青澜"哦"了一声,并不追问,也不在意,径自拿起橘子剥开外皮,摘净丝络,还分了一半给闻衡。他手指白皙修长,剥个橘子皮也赏心悦目,闻衡心中一动,忽然问:"青澜,你想不想下山看看?"

"山下有什么好看的?"薛青澜咽下一瓣橘子,莫名其妙地问道,"你要下山吗?你要去的话,我倒可以陪你。"

闻衡顺水推舟地说道:"那就这么定了,上元节陪我下山走一趟。"

按照纯钩派的规矩,自新年至上元十五日之内,许弟子们离山一日,随他们去哪里游玩。闻衡往年没有闲逛的兴致,都是匆匆而过,今年既然决定带上薛青澜,便挑了个特殊日子。自古以来元夕不禁夜,上元佳节,花灯满城,万人同游,正是一年里难得热闹的时候。

正月十五当日,闻衡禀告过秦陵和薛慈,便携着薛青澜一道下山,赶在午饭前进了湛川城。尚在正午,街头已搭起了高台和花灯架子,许多茶坊酒肆门前都支着一口大锅,水花翻滚,热气蒸腾,里头煮着白生生的元宵。

除此之外,还有卖吃食的、卖花灯的、卖面具的、卖泥人、面人、糖人等各色小玩意儿的，如此种种，不胜枚举。这些还都是前戏，待入了夜，各处搭台唱戏、猜灯谜、卖艺斗彩，歌舞欢娱，通宵达旦，百姓更要携家带口，绕城走百病，以祈求来年无病无灾，这才是正月里最精彩的压轴戏。

闻衡说道："真正的热闹还没开始，不如先去用饭，占个临街的好位置，到黄昏时，这灯差不多就点起来了。"

薛青澜上下打量他一番，终于忍不住问出了最关心的问题："师兄，你哪里来的吃饭的银子？"

闻衡怔了怔，面现懊恼神色："不巧，忘了这茬了，这可怎么办？要不师兄把剑当了给你买一碗汤圆吃？"

他装得还真挺像那么一回事，薛青澜险些被他唬住，半信半疑道："倒也不必如此，你真的没带钱？"

闻衡忍得辛苦，像煞有介事地点了点头。

薛青澜轻轻地叹了一口气，从怀中摸出一个钱袋放在他的掌中，无奈地说道："幸亏我带了……你笑什么？！"

闻衡连着他的手一道握进掌中，轻巧地将他拉到自己身边，随口夸道："真有心，出门还记得带银子。走吧，带你去吃饭。"

薛青澜稀里糊涂地被他拉进街边一座酒楼中，跑堂的上来招呼，闻衡径直说道："范先生订下的雅间。"

跑堂的立刻躬身，恭敬地喊道："二位贵客楼上请！"

这酒楼开在繁华地带，又赶上饭点，客似云来，生意十分兴旺。大堂里不免吵嚷，可伙计将他们引到三楼雅间，推门而入，一股清幽梅花香气扑面而来，屋中陡然安静下来，将一切嘈杂声响隔绝在外。

薛青澜四下打量，但见这雅间宽敞明亮，装饰雅致。墙边条案上的插瓶里盛着蜡梅，饭桌后的山水大屏另辟出一方空间，布设着罗汉榻，榻上小几上甚至摆好了干果点心，堪称处处精细，足见用心，富贵得把他们两个人都卖了或许也抵不上饭钱。

伙计殷勤地问:"两位公子要用点儿什么?本店的干烧黄鱼乃是一绝,另有烧羊肉、烧牛尾、八宝山珍、甲鱼炖鸡等招牌菜。"

他这话是冲着闻衡说的,他下意识地觉得此人能做主,却见闻衡拎起壶来倒了两杯茶,将其中一杯推给薛青澜,问道:"想吃什么?在山上成日吃素,只怕早已腻了,恰巧我近日也刚出孝,可以陪你吃几口荤腥东西。"

薛青澜再傻,这时候也看穿他的把戏了,摇头推让道:"我没来过,不知道他家哪些东西可吃,还是师兄来点吧。"

于是闻衡考虑着二人的口味,点了四样招牌菜,并几碟清淡蔬菜,又添上一例山珍汤、两碗汤圆,仔细交代了忌口,才叫跑堂的出去传菜。

等关了门只剩两个人对坐,薛青澜端着茶碗幽幽地叹道:"是我小看你了。师兄深藏不露,骗得我好苦。"

闻衡说道:"既然知道我骗你,怎么还这也不吃那也不吃?你就该挑贵的点,好叫我长长记性,免得日后再这么欺负小孩。"

薛青澜笑道:"师兄切勿自谦,若这叫欺负,传出去不知道得有多少人打破了头,就为了被你欺负一回。"

"当不起。"闻衡将窗户推开一道小缝,好散开屋中烧炭的轻微烟气,"此事贵精不贵多,你一个就够受了。"

说话间饭菜陆续送上,两个人吃饭向来不拘束,私下里没有什么"食不言寝不语"的规矩,就着一桌佳肴漫无边际地闲聊,说的都是些风土人情、节日习俗,或是门派旧事,东拉西扯了近一个时辰,才用罢饭,叫人进来收拾。

在越影山上时,吃住简陋,闻衡一个王孙公子甚至得亲自烧火做饭,却没有一句抱怨的话,好像什么都能适应,与所有弟子并无不同;可是到了湛川城,过去生活的痕迹又自然不过地回到了他身上,仿佛向来如此，从未被消磨掉。

谁能想到一年到头只有这半日，才能显露真实的他呢？

薛青澜有点儿犯困，盯着他腰间的佩剑怔怔出神。闻衡掰了一半茯苓山楂糕递给他，免得积食，见他目光散乱，便说道："困了就去榻上歇晌，要么下楼玩一会儿也好。"

薛青澜对"玩"没有多少兴致。他肯下山，纯粹是来陪闻衡的。不管是远离尘世还是在尘世中央，只要闻衡在旁边，对他而言并没有太大分别。

他咬住那小小一块点心，咽下去才问道："你呢？你下山来不是有要事吗？"

闻衡失笑："问的是什么傻话？没有别的事，我就是来陪你的，你去哪里，我便跟到哪里。"

点心中夹的山楂果馅滋味酸甜，在口中蔓延开来，直入心头。薛青澜这才明白前日里闻衡为什么忽然提议下山，当初说好是薛青澜陪他，到头来原来是闻衡借此机会，带他出来散心。

闻衡一向心无旁骛，是个如湖中月一般遥不可及、难以亲近的人物，能日日相伴、笑语闲谈，已经是超出薛青澜预想的交情，谁又想到月色竟然会亲自涉水而来，不但照人，还只照他一个人呢？

可他也知道这样相处的日子不会太久，过一日少一日，每一刻都像是偷来的。

冬日天黑得早，薛青澜去浅浅地睡了一觉，醒来时窗外已亮起花灯。闻衡将手搭在他的额头上，声音温和地说道："外面放灯了，下去看看？"

长街上人还没多到走不动路的程度，但街边花灯已绵延数里，有不少小孩提着形状各异的花灯在路上疯跑，偶尔撞到别人的腿，就会"咕咚"一下栽个屁股蹲。好在孩子都穿得厚实，摔了也不疼，很快像个球一样从地上滚起来，继续叽叽喳喳地钻进人群里。

薛青澜叫这满街欢声笑语感染，眉头舒展，眼睛里盛满碎光，像个刚从山中走出来的孩子，好奇地张望着陌生繁华的人潮。闻衡怕他被人挤散了，拉着他一路向前走，忽然听得"哎呀"一声，一个小豆丁跌倒在薛青澜脚边，花灯脱手飞出好远，摔得四分五裂。

闻衡在身后扶了薛青澜一把，低声问："没事吧？"

薛青澜摇头示意无妨，忙蹲下身将那孩子扶起来。这孩子实在很小，圆鼓鼓一团，生得玉雪可爱，看上去也就五六岁的样子。薛青澜轻声问他："摔痛了吗？"

那孩子抬头看了看他，又低头看了看自己空空如也的双手，眼里含着热泪，"哇"的一声哭了。

薛青澜："……"

闻衡"扑哧"一声笑了。

那孩子颈上戴着银质的长命锁，手腕上有两个坠着铃铛的银镯，一动就"叮叮"乱响，和着尖细哭声简直如魔音穿耳，钻得人脑瓜子疼。薛青澜实在招架不住，慌得喊了声"师兄"，闻衡一边笑，一边将大的小的两个人拢到身边，指着街边摊上的花灯问："别哭，给你买一盏新灯，好不好？"

那孩子特别好哄，闻言果然收住了眼泪，只是还在轻轻抽噎，眼巴巴地看着闻衡，点了点头。

闻衡说："那自己选一个喜欢的吧。"

小孩左看右看，眼花缭乱，哪个都想要，选了半天，最后指了一盏红色鲤鱼灯。闻衡替他将灯摘下来，交到他手中，在他短短的头发上揉了一把："这回小心一点儿，别再摔了，嗯？"

小孩破涕为笑，脆生生地"嗯"了一声，撒欢跑了。

闻衡直起腰，一回头发现薛青澜抿着嘴在笑，不由得奇怪地问道："怎么了？"

薛青澜说:"他倒会选,胖娃娃配红鲤鱼,多称。"

此言一出,连旁边的摊贩都笑了。闻衡转过身,又在摊上余下的数盏花灯里挑了一盏花鸟宫灯,付过银子,转手递给了薛青澜。

薛青澜惊讶又好笑,将灯接了过来,仰着头问他:"这又是个什么寓意?"

"没有寓意。"闻衡随口说道,"什么灯都配不上你,所以我是随便挑的。"

夜幕降临,满城狂欢,天上明河与地上灯海遥相呼应,令月光也黯然失色。薛青澜的花灯不知什么时候已换到闻衡的手中,薛青澜自己却托着个竹篾编的小圆屉,里面盛着四枚花色不同的元宵,或裹上蛋液炸得金黄,或蒸好了再滚一层梅子粉,小巧玲珑,颇具本地特色,是他在明州从未见过的吃食。

闻衡放缓了脚步,在他身边挡着人流,看着他吃东西时的眼神有种老父亲般的慈祥:"细嚼慢咽,小心烫,别噎着。"

薛青澜欲递一枚给他,被闻衡含笑让过:"不要,你自己吃,我不爱甜的东西。"

薛青澜问:"那你怎么好意思天天说我挑食?"

闻衡坦然自若地说:"大人只讲嗜好,小孩才挑食,等你长大自然就不说你了。"

薛青澜愤然一口咬掉半个元宵:"歪理邪说。"

闻衡但笑不言。

从入夜到深夜,两个人从长街一头逛到另外一头,走马观花地横跨了半个湛川城,竟然也不觉得累。薛青澜这一路被闻衡投喂了许多吃食,短短十几年的人生里从未有过的百般滋味与色彩斑斓,都在此夜圆满。

两个人走过了最繁华的高台,周围灯火蓦然暗淡下来,两边是深深的窄巷,幽凉雪气扑面而来,像锋利的刀锋掠过裸露的肌肤。

这地方看起来有点儿瘆人,闻衡却仿佛无知无觉,仍带着薛青澜向黑暗的深巷走去。

"师兄?"

闻衡重新握住他的手,花灯光芒虽然不大,也勉强能照亮脚下的路,闻衡安抚道:"别怕,带你去个地方。"

小巷中路不太平整,他们深一脚浅一脚地走了片刻,最终在一所宅子的后门处停下。闻衡上前叩了三下,不多时宅门里传来匆匆的脚步声,门轴"吱呀"一响,人未露面声先至,那嗓音居然有几分耳熟:"公子佳节康乐,近来还好——"

角门徐徐被打开,宫灯淡淡的烛光照亮了门外闻衡身边的薛青澜,还有门内留起了短须的范扬。

薛青澜:"……"

正往门口冲的范扬就像走夜路撞见了鬼,脚步急刹,猛地往后一蹿,双眼瞪得好似铜铃:"你……你……你……"

"鬼吼鬼叫什么?"闻衡跨过门槛,招呼薛青澜认人:"来,这位是鹿鸣镖局总镖头范扬范先生。"

闻衡又对范扬介绍道:"这位是明州宜苏山'留仙圣手'薛神医座下的高徒薛青澜。"

薛青澜打招呼道:"范先生好,久仰大名。"

明知这"久仰"只是句客套话,可从他嘴里说出来就是让人哆嗦,范扬木然地说道:"请……请进。"

闻衡终于发现他的异样,奇怪地问道:"你今日怎么突然结巴,难道吃汤圆烫着嘴了?"

范扬左耳进右耳出,压根没听清他说什么,一门心思盯着薛青澜,那少年却面色不变,朝他微微颔首致意,视线在他身上一掠即过,不曾有片刻停留,像是素不相识。

闻衡懒得理他，径自带着薛青澜熟门熟路地走入内宅。范扬在门口愣神片刻，不信邪地揉了好几下眼才醒过神来，赶紧转身追上。

两个人被请到正厅奉茶，到了灯下，范扬屏着的一口气才缓缓吐出来。方才光线暗淡，轮廓不甚分明，猛一照面，他险些以为故去多年的阿雀又回来了。如今明晃晃的烛光将薛青澜整个人照得明俊剔透，容色冷淡，眉眼细微处仍有三分熟悉感，那令人心悸的神似气息反倒消失了。

"长得像"这事虽然十分常见，但长得像的人还出现在闻衡身边，无法不令人多想。范扬知道阿雀之死是闻衡心中一道深刻伤痕，却没想到三年过去，这伤痛非但没有淡去，反而变本加厉，成了执念。

阿雀去得早，走的时候两手空空，什么也没留下，闻衡无处睹物思人，居然照着阿雀的模样找了个少年放在身边。

不管是做法还是心思，这都未免太过，近于疯魔了。

仆从斟了热茶上来，薛青澜刚抿了一口，就听到范扬状若无意地说道："小薛公子看着颇为面善，总觉得仿佛曾在哪里见过。"

他这话是对着薛青澜说的，眼神却瞥向闻衡。薛青澜将茶盏放到一旁，慢条斯理地答道："我自小住在宜苏山，还是第一次到湛川城来，却不曾见过范先生。"

范扬假笑："哦，原来如此，难道是我记差了？公子觉得呢？"

闻衡十分听不得他这登徒浪子搭讪姑娘似的问话，皱眉道："我觉得你在替我得罪人。有什么话你就直说，少绕弯子。"

范扬百爪挠心，偏偏薛青澜还在那里坐着，他不便当着人家的面说实话，只好干笑道："呵呵，无事，无事，怪我记性太差，让小薛公子见笑了。"

薛青澜面无表情地端起茶盏，遮住了微微翘起的嘴角。

闻衡莫名其妙地看了范扬一眼，准备一会儿再跟他算账，转头嘱咐薛青澜："时候不早了，少喝茶，当心晚上睡不着。"闻衡又问范扬：

"正房收拾出来了吗?我今晚在这边住,明日还要回山上。"

范扬连忙回道:"正房和厢房早预备好了,还有公子上回让打的东西也得了,待会儿一并给您送过去?"

"好。"闻衡说,"我先带他过去。"

范扬眼睁睁地看着他熟练地把薛青澜招过来,偕同离去,月光下两道身影挨着,莫名其妙地给人一种亲密之感。

除了阿雀,这些年里范扬还没见闻衡肯让谁离他这么近。

范扬思来想去,越发笃定闻衡是得了失心疯。那小薛公子从小生活在山里,年纪又小,哪知道人心叵测,此刻恐怕还毫无知觉,傻乎乎地沉浸在本来属于别人的垂怜体贴里。

他满心感慨,命下人多给厢房添些炭,以免冻着贵客,自己则回身去给闻衡拿东西。另一边,"傻乎乎的小薛公子"连厢房的影子都没摸着,直接被闻衡塞进了正房。

小院连着隔壁的鹿鸣镖局,闻衡偶尔下山就在这里歇宿,一年能来个三四回。他屋中陈设原本不多,今日却多添了一个半人高的熏笼,烤得满室温暖如春。薛青澜洗漱更衣已毕,窝在锦被堆里打哈欠,窗外还有隐隐的喧嚣声传来,如昼花灯却已离他很远了。

今夜像个绮丽的梦境,无端而起,无端而终。他知道自己不能奢求太多,片刻欢愉时光已是天赐,因此从梦中醒来也是心满意足的。

闻衡见他双眸微合,似有睡意,走过去在床沿坐下,轻声问:"困了?冷不冷?"

薛青澜摇了摇头,小声说:"不冷。"想到什么,他忽然又强撑睡眼看向闻衡,"你今晚是不是……"

"什么?"

薛青澜正踌躇,外面忽然传来叩门声,恰好打断了话头,闻衡起身说道:"稍等,范扬来了。"

他绕过屏风走向外间,推开房门,范扬被门内的暖意扑了一脸,心中纳闷闻衡怎么突然怕冷了,一边递上匣子,一边扯着大嗓门喊道:"公子,咱们这是在山下,烧的又是好炭,夜里没那么冷,您小心半夜被热醒。小薛公子那边……"

闻衡抬手对他比了个噤声的手势,示意屋中有人,范扬猛然反应过来谁在卧房里:"他……他……"

闻衡不以为意,取走了盒子:"有事等会儿再说,去东堂等我。"

房门在范扬面前无情地被关上。他没来得及离去,片刻后窗缝里忽然漏出几句细碎低语。习武之人耳力绝佳,他听见薛青澜清亮的嗓音里带着困意,尾音懒洋洋的,让人很难把这声音与那个冷若寒星的少年联想到一起。

"这是什么?"

闻衡将木匣放在他手中,说道:"打开看看。"

精巧的铜锁扣弹开,露出匣中红绸上一对嵌宝银镯。那银镯分作三股,主环錾卷草纹,上下两环做成细细的竹节,中间嵌接处以羊脂白玉和红珊瑚拼成如意花结,精工细造,足见巧思。薛青澜拿起其中一只,只见内侧錾着"百疾不侵"四个小字,另一只上则錾着"万寿康宁"。

他怔怔地捧着这对银镯,不解其意,茫然地望向闻衡。

闻衡拉过他的左手,取出錾着"百疾不侵"的那只镯子给他戴上,右手"万寿康宁"如法炮制,恰好从手掌最宽处顺顺当当地推了进去,尺寸分毫不差。

这镯子看着细巧,其实是宽镯,大小合宜,分量颇足,沉甸甸地压在薛青澜的腕上,衬得手腕修长洁净,犹胜竹节梅骨,别有一番美感。

"九曲这边的习俗,家家都要攒银子,给孩子打银锁、银镯,从过年戴到上元,保佑来岁平安、无病无灾。"闻衡将他的双手并在一处,满意地打量着灯光下光彩熠熠的镯子,轻轻握了握,说,"既是过节,别的孩子有花灯,有银镯,你当然也要有。银锁就罢了,恐怕我打了你也不爱戴。"

他口吻平淡,神情温和,好像说的是再自然不过的事,薛青澜却霎时眼眶一热,胸中无数情绪如洪流巨浪滔天而起。

这一刻他几乎想痛哭一场,然而与此同时,颈侧早已痊愈的伤口不知为何忽然一热,毫无预兆地刺痛起来。

寒冰般的凉意爬上炽热的肺腑,轻微痛楚强行按下了他的心绪,也令他骤然清醒——今宵非梦,可他曾经做过的美梦,又有哪一个能比现在更完满呢?

"我……"

他翻来覆去地想了很久的言辞,最终红着眼睛笑了起来,像个愧受厚礼的孩子,无措又真挚地说:"谢谢师兄。"

"嗯。"闻衡伸手摸了摸他的头发,难得郑重地说道,"今晚好好戴着,别摘下来,往后平安顺遂,无忧无虑。"

薛青澜点头答应:"好。"

闻衡起身放下帘帐,盯着薛青澜在床上躺平盖好被子,才说道:"我去找范扬说几句话,你先睡。"

薛青澜睁着眼,一眨不眨地看着他。

闻衡被他盯得笑了,像哄小孩子那样说道:"睡吧,睡了才好长个儿。"

窗外支着耳朵的范扬听闻此言,心里"咯噔"一下:闻衡哪里是把薛青澜当成了阿雀,这分明是把他当成亲儿子了!

那边闻衡已推门出来,瞥向范扬,眼神中全无和煦之意,好像刚才在屋里哄孩子的人不是他一样,淡淡地问道:"还不走?"

范扬在夜风里打了一个激灵,连忙快步跟上。

昔年闻衡带着王府侍卫投奔孟风城万籁门,权衡之下决定分道扬镳,他在大舅母的安排下拜入纯钧派，范扬等人则由万籁门出面代为遣散。为了破财消灾，万籁门没有吝啬，给每个人都发了一笔银子。然而侍卫中只有两三个自有去处，其他人都是王府家生，从小跟着庆王和世子，除了一身武艺别无所长，又被朝廷通缉，实在不知该如何安身立命。

于是范扬肩负众望挺身而出，在闻衡临行前将这事说了，请他帮忙拿个主意。这一路上闻衡的心计智谋大家有目共睹，与其在官府眼皮子底下躲藏谋生，侍卫们宁愿相信这个带着他们在花神庙杀出一条血路的少主人。

闻衡既然把人带了出来，就不能甩手不管，与范扬等人商量了一场，最后议定在越影山脚的湛川城内办一家镖局。王府侍卫都是精挑细选出来的好手，又随庆王历练过几年，武功底子好，加上闻衡这个活的武功秘籍不时在旁指点，短短数年，"鹿鸣镖局"便在江湖中打响了名声，成为湛川城中的第一大镖局。

如今范扬坐稳了总镖头的位置，待闻衡这个幕后主人却比从前更加尊敬。庆王世子再尊贵也不过是父祖余荫，真正令人心悦诚服的，反倒是他在绝境时展露出的过人才智和手腕。

两个人穿过游廊，一路走进东堂，分别落座。

闻衡对着范扬又是另外一种放松姿态，他用杯盖拨开水面的茶叶，单刀直入地说道："问吧，遮遮掩掩一晚上了，想说什么？"

范扬觑着他的脸色，吞吞吐吐地问："公子，你带回来的那位薛公子，是不是……"

闻衡："是什么？"

范扬鼓足勇气问："是不是看着他，你就想起了当年的小阿雀？"

"……"闻衡不明显地眯了一下眼，似乎有些诧异，面上神色却未改，镇定地反问，"你怎么会这么想？"

范扬愣了愣，心说闻衡怕不是把他当傻子了，这么明显，但凡是个长了眼睛的人都能看出来,何必还要自欺欺人?

然而他想归想,却只敢老老实实地说道:"薛公子长得跟阿雀不是挺像的吗?不瞒您说,刚才他乍一进门,我还以为是小阿雀又回来了。"

闻衡匪夷所思地问:"他们长得哪里像了?"

范扬难以置信地问:"不像吗?"

闻衡认真地回想片刻,最后坚定地下了结论:"不像。"

范扬傻眼。

无言良久,他斗胆再次发问:"既然不像,您为什么还把薛公子带在身边?"

闻衡此刻终于弄明白了他七弯八绕的心思,差点儿给气笑了:"他与我一同赴险,救过我的命,投桃报李,我为什么不能对他好一点儿?本来是君子之交,怎么到你这儿还弄出'睹物思人'来了?"

范扬面上讪讪,连忙认错,末了又偷偷嘀咕了一句:"非要说君子之交,我看是父子情深……"

闻衡:"你说什么?大点儿声。"

范扬马上说道:"公子能交到这样的朋友,属下真为您高兴。"

此事说开,范扬明白自己想岔了,刚要放下心来,脑海中忽然又掠过一个更加匪夷所思的念头:"公子,当年并没有人亲眼见到阿雀故去,您说会不会是咱们猜错了?阿雀根本没死,而是被别人带走了?——薛公子的长相、年纪都对得上啊!"

"不是他。"

频频提及阿雀,闻衡心情多少有些受影响,念在范扬是一片好心的分儿上,耐着性子解释道:"我对青澜说过阿雀的事,真要是他,他早该与我相认了。"

"可是……"

闻衡抬手示意他停下,说道:"我看不出他们哪里相像,到此为止,不必再提了。"

他的神态、语气太过笃定,以致范扬不由自主地被他牵着鼻子走,开始自我怀疑。他与阿雀相处时间有限,远不如闻衡印象深刻,跟薛青澜更是第一次见面,闻衡心中自有一杆秤,既然说不像,想必一定有更确凿的理由。

范扬对闻衡确实是忠心耿耿,盲目信任,立刻说道:"公子说得是,看来的确是我记错了。"

反正闻衡如今待薛青澜,比当年对待阿雀不差什么,不管是不是一个人,总归没有亏欠着人家。

夜色渐沉,杯中茶水渐温,闻衡忽然问:"之前让你查的'聂竺',有结果吗?"

范扬神色一凛,连忙答道:"还没有。毕竟是三十年前的旧事,咱们到底人手有限,不比从前,一时半会儿翻不出什么踪迹来。"

闻衡点头:"不急,慢慢来,先收集线索,待我下山后就能腾出手来料理此事了。"

范扬早听闻衡透露过一部分地宫之事,此刻犹豫地问道:"公子,纯钧派亲传弟子的身份难得,您何必放弃大好前程,来蹚这不明不白的浑水呢?"

"'大好前程'?"闻衡棱角分明的轮廓在灯光下异常俊美,也格外锋利,眼角眉梢的冷意却如同妖刀薄刃,每一个字都带着旧年的血气,"范扬,庆王府上下近百条人命在下面等着我,那才是我的前程。"

"公子……"

"一个月后纯钧派内简选亲传弟子,我输掉比试后会被遣往外门,到时候可能以其他借口脱身,往后三年五载行踪不定,恐怕不能再像现在这样时常联络,鹿鸣镖局要靠你独自支撑大局,你最好先有个准备。"他想了想,又轻描淡写地补了一句,"以后如果听到了什么消息,尽量不要与我有牵连,更不必替我寻仇。"

他这话意味深长,竟隐隐有些交代后事的意思,范扬心脏重重一跳,额角冒出细汗,心道:不过就是去找把剑……犯得着托付生死吗?他还想干什么?

闻衡的目光透过氤氲茶气,瞥进他的眼底:"没别的事我就先走了,少胡思乱想,早点儿歇息。"

范扬被自己的不安情绪粘在了椅子上,没来得及起身相送,闻衡已飘然离去。

从他离开到回来大约两刻,卧房中只留了一盏小灯,暖香徐徐,家具床帐都浸在一片昏暗光影中,是个再温暖舒适不过的环境。正常人这时早该睡着了,可当闻衡无声地挑开纱帐时,薛青澜几乎是立刻变了呼吸声,低声问:"谁?"

"我。"

闻衡只用了一个字,就让宁静的深夜气息彻底落进了这间屋子。

一阵窸窣细响过后,闻衡总算在外间榻上躺下,问道:"还不睡?"

他没回来的时候,薛青澜不管是闭眼静心还是翻来覆去,总离"沉睡"差那么一丝半毫,无法陷入真正的深眠之中,等闻衡回来了,只说了两句话四个字,薛青澜就觉得自己的困意忽如潮水漫上沙滩,不容分说地裹着他落入海底。

他含混地"嗯"了一声,不知是回应还是呓语便沉沉睡去。普天之下,大概只有这一个人能让他卸下满心防备,毫无防备地睡去。

想着范扬的话,闻衡在心底沉思:真的很像吗?

范扬都能一眼看出相似,没道理偏偏到他这里反而看不出来。如果不是范扬看走眼,那只能是他的问题。

这就解释得通为什么他初见薛青澜却莫名其妙地想起阿雀,他虽然分辨不出二者容貌相似,却下意识地对这种长相的人抱有亲近之意。

更荒唐的念头在脑海中一闪而过,很快被他抛进尘埃深处。

闻衡太知道痛彻肺腑是什么滋味,如无必要,陈年伤疤能不碰尽量不碰。反正最多再有两个月,他就要离开纯钧派,到时候想办法把薛青澜从宜苏山偷出来,天大地大,光阴丰盈,什么都可以再慢慢打算。

接下来的事情都在他的意料之内,一件一件地发生。过了正月,薛慈动身回明州,临行前夜,闻衡亲手给薛青澜整理行装。薛青澜来时只带了一个包袱,装着几件换洗衣物和日用杂物;回去时却多了一个鼓鼓的小包裹,里面有闻衡给他的小手炉、默写的剑谱,塞满了从湛川城里买来的各种糖果蜜饯,像是生怕他在路上饿死。

师徒二人动身当日,玉泉峰弟子将师徒二人一路送到越影山脚。薛青澜自始至终表现得十分镇静自持,差不多像他来时一样冷淡,看得周勤在背后偷偷跟其他弟子咬耳朵:"这小子面冷心冷,岳师弟对他不差,他倒好,要走了还拉着脸,好像谁欠他八百吊钱似的。"

薛青澜耳尖微微一动,似乎是听见了,却没说什么。

直到分别的最后一刻,他直视最不愿离开的人,被闻衡挡在众人的视线死角里,才终于少有地情绪外露,万语千言说不出口,只能咬着牙叫了一声"师兄"。

闻衡就站在那里,替他挡住了呼啸山风,垂眸低声问:"还记得我昨晚告诉过你什么吗?"

薛青澜眼中爬上几道血丝,他微微点了点头。

"好好吃饭,好好睡觉,用心练功。"闻衡的目光如有实质,坚定地扫过他的脸颊,"等着我去找你。"

第八章
乞丐

半个月后,纯钧派入门弟子选拔,闻衡在一众师兄师弟惋惜痛心的目光中,缓缓走下了比剑台。

他用剑不可谓不好,但谁都知道他内力不强,对付他反而简单,只要不被他精妙的剑招吓到,把他当成普通对手压着打就行了。

廖长星对闻衡向来看重,一直希望他能留下,但也明白闻衡的内力终归是硬伤。如今事成定局,不可扭转,他心中抱憾,却只能接受这个结果,劝勉闻衡道:"放出外门历练几年,以后仍有机会回来,师弟切莫灰心丧气。"

"我明白。"闻衡朝他施了一礼,致谢道,"这三年里,多谢师兄扶持。"

玉泉峰四位入门弟子,被寄予厚望的闻衡没能留下,反而是一直默默无闻的崔君安稳扎稳打,连赢三场,争到了亲传弟子的资格。

分别在即,山际院中每日都有人来探望,大多是与周勤、吴裕交好的弟子。闻衡交游不广,与别峰的人几乎没有交集,这些天里只有一个人登门,还是他不太想见到的人。

韩紫绮从进门起就红了眼圈,楚楚可怜地看着闻衡,开口就问了一个石破天惊的问题:"岳持,你是不是故意输了比试?"

闻衡擦剑的动作微不可察地停了一瞬,他暗惊她居然有这等眼力,脸上还是没事人一样,面不改色地答道:"不是。"

韩紫绮胸口堵着一口气,她抬高了声音:"那天我都看见了!"

闻衡:"看见什么了?"

"看见你在教那个姓薛的人练剑!"韩紫绮气冲冲地数落道,"以你的本事,你明明能留下,却故意输掉比试,我看你就是为了早早离开越影山,好去找他!"

闻衡想了想,竟然点头认了:"没错,那又如何?"

"可是……"韩紫绮委屈得当场就哭了,哽咽道,"可是我……"

她几欲脱口而出的剖白话语被闻衡提早打断,他的声音和脸色一道沉了下来:"师姐慎言。"

江湖儿女天真烂漫,知慕少艾,有时候不太讲究"发乎情止乎礼",韩紫绮作为掌门女儿,从小被骄纵得不知天高地厚,总以为得不到的一定是强求得不够。可不光是感情,世事哪能一切都如人所愿呢?

韩紫绮不依不饶:"我不!我偏要说!薛的那人究竟给你灌了什么迷魂汤?他只不过是薛慈手下的一个药童,你为什么放着好好的前途不要,非要同那种人结交?!"

"铮"的一声,剑器入鞘,带起飒飒轻风,拂起了两个人鬓边的碎发。

室内一时死寂。

"我与谁结交、该不该有'牵扯',不由外人指摘。"闻衡冷冷地下了逐客令,"我马上要离开玉泉峰,行囊有限,还望师姐不要给我添麻烦。请吧。"

"我娘都告诉我了！"韩紫绮终于崩溃，流着泪说道，"你是朝廷逆犯之子，除了纯钧派，江湖上还有哪个门派容得下你？姓薛的那人能给你什么，他能救你的命吗？"

身世是闻衡不可触及的逆鳞，他不想跟韩紫绮多费口舌，坐着平复了半天心火，起身拉开房门，面无表情地指着外面说道："出去。"

韩紫绮见他这模样，隐约知道自己好像说错了话，然而闻衡如此直白地赶她走，多少伤害了她的自尊心，她一张小脸涨得通红，愤然喊道："这般不识好人心！我平日真是看错了你！"

闻衡拇指一推，长剑出鞘半寸，剑刃映着斜日寒光。

"我劝师姐往后还是少看人，多练剑，把那些儿女情长的心思收一收，否则下次再得罪人，就不是让你出去这么简单了。"

闻衡眼神很冷，是她从未见过的神色。她今日的一切无理取闹总算有一点没有说错，以闻衡的身手，他如果不是故意输阵，亲传弟子必然有他的一席之地。

可他放弃了纯钧派、越影山以及这三年来的日日夜夜，他的眼睛里明明白白地写着，如果不是顾念一点儿微薄的同门之情，韩紫绮今天不可能全手全脚地走出这道门。

被养在深山里的小白兔，长这么大没见过血光，闻衡却在三年前就手刃了黄鹰帮贼首，在生死边缘蹚过几回，平常不曾露出冷酷的一面，不代表他的性格中没有这样的底色。

韩紫绮对他的心思，往大了说不过"痴迷"二字，她看上了闻衡的好皮囊，看上了他不同于其他弟子的独特气质，连他的冷漠以对都被她诠释为矜持自傲。但这些都是表面东西，当打碎一池涟漪，露出底下冰冷坚硬的黝黑岩石时，趋利避害的天性终于立刻压倒了一切念头。

她不再想少年了，只想快点儿退出去。

门扉被撞上又荡开，闻衡听着远去的脚步声和抽泣声，将剑重重地搁回桌上。

数日后,湛川城。

湛川城执事长老胡昆将最后两个弟子领进一间名叫"维锦堂"的药铺,对掌柜说:"这是今年新来的执事弟子,一个叫吴裕,一个叫岳持,往后有劳你教导他们两个人。"

掌柜的对他恭敬有加,闻言立刻躬身应是:"弟子明白,长老放心。您请里面稍坐,我命人上茶。"

胡昆矜傲地点了点头,摆手拒绝了掌柜的邀请,转头教训两个弟子:"人我已经带到了,往后的造化端看你们自己。记住,要在湛川城里活下去、活得好,你们就用心做事,纯钧派不会亏待你们。"

吴裕和岳持都没什么热情地朝他躬身行礼,齐声应道:"多谢长老教诲。"

入门弟子被降成外门,证明天赋资质不够,但还有几分拳脚功夫,纯钧派不会就此让他们退出门派,而是送往越影山下各城中的田庄商铺,充当执事弟子。倘若有人真是遗珠,三年后门派简选还能重回内门;如果志不在武功,有手腕会经营,打拼几年说不定还能做成执事总管,为纯钧派经营一处产业,将来在湛川城内安身立命,地位堪比乡绅,就是官府也要给三分颜面。

更高一些的,就是像胡昆这样的执事长老,每城只有一位,地位堪比越影山上各峰长老,都是武功与手段俱佳的厉害人物。这些人上能结交官府,下能打理生意,如同穿丝引线的蜘蛛,将越影山纯钧派与周边四城紧紧缀连在一张大网上,从此休戚与共,同气连枝。

闻衡此前只对自己外家有些了解,万籁门能在孟风城盘踞一方,一半靠自己经营,一半靠与庆王府联姻。这还只是个二流门派,换作纯钧派这样屈指可数的大门派,仅仅一座越影山无论如何也供养不起几百人。

他眼前所见,才是纯钧派的命脉所在。

遍布四城的商铺田产，其富裕程度差不多顶一个小藩王了，更别说还有大批年轻的练武弟子——要不是江湖中人不掺和朝堂事，他们恐怕会成为一股不容小觑的潜在力量。

闻衡摇摇头，在无人注意的地方自嘲一笑。这么多年他还是没改得了他的少爷病，遇事不由自主地先站在朝廷立场上瞎分析一通。如今他自己就是个江湖草莽，尚且自顾不暇，还有什么闲工夫替朝廷操心？

他在简陋的厢房里放下包袱，换上粗布短衣。这一路跟着胡昆的见闻令他意识到纯钧派的势力范围远比他想象中的更大，贸然离开或许不是一个好办法，他打算先做两天白工，暂且稳住药堂里的人，再寻机会脱身。

药铺的活计没什么难度，配药这种事轮不到他们这些外行人上手，剩下的无非是搬运分拣、过秤打包的事，只要人心细手快就够了。掌柜的对闻衡和吴裕很和善，执事弟子毕竟不同于学徒，按门派规矩论他们算是师兄师弟，只要不是有旧怨或者性格外恶劣，其实没必要故意为难人。

午时闻衡吃过饭，按掌柜吩咐去后门搬新运来的药材，一开门差点儿被门口一堆黑黝黝的东西绊倒，扶了门框一下才稳住身形，低头看去，原来是个裹着破袄的老乞丐。

那人头发和胡须像疯长的枯草，右臂衣袖空荡荡地垂落下来，仅剩左臂，打着赤脚，靠在墙边一动不动，也不知道是睡着了还是死了。

赶车来送药的药贩子嘴里叼着根草，含混不清地说："刚来时他就在那儿了，劝你还是让他抓紧走，要不然回头被冻死在你们门口，多晦气啊。"

闻衡走过去，在那老乞丐面前微躬下身子，抬手在他的左肘外侧轻轻一拂，似乎是触碰到了，又仿佛只是擦着衣袍掠过，低声询问："老丈醒醒，小店后巷不方便歇脚，您可否移驾别处？"

那人在闻衡碰到他的时候就醒了，却仅从蓬草般的乱发中看了他一眼，既不吭气，也不挪窝。

送药车夫牙酸地"啧"了一声："文绉绉的，你给他一脚不就完了！"

闻衡没搭理他，从袖中摸出五文钱放进老乞丐的左手中，温言却坚决地低声说："微薄之资，不值什么，老丈拿去买个馒头充饥吧。"

那老乞丐终于从脏得看不出颜色的破袄中抬起头，老眼中竟然精光闪烁，他上上下下打量了闻衡一番，良久终于嘶哑地哼笑一声，说道："你小子懂行。"

闻衡直起身，后退一步，袖手道："老丈请。"

老乞丐慢吞吞地从地上爬起来，蹒跚着走出后巷，闻衡目送他的身影消失在巷口。良久，那送药的车夫才满怀疑惑地出声发问："小兄弟……你这么做，是有什么讲究？"

"没什么，"闻衡无意多谈，摇头笑道，"与人为善罢了。"

他利索地搬卸药材，送进后院的小库房里。送药人看着他手上握剑而生的老茧和衣袍下隐约的紧致线条，怎么看也很难把他和"与人为善"这几个字联系起来，最后只能把这一切归结为"人不可貌相"。

等闻衡回到前堂，掌柜一边拨算盘一边头也不抬地问："怎么去了这么久？"

闻衡走过去，快速将方才的事说了。

掌柜是在湛川城里混了十来年的老人，自然知道利害，更诧异闻衡这个初出茅庐的毛头小子能悄无声息地平了此事，不禁抬起眼皮上下打量他一遍，点头道："很好，很好。"他从柜台中摸出一个木牌交给闻衡，说，"你出去，把这个挂在门上。"

那木牌上刻着鲜明的徽纹，是纯钧派的标记，闻衡看了一眼，没说什么，出去将它挂好。

湛川城中的乞丐泼皮，还有一些走街串巷的夜香郎、撂地的卖艺人，都属于"一钱帮"。

这个帮派起初是穷苦人为了自保而联合组织的,但形成规模后不出意外地变味了。"一钱帮"的主业是乞讨卖艺,副业是碰瓷,哪天心血来潮想讹人了,就派个乞丐坐在这家店的前门或后门处,不给钱不走。如果主人家强行驱赶,接下来的几天内会遭遇各种麻烦:或是门前被泼粪,或是后院飘来纸钱,甚至吃饭时头顶忽然掉下个鬼脸,总之是怎么恶心人怎么来,直到主人被逼得受不了破财免灾,这事才算完。

对付"一钱帮"没有什么好法子,除非在他们碰瓷之初就及时辨认出来意,多给点儿钱将人打发走,或者像闻衡一样,先出手示警,然后给五文钱——五谐音"武",这是亮明了背后的靠山——再客客气气地把人送走。"一钱帮"作为底层江湖帮会,还不至于想不开去招惹武林门派,知道这个桩子难啃后,自然会知难而退。

鹿鸣镖局刚开张时也遭遇过这种讹诈的事,好巧不巧那天正赶上闻衡在镖局坐镇。那时候他和范扬都不懂这些江湖规矩,也从没想过破财免灾。在院中水缸里捞出一只死狗之后,闻衡对气得脸色铁青的范扬说:"这种人无非是麻烦在难缠上,你要么就强硬到底,要么就比他更难缠,只有千日做贼,没有千日防贼的道理。"

范扬问:"公子以为应当如何?"

闻衡说道:"借此机会,正好给鹿鸣镖局亮一亮名声。这些乞丐泼皮武功平平,只不过倚仗人多,应当不难抓。你带人守好门前,来一个逮一个,攒够十个就送到城外树林里吊起来,叫他们拿钱赎人。"

"公子,"范扬小心地说道,"这些乞丐有什么钱,肯来赎人吗?"

闻衡笑起来,漫不经心地说道:"钱不是问题,重要的是让他们知道,这次还可以拿钱买命,再敢朝咱们伸手,就别想回去了。"

范扬被他笑得后颈一凉,肃然起敬。他还记得闻衡以前大门不出二门不迈,平时也没什么机会接触这些事,总体上还算平和慈悲。然而自从家变出逃，闻衡就迅速成长为一个冷酷的人，到如今都已经修炼得谈笑之间杀人于无形了，也不知道纯钧派到底教了他什么。

鹿鸣镖局作为出头的椽子，着实把"一钱帮"顶得差点儿断气，没过几天闻衡在山上收到范扬的传书，听说"一钱帮"帮主亲自登门赔礼，态度恭谦，请范扬高抬贵手，放了那满树林子的人肉干，他们愿意息事宁人，从此绕着鹿鸣镖局走。

闻衡也是后来才知道打发"一钱帮"还有别的套路，只是当初年轻气盛说干就干，没想那么多，如今再遇到这种事，也能纯熟得如老手一样，不动刀剑，几句话轻轻巧巧地送走一场麻烦。

在江湖里，无论是身不由己还是随波逐流，自以为走出了水域，其实都被这一潭水浸泡着，只不过有人早已潜入水底，有人尚且浮在水面罢了。

夜深了，店铺关门上板，余人各自回房洗漱休息。忙碌了一整天，所有人巴不得赶紧收拾好了躺下，闻衡却轻手轻脚地掩上门，独自走到后院柴房前，想趁着这难得的空闲时间练练剑。

剑这个东西，用得越多越顺手，一天不练就手生，所以哪怕平日里闻衡不需要动剑，也会时时把它带在身边，提醒自己不要忘了手感。但在药铺跑堂无论如何不可能让他佩剑，闻衡只能寻着这些空余时间来做正事。

寒剑映月，满院都是水波似的粼粼光影，闻衡在熟悉的剑招中感觉自己一天没活动的筋骨正被慢慢抻开，气海内磅礴的内息汩汩流动起来——果然人与刀剑的共性是越锻越利，太清闲了就会生锈。

屋檐上黑黢黢的阴影僵立许久，忽然悄无声息地拉长变大，像一只大鸟低下了头颅，缓慢地撑开双翼——向院中舞剑的青年扑了过去。

耳边传来烧柴时特有的"噼里啪啦"的爆裂声，鼻端萦绕着浓烈的烟气，风声凄厉却遥远，闻衡眼睫颤动，从漫长的昏迷中苏醒过来。

他还没完全清醒,却也知道自己身下不应该是凹凸不平的石头,继而睁眼四顾,目之所及,穹顶是一片望不到底的黑暗,应当是个石洞,光源却有两处,一处是他身边的篝火,另一处是不远处的白光。

闻衡浑身酸疼,用手臂撑着从地上爬起来,下意识地去摸腰间的剑鞘,却摸了个空。他这才想起前一晚他本来在院子里好好地练剑,冷不防忽然遭人偷袭,眼前一黑昏了过去,再睁开眼,就已在这鬼地方了。

"你在找这个吗?"

闻衡循声望去,只见白光蓦地被遮住,一个独臂人逆着光走进来,手中提着用树枝串起来的两条大鱼。

鱼似乎还是刚打捞上来的,已被开膛破肚,一路上还湿淋淋地滴着血水。那独臂人将鱼仔细地架在火上烤,回手解下腰间铁剑掷给闻衡。

闻衡被剑砸了个正着,却顾不上失而复得的武器,失声道:"是你?"

那人哈哈大笑,说道:"不错,是我。"

火光照亮了他的面容,花白蓬乱的须发之下,是一对精光闪烁的眼睛。他脸上有道极长的疤痕,从额角延伸到另一侧脸颊上,十分可怕,可那似笑非笑的神气又不像是有恶意,此人正是那天闻衡用五文钱打发走的老乞丐。

闻衡的脑海中闪过很多猜测,他下意识地抓住最近的一个:"你不是'一钱帮'的人?"

老乞丐在火堆边舒展四肢:"嘿,'一钱帮'算什么东西?不是,不是。"

闻衡看他这古怪做派,也不知道他哪里来的底气,试探着问:"我与前辈无冤无仇,前辈何故暗算,劫我至此?"

"你有如此天资,为什么甘心在那药铺中平庸度日?"那人眯起那只被伤疤横贯的眼睛,很好奇似的问,"以你的武功,你在纯钧派混个亲传弟子也不难。"

闻衡心头微凛,直觉这人不好糊弄,不答反问:"纯钧派天资上佳的弟子多的是,前辈为什么只盯上了我?"

两个人一来一往,互相试探,都在提防对方。老乞丐冷笑道:"你这小子,小小年纪,恁多心眼。"

闻衡扯了扯嘴角,凉凉地说道:"好说,只要前辈肯说实话,我自然坦诚相待。"

老乞丐忽然开怀大笑起来,翻动火堆上的烤鱼,随口说道:"不,我现在不想听你的回答了。反正日久天长,往后有的是时间,你会主动说出口的。"

他这话里似乎蕴含着某种可怕的信息,闻衡惊疑不定地盯了他片刻,忽然拔足狂奔,冲向不远处那个洞口。遥远的风声终于到了眼前,狂风如海啸,夹杂着新鲜的雪气扑面而来。

这一次,闻衡终于彻彻底底地愣住了。

他置身于峭壁中间,对面是百丈悬冰,脚下是空荡荡的山谷,谷底有一汪被冰封的深潭。四面别无出口,全是高耸入云的险峰,日光照耀白雪,雪融化后露出星星点点黝黑的岩石,亦是坚硬如铁,不可撼动。

这里是一个天然的牢笼,插翅难逃,别说闻衡没有武功,就是来个轻功一般的人,也难保不会一脚踩空,摔断脖子。

滔天愤怒见风即长,在他胸中烧至鼎沸,闻衡深吸一口冰冷的雪气,颤抖的手按住了剑柄。他大步走回洞中,二话不说,"唰"地拔剑架住了那老乞丐:"你到底想干什么?"

老乞丐可能是仗着皮厚,根本不把这把剑当威胁,专注地翻着烤鱼,令它受热均匀,冒出油花,用逗小孩的语气说:"算了吧,你那把剑拿来杀鱼都嫌钝,更别说杀人了。"

闻衡目光冰冷,手下发力,剑锋又向他的皮肉方向推了一寸。

"剑如其主,"老乞丐盯着跃动的火苗,幽幽地说道,"你不会武功,再锋利的剑在你手里也是废铁。"

"那也未必。"闻衡咬着牙森然说道,"我能不能杀人,老前辈不妨亲自试试。"

"想学吗?"

"什么?"

"武功。"那老乞丐说,"我教你真正能杀人的功夫。"

闻衡的修养让他在盛怒到极致时也没有出言不逊,只是视线在那人断掉的右臂上飞快地扫视而过,生硬地说道:"敬谢不敏。"

"唉,真是好孩子。"老乞丐注意到他的视线,变脸如翻书,笑眯眯地说,"饿了两天啦,过来吃鱼。"

闻衡的注意力不在鱼上,却在他的话中:"'两天'?"

"把你从湛川城弄到这儿,可不得两天。"老乞丐见怪不怪,"怎么,你以为才只过去一天哪?"

他斜睨着闻衡难看的脸色,竟然还很得意:"劝你别做逃出去的白日梦啦,老老实实地吃鱼不好吗?等你神功通天彻地,想干什么不成?"

闻衡闭目强忍怒意,咬着后槽牙,每个字都像冰碴:"我还有事要做,没时间陪你在这儿耍猴戏!"

老乞丐叹了一口气,拍拍衣服站起身来,说:"来,过两招,你要是能打赢我,我就放你出去。"

闻衡下意识地抠字眼:"怎么才算'打赢'?"

"尽是小聪明!"老乞丐呵斥道,"打便打了,没动手前先畏惧输赢,你这辈子有哪怕一次痛快地挥过剑吗?!"

他身形庞大,失去了一条手臂,飞扑过来的动作却极迅猛,仓促间劲风拂面,闻衡只顾得上横剑格挡,却听"铛"的一声,剑锋上传来的剧震令他虎口微麻,长剑脱手飞出。

老乞丐又很暴躁地吼道:"打!打!打!打什么?!赢什么?!"

然而闻衡是那种越摧折越顽强的性子，借近身之便，并指做剑，霎时一招"水底扬沙"刺向老乞丐的喉头。

这一招堪称出手如电，角度、时机都刁钻得刚刚好，只可惜闻衡没有内力。

老乞丐"呼"地一掌拍在他的肩头，闻衡顿如断线风筝，飘出去两尺，跌坐在角落里。

老乞丐并没有要伤人的意图，或许根本是懒得理他，跟被火燎了尾巴毛一样"噌"地蹿回火堆旁："鱼煳了！"

好在那鱼煳得不算很厉害，老乞丐吹了吹飘飞的火星，又给它翻了个面，从怀中摸出一小包盐巴仔细撒上，其动作之细致、态度之认真，很容易让人误以为他是在给老婆画眉。

闻衡肩头发麻，心中震惊难以言表。他体内有顾垂芳的内力，别人用多大力气打他都会被同样反击，他飞出这么远，那老乞丐吃的力道不会比他小，可老乞丐竟然跟没事人一样，脸上连一丝异色都没有，还有闲心咋咋呼呼地关心烤鱼。

他还是头一次遇到这种人，像是一潭深不见底的水，看不清来意与目的，也没有攻击性，一拳打上去，除了溅起几丝水花外不痛不痒，水下的暗流漩涡却又不像表面上看起来那么无害。

"你到底想干什么？"

"我若是你，现在会坐下来好好吃顿饭，再问为什么。"老乞丐叹道，"你这小子面冷心硬，又无趣得很，身上没有一点儿少年气，像个少爷似的，根本不懂随遇而安。我得做点儿什么，你才能相信我不是要害你？"

闻衡对他的评价不置可否，只说道："放我走。"

老乞丐嗤笑："我何曾拦你，你倒是走一个我看看？"

闻衡一想到洞外那百丈悬冰，脸色顿时不能更难看。他与老乞丐相对僵持半晌，终于妥协般叹了一口气，暂时放下戒备，走到火堆对面席地坐下，沉声说道："别绕弯子，你说你要做什么，我相信你。"

他这个人天生多思多虑，通俗点儿来说就是疑心病重，可以不吃饭、不睡觉，但一定要弄明白是怎么回事。

老乞丐把煳得比较厉害的那条鱼递给他，自己一口咬去小半条烤鱼，吃得啧啧作响，也不嫌烫，一边眯眼享受，一边说："看你小子有点儿天赋，是个可塑之材，所以想收你为徒，教你几手功夫。"

闻衡笑了一下，纯属是给面子捧场，看起来完全没有被说服，说道："前辈既然跟我动过手，就该知道我是个教不出来的朽木，何必浪费时间呢？"

老乞丐闻言立刻阴阳怪气地"呵"了一声，这其中深蕴九分嘲讽，还有一分不易觉察的自得。

"没有内力，那是他们不会教。"他几口吃完了鱼，闲适地向后倚在石壁上，跷着脚问，"有多少人曾断言你天生经脉不通？你知道为什么吗？若我能助你打通奇经八脉，你愿不愿拜我为师？"

闻衡狐疑道："你有什么办法？"

"哎呀，废话怎多，我说有办法，自然就是有办法。"

闻衡慎重地思量片刻，最后说："还是不了。"

老乞丐好似凭空被一个大雷劈了，猛然睁大眼："什么？"

"我还有事要做，外面还有人在等我。"闻衡说，"前辈厚意，晚辈心领了，但人各有志，请前辈不要难为我。"

"我就没见过你这么轴的人！"

绕来绕去又绕回原点，老乞丐气得双目怒睁，显得面相越发凶恶："等你的人要是连这几日都等不了，那他有什么值得你惦记的？！"

"以你这三脚猫的功夫能做成什么事、护住什么人？就算今日我放你走，来日万一落到同样境地，你靠什么脱身？"他说着说着，脾气上来了,大怒道,"我今日还就做个恶人,你不学武功,决计不能从这里逃出去。你是想早点儿回去,还是一辈子耗死在这里,自己看着办吧!"

老乞丐留给他一个愤怒的后脑勺,靠着洞壁睡了。

闻衡无端被绑,无端被骂,冤得不知如何是好,最后只能举起手中微冷的烤鱼,满心无奈地咬了一口。

呸,真难吃。

悬崖峭壁上,飞鸟都无处落足,更别说不会轻功的闻衡,出门第一步就会掉下去摔死。在这极端简单的环境中,花言巧语百般智计都失去了作用,只剩绝对强弱的实力,闻衡除了妥协没有别的选择。

他连吃了两天煳得发苦的烤鱼,终于忍不住挽起袖子自己动手,迈出了屈服的第一步。

老乞丐除了手艺不好,承诺能为他打通经脉,让他像常人一样修习内功却不是夸口。"你这毛病呢,不是从娘胎里带来的,"授课第一日,他便直截了当地说,"是有人用了一种特殊的功法,以自身内力为牢,将你的经脉封住了。我传授你这一门神功与它系出同源,能助你化体内所有外来真气为己用。"

"什么功法这么邪门?"这说法简直是闻所未闻,闻衡疑惑极了,"你怎么知道我就是被这种功夫封住了经脉?按你的说法,谁会无缘无故地朝我下手?你又到底为什么会了解这些事?"

"啪"的一声,老乞丐在他背上重重拍了一巴掌,怒道:"问,问,问,怎么那么多问题?!我知道的事多着呢,你给我专心点儿!"

他所授的功法名叫《凌霄真经》。这部神功包含极多内容,既有内功,也有诸多外家功夫,皆精妙深奥,光需要记的口诀就有近三万字。老乞丐随身并未携带纸本绢帛,全凭口传心授,每日里将出招姿势、行功之法一一详细拆解,传授给闻衡。

武林中百种内功,从来都以"气守丹田"为要旨,真气蓄于丹田内,流转于奇经八脉,这是内功积存和运行的基础,《凌霄真经》却不重丹田,周身百穴以膻中为宗,内息藏于气海中,自正经十二脉流向双手双足,经行全身七十二大穴,最终重汇于膻中,此即行功一周天。长久练习之人,则气海真气日渐充盈,内力绵延不绝。

真正开始修习《凌霄真经》后,闻衡才明白老乞丐为什么要把他掳到这与世隔绝的地方来。这功夫门槛虽低,正经十二脉只是最基础的一层,仅能让全身真气于经脉中流转,再往下,却要依法门依次打通一百零八处经外奇穴,重塑全身气脉经络。这一步凶险困难,不亚于洗经伐髓,稍有不慎就有可能冲错穴位,甚至伤及内府,轻则导致人手足不灵,重则非死即残。

纵然闻衡在武学上天赋出众,体内又有顾垂芳传功和一股无名内力,他完全打通这一百零八处奇穴也用了近四年的时间,其间数次因练功出错而险些偏瘫,右手臂有半年多的时间里完全失去知觉,逼得他不得已练了左手剑法。

不过内功既成,闻衡学起刀剑拳法来进境一日千里。他原本涉猎众多,权衡后仍取剑法为所长,配合《凌霄真经》使出,威力无匹,然而依旧打不过只剩独臂的老乞丐,每天还要被骂剑法匠气太重,不够圆融自然,未得剑道真谛。

从仓皇出逃到离开纯钧派,这几年来闻衡心中一直绷得很紧,许多事情日夜在他的脑海中盘旋,他始终记得自己从何而来,要去做什么。"岳持"这个名字从来没被他接受,从始至终,他都是作为"庆王世子"存在于世。至于"闻衡"应该是个什么样的人,心性意气如何,他无暇关心,甚至不觉得那是什么重要的事。

可老乞丐突然半路杀出,彻底打断了他的计划,像是硬生生被人拉着走上了另一条路,又挣脱不得,他无可奈何之下,只得试着接受,一切从头来过。

在这叫天天不灵的荒僻山谷中，岳持也好，闻衡也好，甚至庆王世子也好，忽然都不重要了，他只是他，像个终于脱去壳衣的种子，骤然拥有了广阔静谧的天地，天性之中对剑那种最幽微的向往和欢喜见风即长，渐渐长成了一切招式法诀之外的"骨"。

他磕磕绊绊地用左手练剑那段日子，倒像是回到了小时候学剑的情景——每天不厌其烦地重复着枯燥的剑招，手指上的血泡逐渐被磨成老茧，也不愿放下那柄剑，只要能完整地使出一招，就会有种挡不住的开心之情。

武学与心性相辅相成，当闻衡在百丈峭壁上身轻如燕、来去自如时，他脚下乘着的风、目中所见峻拔的山岩与幽谷里深寒的碧潭，都熔铸在他的剑意之中。血染的山寺和梦魇般的雪夜不再牵扯每一次挥动的剑锋，剑光尽处是天光，他手中最锋利的剑，终于被完整地收入心鞘之内。

从此剑随心动，再也不拘束了。

飞鸟难越的孤峰之中，一个身影顺着峭壁飘然而下，像没有重量一样，几乎未经借力缓冲，就轻盈地落入茂密树冠，从浓绿的枝叶缝隙间脱身而出，踩在碧潭边的湿润土地上。他解下腰间的水囊灌满清水，又换了个地方，蹲在碧潭稍浅处，盯着几条一尺长的鱼游来游去。

闻衡挽起袖子，看准其中一条鱼，闪电般地探手入水。

游鱼何其灵敏，一受惊便迅速四散，可再快也快不过闻衡出手。"哗啦啦"声响下，水珠飞溅，一尾大鱼扬波出水，在闻衡的钳制下不断挣扎，被他随手甩在岸边岩石上敲晕了。

第二条也是如法炮制，闻衡从腰间摸出一把小巧匕首，蹲在潭边将鱼收拾干净，用树枝穿好提在手中，起身走向对面的山崖峭壁。

这片石壁光秃秃的寸草不生，只有些零星凸起处，闻衡提起一口气，踩着有限的落脚点飞身而上，短短数息便踏上悬崖中段一块仅容人半身的小石台，躬身低头钻进了石洞。

他个头高出的几寸则全长在了腿上,稍微不慎就容易碰头,好在洞内足够宽敞。闻衡扬手将水囊抛向角落里睡觉的老乞丐,对方就像后脑勺长眼一样,头也不回地接住,慢吞吞地爬起来喝了一大口,意兴阑珊地问:"今天又吃鱼?"

闻衡找来干柴生上火,熟练地烤起鱼来,头也不抬地"嗯"了一声。

四年过去,加上练武的缘故,他的肩较从前稍宽了些,骨骼长开,挺拔劲瘦,不再是少年时代那种稍显单薄的身形。容貌倒是没怎么大改,只是轮廓更深一些,颌骨转折处线条收束分明,脱去了最后一点儿稚气,彻底长成芝兰玉树般的俊美人物。

可惜老乞丐不知道什么叫"秀色可餐",叽叽歪歪地在那里哼哼:"唉,吃腻了,嘴里淡出个鸟来!"

老乞丐姓宿名游风,本业不是乞丐,但其游手好闲程度,并不逊于任何乞丐。虽然他把闻衡强掳到这里,但这四年的教导不得假,于情于理,闻衡得管他叫师父。

当弟子的人听了师父这句抱怨的话,没说什么,只默默将其中一条鱼从火上取下来,作势要扔。

"哎,别扔!"宿游风一跃而起,扑过来救下那条鱼,又给端端正正地放回火堆上,絮絮叨叨地数落道:"你看你这个不孝徒弟,为师不过说一句,你就耍小性子。"

闻衡懒懒地瞥了他一眼,反问:"师父既然知道,为什么还要多此一'嘴'呢?"

宿游风生性豁达狂诞,也被这徒弟噎习惯了,并不太计较师徒尊卑、以下犯上这种事,搓着手盘算道:"你想吃什么,不如明日为师出去弄只烧鸡回来打打牙祭?"

闻衡拨着火堆,说道:"也好,带上我一起吧。"

宿游风满心都是烧鸡,随口"嗯"了一声,过了一会儿突然反应过

210

来:"你要干什么去?"

"我已练成了《凌霄真经》,避世而居终究不是长久之计,该做的事还是要做。"闻衡不紧不慢地给烤鱼翻面,继续说道,"你带我出去,咱们的师徒情谊还能有始有终,要是我偷偷跑了,师父恐怕又要骂我不孝了。"

宿游风愕然地问:"你……你……你……你知道怎么出去?"

闻衡看他的目光里几乎要带上怜悯之意了,轻声细语地解释:"师父,此地一共两个出口,一个是你平日钻的那道石缝,另一个在水潭底下……四年了,就是再傻我也该摸清楚了。"

宿游风经常不打招呼就消失一天半天,再出现时洞里就会多出烧鸡、酱肉、烧饼、馒头之类的吃食,这些东西总不可能是树上长的,闻衡都不用刻意跟踪,宿游风自己就把秘密暴露得一干二净。

宿游风搔头道:"我怎么不知道水潭底下还有出口?"

"师父,"闻衡深吸一口气,缓缓吐出,"如果那是一潭死水,你觉得咱们这四年里吃的鱼,都是哪里来的?"

宿游风沉默了。

宿游风看着不着调,却是当世罕见的高手,断了一条手臂也能跟闻衡打个不相上下。如果不是故意乔装乞丐掩藏行踪,他应当是与纯钧派掌门齐名的人物。

此人身上的谜团很多,可惜闻衡不是一个有好奇心的人。

闻衡一直觉得他是故意装傻,但今天有点儿怀疑是自己想错了。

"你啊,"宿游风收敛起嬉笑神色,倚着石壁,似笑似叹地问,"既然早就知道,为什么不走?"

这孩子一向有分寸得过了头,这四年里从不主动提起,如今神功大成,决定要走,也应当去得毫不留恋。

闻衡有无数机会可以离开,当初宿游风把他强掳来,他报复一下也在情理之中——还有什么是比四年筹谋却竹篮打水一场空更好的报复方式呢？

"因为我叫你一声师父。"闻衡面不改色地答道，"凭你的功德，你本来能做再生父母，可惜被你自己作没了。"

宿游风怔了怔，继而了然地笑起来。

烤鱼在火上散发出香味，是上千个日夜里他们非常熟悉的味道。在这世外仙境唯一的烟火气中，一老一少相对而坐，终于等到了姗姗来迟的坦诚对话。

"我第一次见你，是在京城东阳公主府中，那一次你的手下打败了褚家剑派的高手，其实是你在背后偷偷指点的，对吧？"

闻衡愕然："你早就知道我的身世？"

"不错。"宿游风低声说道，"我当然不会无缘无故地掳个人就把看家本事都交给他。这件事与你、与我之间的干系，那真是孩子没娘，说来话长。"

闻衡早已习惯了他三纸无驴、唠唠叨叨的说话风格，今日却因太过震惊，恨不得把他说的每一个字都仔细琢磨三遍。

宿游风问："听说过昆仑山步虚宫吗？"

昆仑山巍峨入云，飞鸟难越，人迹罕至，自古以来在神话传说中都是仙人居所，闻衡从没听说过山上竟然还有门派。

"步虚宫的历史可以追溯到近千年前，他们曾在九曲、穆州一带活动，后来为了躲避战祸迁往昆仑。步虚宫是个隐世门派，许多年没有与中原武林往来，门人一旦下山入世，就再也不许回山。"

闻衡一针见血地问："您老人家是身陷软红十丈，乐不思蜀，还是犯下大错被逐出了师门？"

宿游风瞅了他一眼，很想为他这一针见血的话鼓掌："我这条手臂是被本门一个叛徒断去的，"他指了指自己空荡荡的衣袖，"他对步虚宫生了二心，偷走宫中几本珍贵秘籍，宫主发现后命我下山追缉此人。数日后我在博山北麓截住他，十几个弟子围困，却还是叫他给逃了。"

十几个人围杀，其中还有宿游风这样的高手，结果是宿游风被他断去一臂，留下了纵贯全脸的疤痕。

闻衡光是看着那条狰狞的长疤，心中就涌起一种微妙的战栗感。这并非畏惧，而是面对强敌时从骨子里油然而生的警惕和兴奋感。

他原先没发现自己这么好战，但武功修炼到一定程度，就会有这样下意识的反应，大概是习武之人对杀意的一种敏锐直觉。

宿游风继续说道："折损了一批精锐，居然抓不住一个人，这种情形实在匪夷所思。宫中的人不相信那个人的武功已到达天下无敌的境界，怀疑是我徇私，故意放走了他。"

闻衡问："所以你乔装成乞丐四处游荡，就是为了找到那个人，将他捉拿回去好为自己洗刷冤屈？那个人是谁？"

宿游风抬起头直直地望着闻衡，乱蓬蓬的头发和眉毛下，一双眼精光慑人，宛如两点蓄势待发的寒芒。闻衡心中蓦然生出一丝难以言喻的微妙预感。

"此人总领步虚宫内秘籍珍藏，见闻渊博，心机深沉，武功更远在我之上。"宿游风说道，"他原名叫冯齐，离开步虚宫后，给自己起了一个新名字，'圣人抱一为天下式'，他现在的名字，就叫作冯抱一。"

闻衡脑海里"嗡"的一声，瞳孔骤缩："谁？"

昔年庆王府惨案没有经过前朝，全由禁军主办，而禁军背后的主使者正是以大内九大高手为首的内卫。本朝皇帝对内卫深为倚重，从天下各处搜罗了一批高手作为心腹鹰犬。九大高手是其中最出名的一部分，其威名连江湖中人亦有耳闻。这些人常年潜居深宫，极少露面，外人难以详细了解，但闻衡作为庆王唯一的儿子，常在宫中出入，不可避免地与其中一些人打过照面。

具体的模样他已经记不清了,但他记得那天从宫中赴宴回家,闻克桢半带醉意地把他抱在膝头,对他说:"衡儿……以后见到名中带数的人要绕着走,知道吗?"他一根一根掰着闻衡的手指道,"冯抱一、寇不二、韩三献、四云平、五鹿岳、陆清钟、黎七、燕重八、九……九什么来着?"

庆王最后到底也没弄明白"九什么",醉醺醺地睡了过去,闻衡却从小过耳不忘,无意中记下了这串名字。等他再长大一些,才知道这就是大内九大高手的名讳。

按闻克桢当年的吩咐,他理当绕着这些名字走,可是七年前庆王府一夕覆灭,父母惨死,家破流亡,这桩改变了他一生的悬案,闻衡无论如何也不敢忘。

他曾以为这些人的真名早已被掩去,"一二三四"不过是个代号,却没想到有朝一日,竟会从毫不相干的人口中听到熟悉的名字。

"你们家那件事,与皇帝内卫脱不开干系,但与冯抱一这个人有没有关系、有多大关系,我不知道。"宿游风在他眼前挥了挥手,强行拉回了他的注意力,"但我知道你心里从来没有放下过此事,所以你一定会回去一探究竟。我收你做徒弟,是想借你的手,替我找回被他偷走的那件东西。"

"什么东西?"

宿游风抛来一块沉甸甸的牌子,那牌子约有一掌长,用金属铸成,颜色乌中带金,上头铸着几个七扭八拐、不似中原文字的异文。闻衡将牌子举在手中,左看右看,总觉得似乎有些眼熟,便问宿游风:"这是什么?"

"步虚宫的令牌。"宿游风解释道,"这上头的是古时候的字,只有步虚宫还在沿用,在中原早已失传,你不认得也正常。"

闻衡抬眼,征询地看着他,宿游风看懂了他没说出口的疑问,幽幽地说道："这东西给你，是让你做个对照。我要你帮我找的是一部心法，叫作《北斗浣骨神功》。"

"这么重要的东西，您也真放心交给我？"闻衡问道，"你们步虚宫的不传之秘籍，就不怕我找回来以后自己先学成吗？"

宿游风在墙边伸腿给了他一脚，被闻衡敏捷地闪过，宿游风哈哈一笑："不怕告诉你实话，你学的《凌霄真经》就是这北斗神功的上半部，下半部里的一小部分，就是皇宫里那帮兔崽子奉为至宝的《天河宝卷》。"

趁着闻衡沉思的当口，他又轻描淡写地抛出了最后一个晴天霹雳："我早就说过，《凌霄真经》和封住你的经脉的那种功法同出一源，这门功夫世所罕见，唯一记载的只有《北斗浣骨神功》。"

宿游风一贯想一出是一出，即便是闻衡这样七窍玲珑的人，也被他接二连三抛出的消息给砸蒙了。

如果宿游风说的事都是真的，内卫早在十数年前就已对他下手，他们的目的究竟是什么？庆王府为什么会被内卫盯上？七年前的惨案到底从什么时候起就埋下了伏笔？还有……

大祸临头前，庆王和王妃真的对此事一无所知、全无觉察吗？

看样子下山之后，他必须亲自去京城走一趟了。

世上最靠不住的师父心满意足地吃完了最后一顿烤鱼，自觉到了功成身退之时，当夜便悄无声息地离去，没有留下只言片语进行道别，当然，也一文钱都没有给闻衡留下。

次日闻衡下山，如同来时一般两手空空，仅背着一把剑，从此离开了这个世外桃源。闻衡长这么大，就是流亡途中，也没缺过钱使。然而现在他站在空无一人的旷野中，前不着村后不着店，还没出山，就已经感觉到了何谓"英雄末路"。

庆王府倒没有"不能典当"的家训，可他也没有五花马千金裘，全身上下只一把铁剑、一把短匕、一身布衣。最值钱的东西当属怀中的乌金令牌,可那玩意儿是保命符,现在他就拿出去当掉,当铺肯不肯收另说,倒确实有伤他们师徒情分。

闻衡在明晃晃的日头下叹了一口气,施展轻功,燕子般轻盈地掠过重重树梢,身影消失在山路尽头。

九曲定风城里,闻衡在当铺当掉了匕首,换得一钱碎银并十几文钱,先去买了一顶斗笠戴上,又走进一家小饭馆,要了一碗鸡汤馄饨,安静地坐在角落桌边等着上菜。

宿游风曾说他将闻衡掳去时,两日方到山谷。闻衡暗地里估算过,以老乞丐的脚程,两日跑不出九曲地界,自己离湛川城应当不远。从山谷出来后,闻衡走了不到半日,果然就看到了定风城。只不过他运气不好,走反了方向,湛川城在九曲南边,定风城却在九曲东北方向,已快到拓州边界了。

闻衡不晓得是本城民风如此,还是今日有大事发生,一路行来,街上竟然有不少背剑佩刀的江湖人。他歇脚的这间店铺不大,只有六张桌子,临近午时,竟也坐得满满当当,他粗粗一看,几乎每桌都是江湖豪客。

店中人声喧嚣,酒气菜香混成一团炙热空气,伙计穿梭在各桌之间,忙得脚不沾地。

可能觉得闻衡只点一碗鸡汤馄饨穷酸,店家忙忘了,半天也没给送来。闻衡正要抬嗓催一声小二,忽听背后脚步声响,一个肩背宽阔、腰悬长刀的高大男人走了过来,粗声问道:"这位兄台,店中人多,借个座儿如何?"

这人嘴上虽客气,手上动作倒快,早把一只粗布包袱卸下来放在桌上。闻衡不欲多事,抬手压了压斗笠,淡淡地回道:"请便。"

那人便就地落座,叫跑堂伙计过来,点了一斤牛肉、一斤羊肉、一盘馒头外加一角十年陈酿。单他一人,点了这么些东西,也够能吃了。闻衡顺便催了催他的馄饨,吩咐间听见那人轻笑了一声,低声嘀咕道:

"鸽子吃食儿。"

闻衡从斗笠下看去，只见那人生得剑眉星目，棱角分明，十分英俊，只是肤色稍深，一看就是常年经风吹日晒的人。他握着茶杯的手骨节粗大，虎口生茧，两腕上绑着牛皮护腕，衣衫虽不华丽，却也整洁干净，听口音，想是出身北方的武林豪杰，只是不知是江湖游侠，还是哪家门派的弟子。

闻衡端着茶杯呷了口白水，没有理他。

那人心直口快，话出口才意识到有些冒犯，不免讪讪，见闻衡背负长剑，找补道："兄台也是去参加论剑大会？"

论剑大会？闻衡顿时心下了然，无怪乎往来行客中有这么多江湖人，他在幽谷中无知无觉，原来今年正是司幽山十年一度的论剑大会，要决出天下第一剑宗和天下第一剑客。

这是中原武林中难得的盛事，各大门派自然选派精锐战力前往，那些无门无派的英雄豪杰也都纷纷赶往拓州凑热闹，毕竟十年才有这么一回，就算大家当不了天下第一，能亲眼见证天下第一诞生也足够吹上好几年了。

就像"吃了吗"一样，此时问人是不是要参加论剑大会只是攀谈的话头，闻衡并不想与他多谈，正要摇头，跑堂的捧着满满的托盘凑上前来，殷勤地说道："两位客官，菜齐了，您慢用。"

五六个碗碟在桌上摆开，那人看样子饿得狠了，就着酒肉，一口气连吃三个拳头大的白馒头。吃相虽不算粗鲁，但跟斯文也不沾边，难为他在这炎炎夏日里，胃口竟一丝不受影响。

闻衡慢慢喝着滚烫的热汤，只觉得走了个老的又来个壮的，吃饭总落不着消停，每到此时就格外思念薛青澜。

两个人不作声地各自吃着饭，店中另一边的客人们正兴致高昂地推杯换盏，高谈阔论。

有个虬髯客说道:"今年论剑大会当真热闹得紧,纯钧派固然厉害,可褚家剑派这十年来也是英才辈出,风头正盛,不知道'天下第一剑宗'的名头能叫哪家夺得。"

"我看招摇山庄也不赖,要是把还雁门放到他们对面,连武林盟主他们都能打下来!"

"哈哈哈!兄台说得极是!"

闻衡对面那人似乎也在支着耳朵偷听,颇为不屑地冷哼了一声。

"来来回回就是这几个门派,早就看烦了,要是像三十年前那个什么派的剑客半道杀出,那才有趣。"

"呵,当年那人是出够风头了,下场也是够惨的。不说别的,褚家剑派能看着一个外人夺得天下第一剑的名头吗?"

"什么剑宗剑客,都是那几个门派轮流坐庄,小门小派的人谁管你死活?照我说,就该另开一场武林大会,管他使刀使剑,大家一起上去比画,赢者为尊,弄个武林盟主当当。"

"话虽如此,若论当世武学名门,实力强横,还数纯钧派,不管是论剑大会还是武林大会,人家照样是天下第一剑宗。"

"哟,哪里来的纯钧门下走狗,在这里乱吠?你才识得几个江湖门派,就敢大言不惭地鼓吹纯钧派?纯钧派如今没什么拿得出手的弟子,只剩个花架子,瘦死的骆驼比马大罢了,根本不值一提。"

眼见着那边的人越说越不像话,有人听不下去,"啪"地一拍桌子,起身怒斥道:"你嘴里放尊重些!说谁不值一提呢?"

两伙人一言不合就要动手,闻衡作为曾经的纯钧弟子,不仅丝毫没有荣誉感,还抱着馄饨碗往里面挪了挪,好像避之不及,唯恐牵连到他一般。

对面的男人察觉这细微动作,虽明知这种胆小怕事的人并不少见,眼中仍是流露出一丝轻蔑之色。

第九章
论剑

江湖人火气大且来得快，话不投机便推搡起来。此地三教九流什么人都有，谁都不认识谁，谁也不服谁，或许还有些人有哗众取宠、卖弄武功的意思，借着一个由头，店里很快闹哄哄地打成一团。

一时间菜汁四溅，碗碟乱飞，桌椅板凳翻倒，店主人和伙计见势不对，早躲到后厨去了，徒留满屋江湖人扭打抓挠。闻衡这桌是最偏僻的角落，与打得最凶的混战之处只隔一条过道，桌边的两个人岿然不动。

那男人一口气吃掉五个馒头，缓过了饿劲，此时正就着羊肉下酒。闻衡吃完了馄饨，正拿汤勺舀汤喝。

这一角安静得有点儿诡异，但在混战中注定不能幸免。拳脚之声不绝于耳，"咣当"一声巨响，有人踹翻了桌子，那桌上的碗碟酒壶全砸在地上，碎瓷碴和骨头渣四处飞溅，正朝着他们这个方向飞来。

那男人搭在桌上的手抖了一下，下意识地想摸向腰间，随即他强行停住了动作，转着酒杯稍微往旁边闪了闪。闻衡却是斗笠遮脸，头也不抬,将汤勺换到另一边,右手抽了根筷子,将冲他飞来的杂物一一拨开。

他的动作快得几乎让人瞧不清,对面的男子只觉眼前一花,耳边刮过细微风声,一根鸡骨头"啪嗒"一声被打落在脚边。

桌面干干净净,一点儿碎渣都没落。男人蓦然抬头,惊疑不定地盯着对面这个戴斗笠的穷酸家伙。

若将这些碎渣视作暗器,这人得是多快的剑、多准的眼力,才能将它们一个不落地全部打落?

扪心自问,换作是他自己以筷做剑,纵使能将碎渣全部挡住,也绝不可能像对面这人这样从容。

此人功夫深不可测,先前是他以貌取人,竟看走了眼,误以为这人是胆小怕事之徒。

闻衡终于吃饱喝足,放下汤勺,施施然站起,从怀中摸出寒酸的小半块银子,正要送去柜上,那男人却伸手拦住他,说道:"刚才多谢兄台,这顿饭由我来请,算作答谢。"

天上掉饼的确是好事,但谁知道里面究竟是什么馅?闻衡轻飘飘地从他身边绕了过去,拒绝得很冷淡:"举手之劳,不必言谢。"

这一下身法奇快,除了擦肩而过带起的一阵轻风,连衣角都不曾动。男子更加惊异,立刻回身,大步赶在他前头,从怀中摸出一锭银子,扣指弹入后厨探头的掌柜怀中,高声喊道:"这是我与这位——"他瞥了一眼闻衡,话到嘴边,把"小"字咽了回去,"这位兄弟的饭钱,不必找了。"

说罢,他转身对闻衡说道:"兄台请,借一步说话。"

闻衡见他执意付账,也不再强求,回身朝店外走去。两个人身形飘忽,在遍地狼藉中如入无人之境,全然不把旁边的拳打脚踢当回事,飘然而去,十分潇洒。

待走到街上,那人问:"兄台如何称呼?"言语之间颇为亲切,显然有结交之意，倒不似一开始笑话他鸽子吃食儿时那样傲气。

闻衡："萍水相逢，何必问姓名？"

那人笑道："兄台功夫当真高明得紧，在下钦佩不已，这才冒昧结交，并无他意。"

闻衡将斗笠往上抬了抬，摇头说道："不是什么高明的功夫，把你扔到林子里打几年蚊子，你也能练成。"

先前男人听他的声音，只觉得他年轻，等他将斗笠推上去露出真容，才惊觉他居然这么年轻，再听这回答，简直像个少年，不由得展颜一笑："那也得有你这等天分才行。兄弟可有师承门派，是打算去拓州赴会？你若不嫌弃，咱们可以结伴同行。"

闻衡原本打算回湛川城，先寻范扬，再安排后续事宜，但从方才听来的消息看，纯钧派也正前往司幽山参加论剑大会，而且似乎遇到了些麻烦。

他虽不再是纯钧弟子，但纯钧派对他有护持之恩，遇事他不能坐视不理。

再者如此盛会，或许薛慈会亲自前往。他让薛青澜平白等了四年，也不知薛青澜还记不记得他这个便宜师兄，他们须尽早见面，解释清楚。

闻衡打定主意，便摸出那一块碎银，坦诚地说道："我的确要去拓州，但身无分文，只有这一小块银子，劝兄台还是想清楚。"

那男人闻言又是大笑，说道："兄台是个爽快人，你我投缘，论这些东西就俗了。你若信得过我，这一路上必然不会让兄弟受苦。"

闻衡将那一小块银子交到他手中，郑重地说道："如此甚好，这就是我的入伙费了，大哥莫要嫌少。"

那男人笑着摇头，却没跟他推拒，仔细将那一小块银子收好。两个人互通姓名，闻衡仍旧用"岳持"的名字，又粗略叙过来历。说来可巧，男人名叫聂影，是连州还雁门的弟子。

闻衡听到聂姓，心中一动，问道："聂兄可认得一个叫'聂竺'的人？"

聂影："哪个竹？竹子的竹，还是烛台的烛？"

"天竺佛国的竺。"

"不认得。"聂影摇头，"此人也是连州人氏？"

闻衡叹道："我就知道这个名字，多半也是假的，其他一概不知。"他不便与聂影细说，当下不再追问，随口编了瞎话岔了过去。

还雁门地处北疆，与朝廷军队一向关系密切，庆王闻克桢与王妃柳氏昔年曾在北地军中戍守，同还雁门打过几次交道，对这一派印象颇佳。有这层关系在，闻衡看聂影从五分顺眼变成了八分。而且聂影生性豪爽，相处起来十分自在，闻衡虽待人淡泊如水，喜怒不形于色，却也与他相交甚笃。从九曲到拓州这数日路程中，两个人或论江湖事，或切磋武艺，一路行来，倒也潇洒快活。

临近司幽山，江湖豪侠越来越多，周围客栈皆已住满，不少囊中羞涩的江湖客干脆宿在破庙废祠里。闻衡、聂影二人脚程不慢，到得山下，见无处可住，聂影说道："横竖明日就是正日，现在天气又热，在野外睡一宿也没事，咱们明日再早起上山。"

闻衡睡了四年石洞，也不在乎多睡这一宿，当下应允。二人便在山脚一片树林里歇脚，吃些干粮，各自挑了一棵树上去睡觉。

时值夏初，山林里蚊虫颇多，两个人身上虽然都配着驱虫的药包，仍有好些小虫扰人。聂影皮糙肉厚，不怕这些，睡得踏实。闻衡却难以入眠，只好躺在树丛间，闭眼冥想《凌霄真经》中的功夫。

不知过了多久，底下忽然传出细微的"沙沙"声，似乎是有人走过，闻衡偏头从枝叶缝隙看去，只见月光映出一团长长的影子，一个粗哑男声说道："大人放心，各处都已布置妥当，只待他们下山，便能将其一网打尽。"

另一人却不多话，只淡淡地"嗯"了一声。

那人还想说什么，忽见同伴对他比了个"嘘"的手势，低声说道："有人。"

闻衡心内悚然一惊，随即意识到他始终屏息静气，绝不可能引得对方警惕，必然是聂影睡得沉，呼吸声不加掩饰，才叫人察觉动静。

然而他俩现在是一根绳上的蚂蚱，聂影被人盯上，他也跑不了。闻衡心念急转，已有决断，当即从枝上翻身，故意拨动树枝弄出细碎动静，吸引二人注意，随后一脚蹬上树干，运起轻功，飞身从二人头顶掠过，朝林外逃去。

这一下动静不小，那两个人对视一眼，果然上当，立刻拔足追了上去。

闻衡虽不熟悉地形，好在轻功过人，又有黑夜掩护，在林外兜了一大圈，迅速甩脱身后追兵。他回到林中时聂影已经惊醒，两个人换了个地方，见没人再来，闻衡这才放下心，将刚刚偷听到的情形一五一十地说了。

"他们要一网打尽谁？"聂影皱眉问道，"这话听着像是仇家，又似乎不太对。"

闻衡微微皱眉，说道："只怕不是江湖寻仇。"

"怎么说？"

"哪家门派会管本派尊长叫'大人'？"闻衡分析道，"我听这口吻，倒似官府人士。但论剑大会是武林事，怎么会牵扯到官府？"

聂影劝道："咱们仅凭只言片语在这儿猜来猜去，猜不出真相，还是等明日上山看看情况。那两个人既然守在山下，明天应该也会上山，到时咱们多加留心，说不定能把这二人揪出来问个清楚。"

闻衡想了想，却说道："罢了，管他要将谁一网打尽，反正与你我无干，我们犯不着多管闲事。"

他不怎么看重江湖义气，也没有扶危济困的宏愿，能做到的无非是恩仇必偿，实在分不出多余的心思去管别人的死活。

"好。"聂影毫不犹豫地点头，说道，"都依兄弟的安排。"

这话倒引得闻衡微诧，聂影微笑道："方才情形危急，若不是你舍身引开贼人，愚兄现在恐怕有大麻烦。不管你肯不肯插手相救，我知道兄弟你是个讲义气的好人，决不会因这等微末小事便心生猜疑。"

闻衡久未见外人，与聂影这一路同行，心中始终有着一分防备，此刻听他如此说，两个人虽是萍水相逢，却足堪称知己，不由得心头一热，低声叹道："大哥是赤诚君子，小弟能与你结交，实乃三生幸事。"

聂影叫他夸得不好意思，忙摆手道："快别给你大哥脸上贴金了，咱们兄弟不说这见外的话，早些歇息吧，明日还有正事呢。"

次日一早，天色初明之时，就有许多人陆续上山。闻衡与聂影在林中的山溪中洗漱完毕，又吃了些干粮果腹，才戴好斗笠，动身往司幽山上行去。

褚家剑派在拓州经营了数百年，势力庞大。整座司幽山足有越影山两座大，全被褚家剑派占据，数千英雄豪杰前来赴会，散在山中，竟也显得稀稀拉拉，足见其地广阔。

山路迢迢，每隔几步，便有褚家剑派弟子在路边派发茶水，接引来宾。闻衡他们来得巧，正赶上博山派一行人上山，二人遂跟在众人后头，由褚家弟子引领着上山。

司幽山风景灵秀，既有奇崛险峰，亦有湍流飞瀑，景色与越影山和幽谷又有不同。闻衡看了一会儿风景，忽然想起一事，悄悄问聂影："大哥，博山派不是一向以刀法见长，怎么也带这么多人来论剑大会凑热闹？"

聂影早知他这兄弟幽居深谷多年，对武林事所知不多，耐心解释道："论剑大会人人都可以上台，争夺天下第一剑客的名头。博山派中不乏用剑的好手，上去比试赢了是白赚，输了也不亏。再则论剑大会由褚家剑派一力操持，广邀天下英豪，以显示他们在武林中的名望地位。此事说穿了无非是互相吹捧，面子上的功夫，但是为了两派和气，博山派也得前来赴会。"

闻衡瞥了他一眼,心说聂影看着是个潇洒落拓的江湖客,没想到心思还挺细,懂得不少。闻衡点头附和道:"褚家剑派野心不小,将论剑大会的权柄牢牢攥在手中,将来一呼百应,说不得这论剑大会就变成武林大会了。"

聂影眼底闪过一丝异色,随即笑道:"他自论剑论刀,大人物的事咱们也管不了,随他去吧。"

闻衡只微笑不言,随着众人一道前行。

一行人走了大约一盏茶的工夫,眼前出现一道极深的裂隙,宽逾数丈,底下是溪涧乱石,两岸没有桥梁,仅以铁索相连。夏日炎炎,从涧底吹上来的风竟带着森森寒意,犹如利刃刮过肌肤,令人毛骨悚然。

许多人被困阻在这边,不敢轻易去走那锈迹斑斑的铁索,正焦躁着,见褚家弟子过来,都一窝蜂地拥上来,吵嚷道:"此处怎的没有桥?"

"连座桥都没有,这是什么待客之道?!"

那褚家门人说话虽客气,面上却有一派傲然之色,不紧不慢地解释道:"要去敝派承露台,走这条路最快。列位英雄要是不愿走铁索,可以从西面绕路上去,那边是人力开凿的山道,只是慢些。"

众人一听这话,立时了悟,知道这"天堑"也是论剑大会的一部分,用来淘沙取金,筛去一部分武功不佳、纯粹是来凑热闹的三脚猫。然而当着这么多人的面,谁都不愿露怯,做第一个绕路的人,可也没人敢亲自上去试试那铁索,毕竟崖涧极深,万一掉下去,少说也得被摔个半残。

那引路的褚家弟子转向博山派众人,眼底带笑,抬手说道:"诸位先请。"

博山派这次来的人有老有少,见了这深谷,几个少年人不禁面露惧意。几个人正面面相觑时,一个留长须的男人越众而出,朗声说道:"既然师侄说这条路最快,那便走这条路。"说完他忽然伸手,抓住一个弟子的背心,运起轻功,踏着铁索疾奔向对岸。

有他开头,博山派其余弟子有样学样,轻功好的年长者带着年轻弟子,一个接一个地从铁索上走过。一盘散沙般的江湖豪杰们见状,也纷纷向同伴求助,实在没有同伴的,便掏钱使银子请人帮忙,剩下那些又穷武功又差的人,只好按那褚家门人指点,西行另寻别路上山。

闻衡看够了热闹,等那褚家弟子也飞身到对岸后,扭头问聂影:"大哥能过去吗?若不方便,我带你过去。"

聂影"嗐"了一声,嫌他大惊小怪:"一条阴沟,闭着眼也蹚得过去。你这小胳膊还想拎我过去,也不怕扭了手腕。"

闻衡不知他的内功深浅,但与他一同赶路时,两个人脚程相差不多,想来聂影轻功应当不差,于是随他去了,淡淡地说道:"走吧。"

他的轻功飘逸非常,整个人像一阵清风,贴着索道滑了出去,铁索连晃都没晃一下,他已安然到了对面。

聂影则如博山派众人一般踏着铁索,一步跨出数尺,动若风雷,飞身跃向对岸。闻衡站定时,聂影也正从半空落地。

两个人相视一笑,聂影感慨道:"兄弟这轻身功夫,可叫我钦佩得紧哪。"

那边还有些滞留的散客,见他二人一个飘逸、一个迅猛,过深谷如履平地,比刚才那博山派长辈更游刃有余,不由纷纷拍手喝彩道:"好俊的功夫!"

闻衡听那头远远传来呼声,将斗笠往下一压,遮住脸庞,开口道:"咱们走吧。"

众人又行过一段路,转过一片嶙峋怪石,只见平地陡然拔起巨大峭壁,犹如一座天然屏障,将众人严严实实地堵死在山路上。

峭壁久经风吹雨蚀,岩石突起很少,险峻且光滑,好在旁边还有经年铁藤缘石而生,可以借力攀爬。他们到达时正赶上博山派众人上崖,仍是按前面溪涧的过法，一大带一小。可这峭壁直上直下比空中铁索更难过，又格外高耸，不过片刻，就有博山弟子气力不支，或是不慎踩空，从半途跌下。

博山留了一位师叔在底下接应，弟子们掉下来虽不至于摔伤，但从那么高的地方掉下来，一时半会儿很难鼓起勇气再度爬上去。最后一队人摔下来小半，那位师叔脸色有些难看，只是碍着人多不好发作，只得恨恨地带着弟子们绕路而去。

闻衡凝眸看了片刻，笑道："有意思。"

起先他还在想倘若数千人一拥而上，这论剑大会就要变成菜市场了，没想到褚家剑派以两处天险半路筛去许多人，估计能上到山顶的只有各派精锐，这几百人再互相拼杀，最后得胜者，自然也无愧于"天下第一"的名头了。

聂影问："还上得去吗？"

说话间不断有人尝试攀爬又掉下来，有人接着的还好，没人接着摔断腿的也不少。闻衡在幽谷里待了四年，每日把峭壁当官道走，险些给练成金丝猴，这岩壁对他来说不过是小菜一碟。他点了点头，反而瞧向聂影，问："大哥觉得如何？"

聂影一本正经地回道："愚兄勉强一试，若是不成，半道掉下来，也只好灰溜溜地回家去了。"

闻衡知道他武功不弱，又有自己在旁照看，应当不会出什么岔子，于是说道："好，大哥从藤蔓那里走，脚下当心些。"

聂影问："你呢？"

闻衡道："我在山间野惯了，用不着那个。大哥只管放心上去就是。"

聂影至今没摸透闻衡的路数，但能隐约感觉到他武功高强，远在自己之上，当即不再犹豫，来到崖下，伸手攀上铁藤，暗运一口气。他自知轻功有些不足，只能靠臂力弥补，于是足底和双手一起用力，身如猿猱，飞速攀缘而上。

闻衡见他动作敏捷，爬得十分顺利，也纵身跃起，却不走铁藤，足尖只在山石凸起处轻轻一点，人如飞鸟凌空，衣袖飘飘，扶摇直上数丈。不待下坠，他便再度踏石借力，短短数息，已至崖壁中段，其身姿之轻捷潇洒，莫可名状。

底下江湖豪杰看得呆了，纷纷诧异地问道："此人是哪路高手？轻功如此厉害！"

聂影一抬头，就看到闻衡的身影轻巧地越过自己，即将攀上崖顶，心中又敬又惊，正欲再加把力，耳边忽然传来一声惊叫。风声骤紧，偌大黑影从天而降，聂影下意识地往旁边一躲，一个人直直从崖上掉了下来。

两个人本该是擦肩而过，谁知那人走投无路之下，不知哪里来的力气，猛地伸手抓住聂影的衣袖，直接将聂影从铁藤上扯了下来！

"你干什么？！"

聂影大惊，连忙使力挣脱，那人却铁钳一般牢牢抓住了他的手臂，目露寒光，打的竟是拖他做垫背的主意。聂影单手被他攥着，身在半空无法还击，只得抽出腰间紧缠的鞭子往上一甩，鞭梢缠住一根粗藤，暂且止住下坠之势。

此时情状，是一人拖一人，岌岌可危地挂在高崖上，前后左右俱无可落脚之处。聂影的软鞭虽然结实，但缠得不紧，只可拖延一时。他强压下怒气没有动手，低头对死抓住自己不放的那人说道："这鞭子吃不住两个人的重量，你自下去，我不与你计较便是。"

那人却咬牙不吭声，抬眼朝上望，忽然扯着聂影狠命往下一拖，自己借力上翻，犹嫌不够，又在聂影的肩上重重踩了一脚，跃起抱住另一根粗藤，飞快地朝上爬去。

聂影差点儿被他蹬出一口血来，鞭梢系住的藤蔓也被扯得松动，眼看要直挺挺地摔下去，半空中忽然飞出一条灰影，闻衡出手如电，动作快得令人眼前一花，他先在半空旋身给了那人一脚，将那人踹得倒飞三尺，随即从背后拔剑，"铿"地钉进岩缝，借着冲势探身展臂一抓，正好捞住聂影，将聂影提了回来。

他面色如冰霜，显然怒意未消，问话也像含着冰碴："没事吧？"

聂影搭着他的手抓住铁藤，收回软鞭，长松了一口气，真情实感地叹道："不碍事。岳持，从今儿个起，你就是大哥的亲兄弟。"

闻衡别过头去，勉强忍住没有破功，神色稍霁："抓稳了，我带你上去。"

不待聂影答复，他足底在崖壁上用力一蹬，一手抽剑，一手抓人，陡然拔起两丈高，下一步亦如此法。闻衡内息深厚，运转不竭，施展开"步下生莲"，纵然手中提着个百斤大汉，仍能从极小的落脚点上借力。

许多人绞尽脑汁也爬不上的峭壁，他只需十几步便走到了崖顶。

崖上视野开阔，不远处就是论剑大会的主场承露台。台下约有百人，多是穿着各派服饰的门人弟子，也有少数装扮怪异的江湖豪杰。对这些早早到场的精英而言，峭壁也好溪谷也好，都是动动脚就能迈过的小门槛，他们真正的对手是身边的人。

聂影在崖上站定，刚舒了一口气，还没开腔，闻衡突然将他往后一扯，右手横剑，运上真气向外推出，"当"的一声架住凌空落下的一剑，强劲内力将对方直扫出去，若不是后面有人拦着，闻衡能当场再将人打回悬崖底下。

"偷袭？"他冷冷地问。

聂影反应也快，手中鞭子堪堪要甩出，在看清来人的刹那间将鞭子收回掌心。闻衡感觉背后衣衫微动，余光瞥见这位大哥竟然躲在他背后，用斗笠严严实实地遮着脸，做贼心虚似的低头用气声回道："有仇，不能见面。"

闻衡无言地点头。

与他对峙的几个人均身着雨过天青色绸袍,衣襟上绣着竹叶纹路,腰悬长剑,头戴银冠,雅致风流,遍身书卷气,看上去分明是一群翩翩君子,不知道是哪根筋搭错了,竟然在背后暗算人。

闻衡在纯钧派时见过这种服饰,因此更加疑惑:"招摇山庄的人……我什么时候招惹过你们?"

被他一剑别飞的招摇山庄弟子从身后拉出一个人,愤然吼道:"我们都看见了,你还敢狡辩!是你出手伤人在先,为了上崖不惜践踏别人性命,这种心思恶毒的人,就是武功再高,也是武林败类,令人不齿!"

闻衡:"……"

聂影缩在他身后,虽不敢以真面目示人,却从鼻孔里重重地"哼"了一声,发出同样不齿的冷笑声。

闻衡上下打量了对方一番,真诚而困惑地发问:"这位朋友,你家长辈没带你寻访名医,诊治一下眼睛吗?"

承露台已有人被这边的动静吸引,看了过来。那招摇弟子瞪着眼质问:"你是什么意思?这么多人看着,你还想抵赖不成!"

闻衡拍了拍手,嘲弄道:"不愧是号称'诗剑双绝'的招摇山庄,文人骂人就是不一样,这狗叫还挺理直气壮的。"

那人气结:"你敢骂我?!"

"没错,我敢。"闻衡掉转剑尖,虚虚指向被他救上来的人,"崖下还有很多人,你要是真那么想知道真相,我可以送你下去问个清楚——

"和这位令人不齿的'武林败类'一起。"

话音未落,剑风已至,冰冷锋刃扫到了那招摇弟子的掌缘。他下意识地哆嗦了一下,没防备地松开了手。闻衡剑随意动,变为一招"惊涛拍岸",剑身竖着拍出去,正中那拉聂影垫背的小人的腰间,将那人拍得往前一扑,头朝下地向崖底栽去。

"住手!"

"且慢!"

数人同时出声喝止,那人自以为必死,吓得大叫,可预想中的坠落场面却没有如期出现。

闻衡站在崖边,剑鞘钩着他的领子,令他保持着一个倾身向前的姿势,不至于坠落,也不好动弹。闻衡不紧不慢地发问:"如何,现在愿意说句实话了吗?"

几个招摇弟子来得稍晚一步,恰好目睹了双方争执的情形,此刻刚在崖上站定。

他们的服饰与那群小弟子大体相似,只在细微处更见精致,显然辈分更高,是真正做得了主的人。

一个清癯长髯的中年人沉声问道:"何故在此喧闹?"

那被闻衡抓住的人已经吓破了胆,不待别人盘问,抢先开口求饶,哆哆嗦嗦地说了来龙去脉,生怕哪一句说错,惹得这阎王不高兴松了手。招摇山庄几个弟子行事全凭一腔热血,压根没想到背后还有这样的事,越听脸色越差,个个脸涨得通红,嚷嚷得最大声的那个人简直恨不得把头埋进地里。

那中年人看他们这样子,已猜到几分真相,沉着脸说道:"不像话!"

一个与闻衡年龄相仿的年轻人转向自家师弟们,淡淡地问:"你们又是怎么回事?"

最先发难的弟子满面羞惭之色地站出来,如实回禀道:"大师兄,我们在崖下见此人被那位……那位少侠从空中踢落,还以为他们在害人,于是一时激愤,救了这个人,还将他带上崖,想为他讨个说法。谁知……谁知我们竟是受此人蒙蔽……"

他避重就轻,于是闻衡在一旁凉凉地插言道:"贵派弟子所谓的讨个说法,原来是乘人不备偷袭吗?我还当是谁同我有血海深仇呢。招摇山庄的教养,真让在下大开眼界。"

龙境转头飞快地打量闻衡，方才草草一眼，只感觉此人身姿颀长挺拔，像一把剑，气势令人惊艳。此刻再仔细看，龙境才发现全不是这么回事。对方穿戴朴素得近乎寒酸，就差把"穷"这个字写在脸上，就好像一块本该耀眼夺目的美玉，却被人为打扮成了山间最不起眼的石头。

可他手中的剑不会骗人。

方才逼退招摇弟子的那两招，出手的时机和角度都极其精妙，这样老辣的判断力，不像是无名少年。

龙境心中有了决断。

"在下是招摇山庄大弟子龙境，代我师弟向阁下赔罪。"他越众而出，甚为郑重地朝闻衡行了一礼，不躲不闪，朗声说道，"是我们偏听在前，无礼在后，多有冒犯，还望阁下海涵。"

这番话说得很客气，礼数周全，而且没有遮掩，认错认得利落，全场恐怕找不出第二个这么诚恳地道歉的人了。

俗话说伸手不打笑脸人，闻衡本来也不想跟他们抬杠，爽快地回道："好说。"

他将悬在崖边的人提过来，像拎一只野鸡一样，轻松地将偌大一个活人掷向先前那名出剑偷袭的弟子，说道："你们带上来的人，完璧归赵，不必谢我。"

自然不会有人接他，众弟子像躲脏东西一样齐齐退后，那人早吓得全身瘫软，扑倒在众人脚下的尘土里。

龙境还想再说什么，闻衡已像不认识他们一样转身走开，低声对聂影说道："我们走。"

此时龙境的注意力才被拉到聂影身上，要不是闻衡过去，龙境都没把这个沉默不语的高个儿男人算作闻衡的同伴。

那人也和闻衡一样戴着斗笠，腰间别一把单刀，看不清容貌，是宽肩窄腰的健壮体格。龙境望着两个人离去的背影，总觉得那高个儿男子有点儿熟悉,一时却又想不起来是谁。

"海波,他旁边那个人长什么模样?武功如何?"

惹了大麻烦的小师弟苏海波觑着他的脸色,胆战心惊地说:"大师兄,我也不知道。他一直躲在别人背后,没动手。"

龙境喃喃自语道:"是吗?"

一个会武功的人,会躲在同伴后面,任凭同伴被一群名门弟子围攻指责,却不站出来与同伴并肩而战吗?

是他太相信同伴的武功,还是……他不敢以真面目示人呢?

"龙境。"

招摇山庄前辈唤回了龙境的神思,提醒道:"时候不早,我们该入场了,切勿耽误正事。"

龙境没有情绪地"嗯"了一声,瞥向苏海波等人时,神色却陡转严厉:"你们几个即刻下山,论剑大会不必参加了,等回到明州之后,每人面壁思过一个月。"

苏海波是少年弟子中的翘楚,对论剑大会期待已久,今日上峰来便存着大展拳脚的心思,万万没想到龙境一句话就将他打回原形,当下急得红了眼:"师兄!"

龙境自上而下地瞥了他一眼,冷冷地说道:"有什么话,留着回去跟师父交代。"

苏海波恳求地看向其他长辈,有人见他可怜,便开口求情道:"境儿,海波也是一片好心……"

龙境摇了摇头,不赞同地回道:"师叔,不可轻纵。"

招摇山庄的弟子,个个都有严格教养出来的君子懿范,风度、涵养极佳,很少有疾言厉色的时候。龙境是招摇山庄的大弟子,有约束其他弟子的职责,师叔们也得给他三分薄面。此刻他虽没有明显动怒,但这句话一说出来,那位前辈立刻朝苏海波使了个眼色,说道:"听你们大师兄的。"

苏海波再不情愿，也得忍着，老老实实地告罪离去。

闻衡和聂影混入承露台下的人群中，找了处偏僻安静的地方坐下，见前后左右都没人注意他们，才松懈下来。聂影将鞭子缠回腰间，咬着牙说道："刚才多亏了兄弟，没想到那浑蛋竟然敢反咬一口。招摇山庄那群伪君子委实可恨！"

闻衡避世已久，对武林中的很多事情不甚清楚，好奇地问道："大哥同招摇山庄有什么旧怨，至于这样避而不见？"

聂影怅然说道："一言难尽，说来话长哪。"

闻衡好奇心大起，撺掇道："反正大会尚未开始，闲着也是闲着，你且娓娓道来。"

"我们还雁门你知道吧，原本是行伍起家，又扎根在拓州这种苦寒之地，门中的弟子从小会拿筷子就会提刀，八九岁就骑马跟着大人进山打猎，个个粗犷豪爽，跟招摇山庄那帮书呆子一点儿都不一样。"聂影思及往事，慢慢地叹了一口气，"你大哥自然也是这么长大的，从不觉得哪里不对。

"直到有一年，还雁门有一桩喜事，邀请各派人士到拓州观礼。那是我第一次见到招摇山庄的弟子。你别看龙境现在那个狗样子，他小时候白白净净，还挺像个人的。"

闻衡茫然地问道："龙境是谁？"

"就是刚才给你道歉的那个人，招摇山庄的大师兄。"聂影说，"我那时候很喜欢他，带他去草原上跑马打猎，教他拉弓射箭，是真把他当兄弟。谁知道后来……唉。"

闻衡见他形容悲戚，还以为二人后来反目，有了什么刻骨深仇，小心翼翼地问："后来怎么样了？"

往事重提，聂影至今仍能清晰地回味那种心碎的感觉："临别饯行宴上，他家长辈喝高了诗兴大发，非要指物吟诗，轮到龙境……他那句诗我到现在都记得，一个白眼狼，枉我对他那么好。"

"什么诗？"

"他站起来指着我念，'边城儿，生年不读一字书，但知游猎夸轻趫。'[1]我虽是个粗人，也知道这不是什么好话。"聂影拍了拍他的肩，惆怅中带着几分愤意，恨声道，"兄弟你记住，仗义每多屠狗辈，负心多是读书人，招摇山庄就没有一个好东西！"

闻衡："……"

他非但不同情聂影，反而觉得龙境此人水平很高，这句诗引得非常贴切。

聂影还在絮叨："往后几次再见，招摇山庄的人都是那副鼻孔朝天的德行，瞧不起人，我们还雁门的人也不是没有脾气，一来二去就结下了梁子。所以说这交朋友啊，一定要找意气相投、谈得来的知己，我和龙境，那就是麻布手巾绣牡丹花——不搭！"

闻衡："聂兄，我怎么觉着你是在拐着弯寒碜我呢？"

聂影剑眉一皱，虎着脸问："怎么，你也想当牡丹花？"

闻衡回想起龙境那张脸，把这种松竹般的正人君子和牡丹花联想到一起，顿时笑呛了一口气，连连摆手回道："不敢，不敢。"

两个人说笑间，有褚家子弟上台敲响铜钟，三声清响传开，山中隐隐传来回声，台下群豪皆寂静下来，一个着赭色长袍的中年人登台，向众人抱拳，朗声道："褚家剑派第五代家主褚松正，恭迎各位朋友驾临司幽山。"

众人都起身向他还礼，褚松正继续说道："今日是十年一会百家论剑之期，敝派操持如此盛会，承蒙各位朋友捧场，若有招待不周的地方，还望诸位海涵。"

---

[1] 引自李白的《行行游且猎篇》。

家主说完了客套话便下场,另一个褚家前辈上台来宣读规则。

论剑大会的规矩仍像往年一样未变,左侧擂台是门派之战,每派许出五人,捉对比试,胜者再与胜者相斗,最终获胜的门派为天下第一剑宗;无门无派的江湖豪杰自行分为五人一组,同门派战一样在右侧擂台上轮番对战,最终胜者和两边擂台上每个连胜三场的人,都有资格参与第二日"天下第一剑客"的决战。

闻衡坐的地方是左侧擂台旁边,视野奇差,被高台阻隔,看不到任何门派,也看不到右边的比试情况,不过好在看左侧擂台十分清楚。

闻衡看武功一看一个准,但是不擅长记人脸,加上四年过去,许多人不认得。聂影倒是对各门派了解不少,凡是上场的弟子都能说出个一二三来。有他在旁讲解,正好免去闻衡一头雾水之苦。

闻衡无意参加争斗,只是为了盯着纯钧派才来。聂影本就是个使刀的人,更不会上去打擂。他俩倒是凑成了一对闲人,只管安心坐在台下看戏唠嗑。

眼看第一轮十四个门派已打过七场,最后一个上场的纯钧派十分走运,竟没遇到对手,直接轮空了。

闻衡凝神看去,只见五名白衣弟子从东头走来,候在擂台下,仍是熟悉的服饰,亲传弟子才能佩戴的深蓝剑穗在风中微微飘动。五个人中只有一个生面孔,其他三个都眼熟,他肯定见过,但想不起是谁,还有一个赫然是玉泉峰上的活猴子——不,四师兄温长卿。

闻衡这一眼扫过去,心里就打了个突。

五个青年才俊看起来像五根耷拉脑袋的野草,脸色发青,精神萎靡,脚步虚浮,强撑着走上来就已经耗费了许多气力,那个眼生的弟子甚至晃了一下才站稳。

台下坐着的都是各家精英,谁能看不出这几个人身体出了问题?就这副样子,他们别说争夺天下第一剑宗,就是随便来个二流门派的人,也能一人挑翻他们五个。

纯钧派得到了什么地步，才会走出这么一步棋？

聂影在旁边纳闷地问道："纯钧派这是遇上什么事了？他们都这样了还打什么？趁早回去治伤算了。"

闻衡紧皱着眉头，低声说："看样子似乎是中毒……难道是昨晚那两个人？"

褚家一位前辈高手上前低声询问片刻，闻衡听不清他们说了什么，只见温长卿点了点头，随即那位长辈跃上擂台，朗声向众人宣告道："纯钧派轮空，下场迎战浮玉——"

"慢着！"

半空突然传来一声女子娇呼，声音甚为婉转，不知用了什么功法，听者皆心神一荡，不自觉昂首朝声音来处望去。

只见那高崖边陆续跃上十几个人影，却不加停顿，径直朝承露台飞来，寂然无声地落在场中，翩然而至却如天人驾临，足见轻功之高妙。为首者是个穿紫裙的美貌女子，臂挽轻纱，鬒发堆云，柳眉朱唇，明艳近妖，先朝众人盈盈福了福身，柔声说道："妾乃垂星宗护法陆红衣，拜见各位英雄。"

她话中暗运内力，娇滴滴的声音响在众人耳畔，令人骨软。内功越深的人，对这些功法越敏感。闻衡气海轻微震动，立刻回手扯了聂影一下，趁他分心的间隙极低声地提醒道："别听，当心其中有鬼。"

垂星宗鼎鼎大名，武林之中谁人不知、谁人不晓？陆红衣此言一出，立时在人群中引起骚动，站在台上主持场面的褚家前辈褚松宵随即跃下，上前见礼，万分警惕地说道："不意贵使骤然驾临，有失远迎。敝派与垂星宗素无往来，不知陆护法今日到访，有何见教？"

陆红衣举袖掩口，娇笑道："不敢有什么见教。只不过是我们宗主听说司幽山办论剑大会，心向往之，可恨宗门内事务繁忙，不得亲至，因此特意命我等携礼拜会，盼着与诸位英豪切磋武艺，长长见识呢。"

不待对方拒绝，她便向后伸手，吩咐道："呈上来。"

黑衣属下立刻捧匣上前，屈膝跪在陆红衣脚边，一只纤纤素手掰开锁扣，掀起盒盖，拿起深红缎上的一柄宝剑。

光那剑鞘上镶着的金玉珠宝就难论价值几何，陆红衣说了声"请看"，拔剑出鞘。褚松宵站得近，只觉一阵冷风扫过面庞，凉意砭骨，他的眼神立刻被剑刃上如水的青光吸引过去，凝神端详片刻，喃喃道："这是……'鱼龙潜'？"

"鱼龙潜"是史册上留过名的传世之剑，说一句价值连城都是轻的。在场大部分人练剑，一见那泛着青光的薄刃，便知那是把吹毛断发的神兵。

拿这种名剑来做见面礼，垂星宗出手未免也太大方了！

"褚先生慧眼，"陆红衣双手捧剑，笑道，"宝剑赠英雄，这份礼物，不知贵派满意否？"

褚松宵既不敢伸手接剑，又不知该不该拒绝，求救的视线直向家主褚松正面上飘，口中犹豫道："无功不受禄，万万不敢当此厚赐。"

陆红衣说道："筹办论剑大会，令中原武林归心，贵派自然当得。"

此言一出，其他门派的人脸色都有些不好，论剑大会不是武林大会，褚家剑派更不是武林盟主，"归心"这个词实在有些诛心。不管是褒扬还是生捧，陆红衣一句话，就把褚家剑派架在了下不来的高台上。

当下便有人起身喝道："巧言惑众！论剑大会是正道盛会，岂容你这等魔教妖人来玷污！"

"哟，听听。"陆红衣嗔道，"妾身要是没记错，论剑大会不拘门派与出身，都可以上台比试，我们上山时，可没见人说'垂星宗不得入内'呀？规矩摆在这里，堂堂武林正道，怎么看垂星宗以往没参加过这等盛会，就随便欺负人呢？"

这样一个娇滴滴的女子，楚楚可怜地说着"欺负"，真是让人看了便心生怜惜，甚至忘了她本是魔宗中人。那人被她噎了一下，口中一番驳斥的话就说不出了，其余人等亦默然无语，看褚家剑派的人如何应付。

"陆护法见谅。"褚松宵趁着这空子，与家主交换了几轮眼色，正色道，"按论剑大会的规矩，天下英豪，不问出身，自可上台论剑，但如今门派第一轮比试已落定，你们晚来一步，垂星宗没有机会了。"

陆红衣素手指向台上，似笑非笑地说道："你们这些正人君子惯会唬人，妾身耳力好着呢，纯钩派列位少侠刚露面，怎么能说第一轮比试已结束了？

"还是说——"

她美目流转，唇边笑意却冷了："诸位自诩名门正道，嘴上说着公正，却行偏倚之事，论剑大会不过是自家关起门来瓜分声名？"

"倘若这'天下第一'如此轻贱，垂星宗绝不承认，"这魔教妖女终于露出她画皮下的獠牙，森然地说出了真正来意，"好教诸位知晓，我等今日踏足此地，就是要为中原武林换一换风气！"

她这一顶大帽子扣下来，直接把褚家剑派连同几大门派都卷了进去。

虽然垂星宗因其行事风格总被人诟病为魔教，但正道排外也是不争的事实，从论剑大会的安排上就能看出来。陆红衣这番话在别派的人听来刺耳，对早有积怨的小门派和看热闹不嫌事大的江湖豪杰来说，却并不牵强，甚至有点儿感同身受。

群豪立刻响应道："说得不错！论剑大会，原应公平公正，连垂星宗都打不过，天下第一如何服众？！"

褚家剑派此刻真正是骑虎难下。褚松正紧皱着眉头，与其他同门商量半刻，最终朝褚松宵点了点头。

褚松宵作为直面陆红衣的人，最知道这女人有多难缠，此刻见家主松口，跟着暗松了一口气："既然垂星宗执意参加比试，敝派自然愿为贵宗行个方便。那么左播第八场，就由垂星宗对阵纯钩派。"

他欠身让路，不再阻拦，做了个请的手势。

　　被承露台阻隔，闻衡看不见纯钧派的人的动作，但远远能听到那边一阵喧哗，应当是纯钧派的人不满这个安排，跟众人理论起来了。

　　明眼人都看得出垂星宗有备而来，而纯钧派明显没有一战之力。纯钧派这个百年剑宗，这是被褚家剑派整个拱手让出，给垂星宗当了第一块垫脚石。

　　纯钧派五位弟子站在台上，个个面色冷峻，却俱执剑在手，不曾后退，也不曾回望一眼。

　　垂星宗这一方以陆红衣为首，她本人却没有要上台的意思，反而款款地转身，含笑对身后负手而立的黑衣人说道："薛护法，全靠你啦。"

　　那人沉默地点了点头，从随行的人中挑了四个人，在万千目光的凝视中缓缓走上承露台。

　　与此同时，闻衡右眼皮忽然猛跳，一股没来由的心悸蓦地攫住了他。

　　"纯钧弟子陶风陵，请教阁下高招。"

　　高台上，黑色身影侧对着闻衡，那人高挑瘦削，四肢修长，肤色却比陆红衣还苍白，不疾不徐地拉开寒刃。正午日光大盛，剑锋似雪，他的声音也凉得像雪，冰冷地缓缓飘落——

　　"垂星宗，薛青澜。请了。"

　　这个名字先是令场中诸人沉默刹那，旋即如冷水入热油锅，轰然炸开，四下里连绵不断地响起窃窃私语声。

　　闻衡或许是所有人里最茫然的一个，他心中各种情绪太多，反而不知哪个为主，面上还是一派肃然，有些蒙地转过头去问聂影："他们在说什么？"

　　"你不认得此人？"聂影"啪"地拍了一下他的大腿，忧虑地说道，"纯钧派这下糟了。"

　　闻衡摇了摇头。

聂影一想，恍然大悟道："也是，此事算来正发生在你离开纯钧派那一年，你不知道也正常。

"这薛青澜本是明州'留仙圣手'薛慈的弟子，却在四年前亲手毒杀了自己的师父，背叛师门，转投了垂星宗。薛慈在正道上一向名声颇佳，纯钧派秦陵长老与薛慈更是多年知交，噩耗传出后，正道群情激愤，秦陵亲自前往垂星宗寻仇，结果……连同座下弟子被薛青澜打成重伤，至今仍在闭关休养。"

聂影冷眼望着高台上肃杀的身影，语气不自觉地低沉下来："秦陵也是成名已久的高手，却败在寂寂无闻的小儿手中，实在是纯钧派的一桩奇耻大辱。薛青澜的武功究竟高到了什么程度，谁也说不清。"

闻衡几乎让他这几句话给砸傻了，半天都难以消化这些信息。他很难不在其中掺杂私人感情，酸楚、痛惜和物是人非的巨大感慨接二连三地砸入心湖，过往泥沙俱下，将思绪搅得一片混浊，颗颗粒粒都磨在他的心上。

他怎么会想到自己握得住金铁长剑，练就了绝世神功，敢孤身一人仗剑江湖，睥睨武林，有朝一日，却会突然惧怕相逢不识呢？

曾与他相伴数月、言笑晏晏的少年，此刻突兀地出现在他面前，从里到外像是换了个人，空余一个了无生气的壳子，和一颗森寒的心。

一张干干净净的白纸，就在他不知道的时候跌落泥泞，漫漶上了无边血色。

聂影还在旁边念叨："你看薛青澜这剑法，比纯钧派教导出的高徒还娴熟精妙，但你肯定想不到，此人原本不是用剑的。薛青澜别号'江水流春'，'春'是指他统领垂星宗春字部，'江水'说的就是他的佩刀'断水'。而且他得薛慈多年教导，于医毒一道也颇为精通……哎，你干什么去？！"

闻衡忽然起身，被聂影一把薅住，不得已重新坐了回去。聂影手中稍使重力，按住他的肩头，不叫他冲动："别忙，我知道你不忍见纯钩派受辱，可眼下这个局面，是另外几大门派默许促成的，你一个人剑法再高，也不能与整个垂星宗为敌。倘若情势生变，得罪了正邪两道，你日后还如何在江湖上立足？"

闻衡面色沉静，眼中却有一股痛色，摇头说道："我不全是为了纯钩派。"

眨眼的工夫，薛青澜已经不慌不忙地送走了两个纯钩派弟子。

就算这两个人状态欠佳，毕竟是各峰精心栽培的英才，不然也不会送来论剑大会，能被派出迎战，说明还有周旋之力。闻衡方才仔细看了台上的比斗情况，他们栽在薛青澜手中，不全是因为运气不好。

薛青澜所使的并非垂星宗武功，其剑法奇崛，不输纯钩派高招，又何尝不是某个人精心教导出来的结果？

前头两个人惨败，纯钩派第三位弟子的压力就骤然沉重起来。若三个人还换不下一个薛青澜，那纯钩派此轮比试十有八九已成败局，声名、颜面都将扫地，往后十年里，恐怕要成为天下豪杰议论的笑柄。

温长卿回望承露台下脸色铁青的两位长老和难掩憔悴之色的师兄弟们，轻轻叹了一口气，压下满心忧虑情绪，忍着胸口满胀的烦恶感，迈步走上左擂台。

"暌违多年，薛护法别来无恙？"

他没急着动手，长剑斜斜地支着地，神态闲散，像是在与薛青澜拉家常。

薛青澜抬眸看了他一眼，眼珠透亮如琉璃，只是缺少活气，像个冰雪雕成的人，淡淡地回应道："是你。"

"不错。"温长卿笑道，"昔年曾在玉泉峰上有一面之缘，没想到薛护法还记得在下。"

薛青澜点了点头："我确实记得。"

他一边说着，一面举剑指住了温长卿："不过不巧，我讨厌叙旧，更讨厌与纯钧派的人叙旧。"

温长卿不意他突然发难，敛去笑意，正色道："薛护法，家师和被你所伤的大师兄、三师兄至今仍在闭关，我身为玉泉峰弟子，今日理当与你决战一场，为师门报仇雪耻。但冤有头债有主，薛慈的事，咱们两处的仇怨注定难消，岳持师弟的事，却实在与玉泉峰、纯钧派无干。"

只可惜他这番话非但没有说动薛青澜，反而火上浇油，彻底惹恼了对方。

薛青澜收拾前两个人时并未使出全力，也没刻意伤人，此时却骤然暴怒，闪电般的一剑直取温长卿的心口，厉声道："你还敢提他的名字！"

温长卿对上他的全力一击，不敢直撄其锋，急退避让，可薛青澜一剑既出，一剑又至，后招无尽。寒光如疾风骤雨般当头罩下，只听"刺刺"数声，温长卿的手臂和小腿中剑，衣衫被划破好几道口子，肌肤上出现了浅浅血痕。

这已是他尽力躲避的结果，薛青澜没有一剑落空，他挥出去的剑却几乎一招未中。

温长卿方才强行动用真气，引得气海翻涌，几欲呕血，眼前一阵一阵发黑，站都快站不住了，却仍坚持说道："薛护法，一码归一码，玉泉峰没有对不起岳持师弟，你更不必迁怒纯钧派！"

薛青澜犹未解恨，听了这话，又高高跃起，当胸一脚，直接将温长卿踹下了擂台。

"他活不见人死不见尸，我就是迁怒了，你待如何？！"

温长卿内力运转不灵，生受了这一脚，顿时喷出一口鲜血，从左擂台上直坠下去。

纯钧派弟子失声悲恸地喊道："温师兄！"

候在台下的余均尘强提一口气，正要冲上去接住温长卿，斜刺里忽然冲出一道灰影,清风般与他擦肩而过,飞身上去将温长卿一抄,搀着温长卿缓缓落在承露台东侧。

温长卿内伤发作,胸口剧痛,喉间血气翻滚,眼前也蒙蒙眬眬的,只模糊瞧见一个戴斗笠的人托起他的上半身,一股中正平和的内力自背心透入,引导着他行功疗伤。

那人单手握着他的腕脉,又看了看他的眼睛、耳后,说道:"忍冬、天竺子、败毒草、鬼针草、牡丹皮各两钱,煎水服下,可以解毒。"

这个声音很年轻,从容镇定,还有点儿熟悉,温长卿不知道为什么,只听他说话,心中就不由自主地安定下来。

他哑声回道:"多谢。"

那人将他交到匆匆赶来的纯钧派弟子手中,似乎是轻轻笑了,回道:"不必。"

温长卿得他相助,内力运转一周天,胸口烦闷感稍减,却顾不上旁人搀扶的手,双眼紧紧盯着那人的背影,看他走远,却没有下承露台,反而走向了擂台。

台上,薛青澜挂剑而立。他方才平白被温长卿扎了一回心,暴怒过后,底下仍是鲜血淋漓,真正是伤人伤己。

他懒得管别人的死活,满心都是深深的厌倦感,只想早点儿打完退场,再也不愿多看纯钧派的人一眼。

脚步声渐近,一个戴着斗笠的灰衣人走上台来。他衣衫粗陋,周身别无他物,连铁剑也是破破烂烂的。他寒酸得太显眼,全场大概找不出第二个这么穷的人了。

薛青澜厌烦归厌烦,却还记得自己是在做什么,淡淡地扫了对方一眼,说道:"你不是纯钧派的人。"

这么一个凭空冒出来的人,招呼也不打就掺和进两派纷争中,不知道是走错了地方还是嫌命太长。连各门派长老、前辈都面露异色,悄声相询:"这人是谁?"

招摇山庄里有人认出了他,龙境却忽然转头,望向他最初出现的方向。那人抬手摘去斗笠,声音不高,却带着深沉如海的内力,传遍了整座承露台。

"纯钧弟子岳持,来向薛护法请教。"

闻衡从前多思多虑,眉宇间总凝着一点儿沉郁之色,再俊秀的面目也冷若霜雪,让人难以亲近;如今他神功大成,胸襟开阔,自有一种万事不萦怀的气度,倒似镀上一层皎洁的光,更显飘逸,此刻从容地立在高台之上,虽着灰色布衫,仍是超尘脱俗,宛如神仙中人,一时令众人瞠目。

温长卿一口气没上来,险些当场昏厥过去。

薛青澜如同三九天里被人当头泼了一盆冷水,霎时间全身骨骼、血液都被冻住了,连心跳也停了停。

这惊骇情绪是如此急切凶猛,以致他虽失神,肌肉却僵硬紧绷,手中剑居然攥得很稳,没有因为心神激荡而脱手落地。

闻衡亲眼见他横扫两名纯钧派弟子,打伤温长卿,又亲耳听到了许多关于他的传闻,就在踏上这座擂台时,心绪还是一团乱麻。四年不见,好好的孩子忽然成了邪魔外道,任谁心中都要生出一点儿猜疑不解来。

可当他站在薛青澜对面,看见那双寒星似的眼睛时,这些年不见面的生疏、因传闻而生的犹疑、往事难追的怅惘……一切褶皱全部自发抚平,化作春风细雨一样久违而熟稔的温柔。

他平和地凝视着薛青澜,口吻一如旧时,不见责备,未改纵容,总能妥帖地将薛青澜的不安和无措接在手中。

"青澜,师兄来迟了。"

第十章
重逢

怎么会是他？

是谁都好，为什么偏偏是他？

薛青澜恍惚地想。此时此景，就是薛慈在他面前活过来，恐怕也不会令他这样惊慌失措，像胸口被人一剑剖开，腐朽的心肝肺腑从此失去遮掩，彻底暴露于光天化日之下。

"是你。"

闻衡看他的口型，原本他是要喊"师兄"，却硬生生咽下了一个字，变成一句含着血和怨怼的质问话语。

"是我。"

闻衡向前迈了一步，薛青澜几乎同时不假思索地向后退了一步，闻衡便站住了，像是怕惊吓到谁一样，平静地说道："阔别多年，你一切还好？"

薛青澜今年应当刚十八岁。他跟闻衡不一样，在越影山上时，闻衡的容貌基本已经定型，这些年来不过有细微变化，薛青澜却从小小少年长成了只比闻衡矮小半头的青年，眉目出落得越发俊秀，往那里一站不动时，活脱脱是一座玉雕美人像，倒是对得起闻衡当年给他的"神清骨秀"四字考语。

只是世事熔炼，他身上那种少年人特有的清朗早已消磨殆尽，眉宇间常带霜色，整个人苍白得了无生气。好像黑袍里裹的不是一个活人，而是一段冰、一把冷铁，面对的是人是鬼，是他刺伤别人还是会被别人打碎，都不足以令他稍稍变一变脸色。

此刻哪怕是对着闻衡，他心绪激荡直欲反噬己身，脸上仍然没有血色，没有一点儿激烈的表情。

"有劳岳公子挂怀。"

他没有回答好不好，将视线从闻衡脸上移开一点儿，不着痕迹地活动着僵硬的五指，重新握住了剑柄。

这场面好像回到了几年前，闻衡第一次遇见拒人于千里之外的薛青澜。曾经肯对他敞开怀抱的人竖起了满身的刺，冷冷地说："这是垂星宗与纯钧派的比试，岳公子早已不是纯钧派弟子，还请下去，换一个人上来。"

闻衡已经很久没有体会过这种一脚踩空的失落感了，倒不恼怒，只觉得遗憾。夏日里响晴的蓝天、漫山遍野浓翠的绿树，眼中所见一切鲜明的风物，都因此时的心境蒙上一层晦暗色泽。

他不紧不慢地说："四年前我落选亲传弟子，被发往湛川城做入门弟子，如果纯钧派没有将我除名的话，我如今应该还算是纯钧派弟子。"

薛青澜瞬间就被他惹毛了："今日争胜，纯钧派与垂星宗必然要走一个。挡在我面前的人就算是你，我也绝、不、手、软。"

闻衡对纯钧派的感情未见得多深厚，但纯钧派尤其是玉泉峰上下，毕竟曾有恩于他，遇到麻烦他愿意出手帮上一把。今日垂星宗要用纯钧派作筏子，前边面子已经掉了一半，若他再退让，只怕百年剑宗就要彻底颜面扫地了。

"薛护法，我不信以你的眼力，你看不出纯钩派的异状。"闻衡淡淡地说道，"垂星宗要在武林中争一席之地，便堂堂正正来战。乘人之危非君子所为，方才这位陆护法口口声声说天下第一不能服众，难道贵宗如此作为，就能服众了吗？"

他说这话时侧头面朝陆红衣，声音传遍广场，看上去像是在质问垂星宗门人，而非直斥薛青澜。他不想与薛青澜剑拔弩张，这个小小的动作，算是闻衡的一点儿私心。

可薛青澜没有理解，只看到闻衡扭过头去，容色冷淡，像是不愿再多看他一眼，每一个字都正气凛然，映衬得他像个跳梁小丑，可笑又可悲。

当年在越影山上，闻衡待他如兄如父，虽然平日里尽是纵容，在大义上却从不含糊。

薛青澜蒙他教导多日，自然深知闻衡的好恶，然而此刻观照自身，自来司幽山后的所言所行，竟全然与闻衡昔日教诲背道而驰。

就是他的生身父母、原本师父在世，恐怕也以为他早已改了性情，是个心向魔宗、不辨正邪的卑鄙小人。

"岳公子自恃剑法高明，便不把旁人放在眼中。"薛青澜手腕轻轻一转，剑锋斜映寒光，他双颊绷紧，似乎是咬紧了牙根，语气森冷地说道，"当真以为我不敢杀你吗？"

闻衡将目光从他脸上下移到剑尖上，不知怎么，居然叹了一口气，点头道："那我就来领教薛护法的高招。"

话虽如此说，他却没拔剑，就那么毫无防备地站在原地，活像一个等人来扎的活靶子，一言不发，却比千言万语更能拱火。

薛青澜倏然动作，身形快得晃成了一道虚影。

眨眼前他还离闻衡远远的，只一瞬工夫，锋锐剑尖就破风而来，分毫不差地抵住了闻衡的左胸，正戳在心脏的位置上——却再没有寸进。

闻衡又叹了一口气。

夏日穿的粗布衣服很单薄，也不结实，薛青澜手中是把利剑，剑尖对着他的心脏，却连衣服都没划破，他甚至连一点儿疼都没感觉到。

"你啊。"

他无奈地伸手去握剑锋。薛青澜本是全力一击，临到关头又收住了劲，正是欲发不发的时候，被闻衡这动作一吓，气劲登时开闸狂泄，全灌注在剑上，他手中的这把精钢剑竟然没扛住，"咔嚓"一声从中间断成了两截。

一小截铁片掉落在闻衡的脚边，薛青澜抽剑甩手，另外半截断剑飞出去，"铿"一声钉入地面三寸，剑柄犹在颤抖不休。

他脸色难看至极，苍白得有点儿可怜，显然是强行收劲，被内力反噬得不轻，一句话都不肯再与闻衡多说，纵身跃下了承露台。

他们两个在台上说话，除了刻意高声说的那几句，别的都只有彼此才能听到。下面的人一头雾水地看着二人在擂台上聊了半天，还以为会打得飞沙走石腥风血雨，谁知道薛青澜刚出手就败下阵来。

虽然谁也没看清他的剑是怎么断的，但他既然走下承露台，就代表在这场比试中率先认输了。

那可是跟纯钧派玉泉峰有诸多过节、打伤了"浩然剑"秦陵的薛青澜！那纯钧派的岳持究竟是什么来头？！

不光在场的江湖群豪满头雾水，连纯钧派许多弟子也有此一问。

温长卿早叫人搀扶下去，玉泉峰只来了他一个人，其他的弟子要么是别峰的，要么是新来的，都不曾见过闻衡。倒是两位长老和余均尘还对闻衡有点儿印象，只不过也早已十分淡然，见闻衡出面救场，心中既惊喜又有些惴惴不安。

明河峰长老孟飞雪悄声问温长卿："岳持不是早已失踪了吗？怎么

又突然出来？我记得他身体似乎有些不好，他对上垂星宗有多少胜算？"

"师叔，此时情形您也看到了，哪里来得及问这么多？"温长卿无奈地说道，"岳师弟从前经脉上有些问题，不能修炼内功，四年前简选亲传弟子时没选上，后来被送去湛川城，没过多久就失踪了……"

湛川城的消息层层报上越影山，再落入玉泉峰众人耳中，已经是半个月以后的事了。一个小小的外门弟子，自然不值得纯钧派为他大动干戈，只有廖长星还记挂着此事，托人查访，但也毫无回音。

渐渐地，岳持这个名字不再被提起，一个大活人就这么悄无声息地人间蒸发了，没人目睹，没人怀疑，也没人记得他。

后来若不是薛青澜找上门来，又屡屡与玉泉峰起冲突，将闻衡失踪之事迁怒纯钧派，温长卿都险些忘了他们玉泉峰还曾有过这样一位师弟。

虽然他们没少因此受折腾，但温长卿有时候会私心地想，其实这样也不全是坏事，倘若有一日他失去踪影，活不见人死不见尸，他倒是宁可有人用这样激烈的恨意记住他，也好过像个无名幽魂一样在世间了无牵绊，被所有人遗忘。

承露台南侧，薛青澜落地时步履稍有不稳，下属要来搀扶，被他抬手挥开，自己站稳了。陆红衣在旁边抱臂看着他，毫无同僚友爱之情，还笑吟吟地说道："今儿真是奇了，难得薛护法也会马失前蹄。"

薛青澜闭眼运功疗伤，懒得搭理她。

陆红衣脸色未变，笑意更深，对身后的手下吩咐道："你上去，换个人下来，我倒是十分好奇，能教本门薛护法折戟的究竟是何方神圣。"

她嘴角微翘，明艳妩媚的眼睛里却毫无笑意，目光如毒蛇芯子，在薛青澜身上扫过，无端显出几分阴鸷感。

她轻声补完了后半句话："若不能把那人踹下承露台，你也不必回来了。"

薛青澜睫羽轻轻一颤，睁开了眼睛。

承露台下，温长卿紧张得管不住手，去扯余均尘的袖子："均尘师弟，你刚才看清了没有？岳持他果然神功大成了？"

余均尘从他手中把皱皱巴巴的袍袖拽回来，无情地回道："没看清。"

温长卿那脸色就好似刚捡了钱，突然被天上掉下来的一个雷给劈了。

闻衡居高临下，目光远远投去，恰好与薛青澜睁眼时的视线轻轻一碰。闻衡站得远，薛青澜看不清对方的细微表情，却能感觉那目光春风般和煦地在他的脸庞上掠过，像是安抚，又仿佛是劝慰他不必担忧。

薛青澜真不知道他怎么还笑得出来。

接替薛青澜的垂星宗门人登上左擂台，亮出长剑，朝闻衡抱拳说道："垂星宗秋字部白龙杰，向岳少侠讨教。"

闻衡冷然端立，颔首道："请。"

白龙杰见他不拔剑，心下冷笑，"唰"地刺向闻衡的胸口。不待对方举剑招架，长剑蓦地一抖，剑尖划出波浪似的弧度，如毒蛇陡然昂首进攻，蛇芯直取闻衡的双目。

这一招起手平平，凶险处却在后头，任谁也想不到长剑竟能被他用出软剑的架势，变招又如此之快。闻衡却只往后退了一步，左手拇指一叩，长剑从鞘中弹出三寸，剑柄含着内劲，正打在白龙杰的右手腕上。

白龙杰的剑尖离闻衡的眼珠还有几寸，眼看着要一击得手，手腕突然传来一阵刻骨酸麻感，长剑立时脱手落地，连着整条手臂都像被人卸了关节，软绵绵地垂在身边。

不光白龙杰傻了，台下观者无不瞠目结舌。

这结果实在出人意料。可方才过招的细节，众人都看得清清楚楚——无非就是闻衡用剑柄弹了一下白龙杰的手腕。若他用了重力，剑柄早该激射弹出，将白龙杰的手臂撞歪，然而那铁剑分明只出鞘三寸，白龙杰连歪都没歪一下，这力道跟被蚊子叮了一口有什么区别，怎么就把白龙杰的一条手臂都震麻了？

白龙杰又惊又怒，右臂酸软不已。他想不通怎么有人没点穴没见血就能废掉他的一只手臂，还以为对方用了毒针一类的暗器，厉声喝问道："你敢暗算我？！"

闻衡挑眉："当着天下英豪的面，白先生慎言。此话从何说起？"

"我——"白龙杰一把撸起右手衣袖，要在身上寻找伤痕。谁知定睛一瞧，手腕上根本毫发无损，别说针眼，连个红印都没有。他的满腔怒火登时散了一半，他犹疑地问道："这……这是怎么回事？"

台下众人都叫道："是啊！岳少侠，这究竟是怎么一回事？"

闻衡环顾四周，见许多人殷切地盯着他看，其中不乏怀疑目光，要是他不能说清楚其中缘由，只怕就要被人猜疑用了不入流的邪门手段，平白给自己惹一身麻烦。

"雕虫小技，不足挂齿，倒教诸位方家见笑。"闻衡徐徐解释道，"白先生这一剑刺出，先取胸腹，再抖动手腕抬高剑尖，刺向对手双目。这一招极耗腕力，变式既成，自然稍懈，此时用剑柄敲他的手腕，无非是以实击虚，寻其破绽罢了，实在算不得什么妙招。"

他又转向白龙杰，说道："白先生且放心，你手臂酸麻只是一时的，应当是恰好被弹中麻筋，缓一缓就自愈了。"

他说得真诚自然，毫不矫饰，就好像真是"恰好"弹中了麻筋。实际上，若令别人以此法对付白龙杰方才那一剑，要么反应不快，没等打中对方的手腕就被戳瞎双目；要么力道不够，无法制住对方的动作，白费工夫，都不能取胜。

《凌霄真经》上记载了人身上百余处经外奇穴，这些穴位不在奇经八脉中，通常不为人所知，但一样是全身要害，被外力击中也有可能伤及性命。闻衡用了四年时间才打通一百零八处奇穴，中途屡次因真气走岔而全身麻痹，在场没人比他更清楚用真气打中手腕内侧奇穴会出现什么效果。

换言之，除了他，没有第二个人使得出这个破解之法。

白龙杰咬牙说道："你……根本没拔剑，这一招不作数！"

"白先生要是不信自己会输，换一个人上台演示，也是一样的结果。"闻衡说道，"不过论剑大会比的是剑，不是拔剑，照白先生的意思，剑柄不算剑，公平起见，大家都应该徒手捏着剑身比试。"

台下众人哄堂大笑。

白龙杰大觉丢脸，铁青着脸拾起地上的长剑，匆匆说了句"我输了"，就转身跳下擂台，回到陆红衣身边请罪。

陆红衣重重"哼"了一声，右手五指微动，似有杀意，却到底没有出手。白龙杰是秋字部的人，论理不归陆红衣管，她杀了他于己无益，弄不好还会被薛青澜抓住把柄。

她别有深意地瞥了薛青澜一眼，觉得他这一脸死人样实在让人生厌，于是轻声笑道："下一个人要是再不能胜过他，此人就要踩着本宗的头往上爬了……到时候宗主问罪起来，头一个输阵的薛护法恐怕难辞其咎啊。"

薛青澜面不改色地答道："不劳陆护法挂怀。"

"薛护法是本宗的栋梁，妾怎么能不担心呢？"陆红衣掩袖悄声说道，"而且妾还听说，薛护法与纯钧派有不小的仇怨，若叫仇人得胜，在自己面前耀武扬威，哎呀，那滋味想想就叫人难受。

"不若妾身为君分忧，替你铲除了这张狂的小子，如何？"

"用不着。"

薛青澜毫不留情面，冷冷地说道："谁手刃了我的仇人，我就手刃谁——多管闲事的人都该死。"

陆红衣挑衅不成，被他当场堵了回来，面色不悦，只碍于场合不便发作，恨恨地拂袖道："那接下来薛护法可要睁大眼睛好好看着，是你亲手报仇雪恨比较快，还是我的手下的剑更快！"

新登台的男人又高又瘦，面色青白，形容枯槁，那副尊容反正不怎么赏心悦目，有点儿像骷髅架子撑着一张人皮。他的袍子与其他垂星宗门人制式不同，更加宽大一些，像个斗篷，将他的手足和佩剑都掩在黑漆漆的宽袖中。

"垂星宗夏字部权兆，请了。"

承露台下有不少人听了这个名字，都觉得有点儿耳熟，却一时想不起来处。闻衡的散漫样子终于因他而稍微收敛。闻衡单手扶住剑柄，权兆亦抽出长剑。那柄剑的模样十分骇人，剑身通体漆黑，剑柄则泛着骨质般的惨白色泽，剑格和剑镡分别是一大一小两个骷髅，也不知道那部分是不是真的人骨。

闻衡恍然道："原来是'骷髅剑主'权先生，失敬。"

"骷髅剑主"这个名号可比"权兆"响亮多了。此人十余年前也曾是叱咤江湖、令人闻风丧胆的魔头。据说他为了铸剑，到处杀人来填剑炉，最终炼出了一柄锋利无比的白骨剑。

"骷髅剑主"为了这把剑杀害了数十条人命，又用这柄剑杀了更多的人，终于引起武林公愤，被正道名门联手剿灭。不过按照传闻，他早该尸骨无存了，今日却出现在垂星宗门下，实在是出乎众人意料。

曾参与追杀的江湖豪杰拍案而起，大声怒斥道："大胆恶徒，你昔日犯下的罪孽尚未算清，竟还阴魂不散，胆敢出现在光天化日之下！"他又扭头向陆红衣叱骂道："垂星宗不思为武林除害，竟还收留这视人命如草芥的魔头，可见根本是蛇鼠一窝，沆瀣一气。你们心思如此歹毒，根本不配来参加论剑大会！"

陆红衣"咯咯"笑了起来，抚弄着殷红的指甲，慢条斯理地说："妾倒觉得，权兆今日出现在这里，不光是垂星宗的功劳，也托了诸位的福。要不是武林正道这般无用，追杀了三年也没把人弄死，我也捞不到这样一个得力的好下属。"

她意有所指地继续说道:"垂星宗的规矩跟诸位的就不大一样了,我们要谁今日死,谁便活不到明天。你说对不对,薛护法?"

"是啊。"薛青澜压低了声音,用只有他们二人能听到的音量说,"我看今日就是权兆的死期。"

闻衡没分心理会台下的吵嚷声,只盯着权兆,淡淡地说道:"久闻'骷髅剑主'大名,在下有幸,便向阁下讨教一二。"

权兆擎剑在手,回道:"来。"

话音未落,他已率先出手,白骨剑从右侧斜劈过去。闻衡对上成名已久的人,不敢托大,"唰"地拔剑,向他的小腹刺去。权兆使的不是垂星宗武功,而是早年他自创"幽冥十八剑"。他的白骨剑本来就阴邪,辅以阴寒的内力,每一剑刺出都带着一股阴风,寒凉砭骨,加上剑柄上的骷髅头总晃来晃去,忽远忽近,随时像是要凑到眼前吓人一跳,连旁观的人都觉得十分不舒服。

可闻衡今非昔比,体内真气充沛,运转自如,非但不为阴寒之气所侵,反而连消带打,凭内力压过权兆一头。

权兆一向自恃剑法精妙,岂料遇到了闻衡这块硬骨头,竟然被逼得施展不开,隐有败象。而且他越看闻衡的剑法,越觉得似曾相识,再仔细一想,发觉其中精要居然与薛青澜刚才使出的那几招有异曲同工之妙。

权兆仓促地避过闻衡的一剑,还了一招"鬼蜮莫测",惊声问道:"你这剑法叫什么?"

闻衡反手挥出一剑,剑光如满月,霎时将权兆飘扬的袍袖削去一大块,恰似天光破开长夜:"劳阁下垂问,剑法是在下自创,这招叫作'月傍九霄'——"

他换成正手,紧跟着又是一剑,磅礴剑意自上而下直劈权兆的头顶:"这招叫'星落长天'!"

权兆大惊后跃,闻衡这一剑却还未完,他在半空中轻巧转身,剑光如同流星坠地，余火骤然横扫出去，只听"刺刺"数声，权兆左肩、手臂及小腿上均中剑，血色霎时洇透布料，顺着他的手腕滴滴答答地流下。

这两剑堪称石破天惊，敢以"星月"为名，也确实有动若风雷、开山裂石的气势，剑光到处，叫人目眩神迷。连"骷髅剑主"这等成名多年的高手，在闻衡手下也讨不到什么好，足见这少年内力、剑法皆精深，已远远超出了他们的预料。

权兆得罪的人太多，此际他被闻衡刺伤，虽然都是皮肉轻伤，但一见血色，台下群豪立时高声叫好，欢欣鼓舞，恨不得叫人拿些酒肉，摆个流水席来庆贺庆贺。

倒是闻衡在离他两步外站定，淡淡地道了声"得罪"。

权兆面部抽搐，神色好不诡异，声音嘶哑地说道："阁下好功夫，只是老夫不见棺材不落泪，今日必定要与你分出高下来。"

闻衡笑道："正合我意。"

两个人同时疾冲向对方，长剑"铮铮"相交之声不绝，双方各尽全力，眨眼间已翻翻滚滚地拆了几十招。权兆身上带伤，但胜在有一把称手的神兵利器；闻衡虽在剑法上压他一头，可毕竟四年来未与宿游风以外的旁人对攻，临阵对敌经验稍差，兼手持一把破铁剑，出招时难免受限。两方各有优劣，反而达到了微妙的平衡，一时竟打得难解难分。

权兆被闻衡压着打，眼见对方越战越顺畅，心道：这小子只缺些历练，若不能立刻取胜，时间拖久了，势必对我不利。决计不能叫他看穿我的招数，需速战速决才好。

他心念急转，手上立刻使出了一招压箱底的功夫。

权兆手腕翻转，剑影霎时变作千万，鬼雾妖氛一般笼罩下来。闻衡视线一暗，但见剑影之外，剑格上那惨白的骷髅头也似活过来一般，层层叠叠地从四面八方压下来，其诡异可怕程度难以名状，真如活人误入鬼域，换个胆子小点儿的人，这时候恐怕腿都要被吓软了。

骷髅幻影与剑光交融，既烦乱又恐怖，闻衡要寻找其中破绽，不得不盯着骷髅头仔细观察。好在白骨只有一个表情，看多了也就那么回事。闻衡专注凝神片刻，蓦然出剑，这回却还了一招纯钧派的"冲云破雾"，剑尖从虚虚实实的幻影中穿过，"铿"的一声格住了剑柄上那枚骷髅头。

幻影散去，权兆青白凹陷的脸上咧出一个鬼气森森的微笑。

他骤然发力，漆黑长剑像一条险恶的蝮蛇，顺势绞上铁剑，骷髅头露出了满口白牙，咬住了后撤的剑尖，但听得"咔咔"几声脆响，长剑瞬间被绞成一堆碎铁片，闻衡手中只剩下一个光秃秃的剑柄。

闻衡大概是头一次遇到这么荒唐的事，命悬一线的危急关头，居然没忍住笑了。

权兆："……"

攥得生疼的手指稍微松懈下来，薛青澜轻缓地吐出一口长气，感觉后背上浮起一层薄薄的冷汗，被和煦的南风一吹，竟然遍体生寒。

论剑大会上的比试向来是点到为止，毕竟参会者都以"豪侠"自诩，轻易做不出蓄意伤人甚至下死手的事情。闻衡眼下这情形显然是不适合继续再比，得换一把剑重新打过。权兆下意识地望向陆红衣所在之处，却见她掩在轻纱衣袖下的纤纤素手微露，干脆利落地比了个手势。

白骨剑的剑尖本来已垂落半寸，这时忽地一抬，电光般疾刺向闻衡的胸口。

温长卿霍然起身："住手！"

可权兆哪里还听得见外面的声音！此刻他眼里、心里都只有一片冰冷的杀意。闻衡必须死，至于他杀了闻衡后会被人如何指摘叱骂，那都是以后的事了。

他出手极快，便是神仙也难救，闻衡翘起的嘴角还没有落下，剑锋已逼近他身前。电光石火之间，他只来得及向右迈开一步，步幅小得可以忽略不计，同时弯腰侧身躲闪，那漆黑的剑刃堪堪擦着他的脖颈掠过，只差毫厘就能划开他的动脉。

这一下闪避也算是拿捏得精妙绝伦，连权兆都没意识到这一剑会落空，还顺着冲势继续往前攻去，闻衡却已单手撑地借力，整个人腾身而起，飞过权兆头顶，落在权兆的背后，顺手拔出了薛青澜遗留在擂台上的断剑。

权兆立刻刹住冲势，但已经晚了，他甚至没来得及回身，就被闻衡从背后用剑架住了脖子。

那把剑只断了剑尖，两侧剑刃还是一样锋利无损。而且它是垂星宗护法所用的兵器，其坚硬锋锐程度远胜过闻衡那把破铁剑。

"还打吗？"闻衡轻声问。

情势顷刻逆转，上一刻还是"骷髅剑主"眼看着要一击必中，下一刻，闻衡的剑马上就能切进"骷髅剑主"的脖子里。

权兆没有回答，闻衡也没管他，自顾自地说道："我不想跟你打了，你的阴招太多。"

权兆从鼻孔里发出一声不知是愤懑还是嘲讽的冷哼，闻衡笑了一下，说："剑主若愿意放下手里那几根毒针，在下倒还愿意同你堂堂正正地较量一番，否则，我看咱们就不必白费工夫了。"

"你！"

权兆掩在袍袖里的左手即刻收紧，五根细如牛毛的骨针在他的指缝中一晃而过。权兆多年累积下来的自负感在这短短一场比试里几次三番地被闻衡踩在脚下，此刻他看不见闻衡的表情，却莫名其妙地感觉那人的目光洞穿了厚重黑袍，一切鬼蜮伎俩在对方的眼皮底下都无所遁形。

他下意识地分出余光去看陆红衣，就这么一个微小动作也被闻衡捕捉到了。闻衡若有所思地说道："我当是谁，原来是承蒙陆护法关照。"

他忽然撤剑，单掌前推，权兆只觉一股劲风从背后袭来，脚底蓦然一空，整个人被厚重内力凌空送了出去，正对着陆红衣的方向飞去。闻衡含笑的声音还回响在他的耳畔:"顺便替我多谢薛护法,这把剑我用着挺顺手。贵宗还有谁愿意以身试剑,尽管一起上来。"

这番话并未压低声音,在场诸人听得一清二楚,大感解气。一时间台下掌声雷动,热闹非凡,纯钧派众人更觉扬眉吐气,这些日子来因中毒而生的忧思焦郁之气一扫而空,甚至有人兴冲冲地放言道:"岳师兄的功夫,横扫七派亦不在话下!说不定我们都不用上场,岳师兄一人便能为本派摘得'天下第一剑宗'的头衔!"

"师弟慎言。"温长卿最初的侥幸劲儿已经过了,现在他反而冷静下来,肃容道,"且不说单凭他一己之力难与众人抗衡,万一纯钧派真靠他一人夺得'天下第一剑宗'的名号,我等还有什么脸面回山面见尊长?我等是只会跟在师弟身后混吃等死的废物吗?"

更别说……岳持他早已不是纯钧派的弟子。他愿意出手相助,令纯钧派不至于在天下英雄面前蒙羞,就已经是念足旧情了。

那弟子被他如此一驳,登时涨红了脸,气焰顿消,讷讷地说道:"师兄教训得是,是我狂妄了。"

孟长老附和道:"长卿说得有理,等他比完这轮,便叫他下场。长卿,你方才说岳持交代给你解毒方子了,待会儿正午暂歇时,咱们去问褚家剑派借些药材,只要解了毒,下午的比试还由咱们本门弟子上去。"

孟长老历来是拎得清的人,温长卿心中稍定,躬身应道:"是。"

闻衡连胜垂星宗三人,已经有了明日上场比剑的资格,垂星宗却陷入与方才纯钧派如出一辙的困局。陆红衣气得险些咬碎一口银牙,还待继续往上派人,却听薛青澜在旁边说道:"算了,认输吧。"

"你说什么?"

薛青澜负手而立,冷静地说道:"别说他们,就是你我联手,都未必是他的对手。你派人上去也不过是送菜,还不如干脆认输,好歹还能为本宗保住些脸面。"

陆红衣被他这副漠不关己的态度给气笑了,咄咄逼人道:"真是奇了,我入垂星宗十八年,从没听说本宗什么时候顾及过'脸面'!薛护法有空操心此事,倒不如想想回去怎么向宗主交代,我们千里迢迢地来到司幽山,却被一个名不见经传的小子打得落花流水!"

"该做的事我们已经做了,情况有变,谁也没办法。陆护法,我们来论剑大会,是为本宗扬名,不是来随便杀人、到处树敌。你因为一个小小的剑客大开杀戒,难道在场的门派就不会乱刀砍死咱们?"薛青澜皱着眉继续说道,"还是你觉得我一个人找纯钧派寻仇太辛苦,迫不及待地要替我分担一二?"

"呸,老娘才不管你的死活!"

陆红衣气急败坏,原形毕露,恨恨瞪了他一眼,扬声喊道:"岳少侠武功盖世,妾身甘拜下风,垂星宗能与百年剑宗纯钧派战成平手,实属不虚此行。本宗乘兴而来,兴尽而返,便不叨扰诸位,今日就此作别,来日江湖再见。"

此言一出,满场哗然。褚家高手们飞快地交换眼神,家主褚松正摇了摇头,示意放他们走。

陆红衣实在很会给自己找台阶下。如今两边各剩两个人,虽然胜负大家早已心知肚明,在她口中却成了"战成平手"。一句话盖过了前头的挑衅与后头的蓄意暗算行为,她还顺手捧了纯钧派,间接抬高垂星宗的声望,这退场方式也算是最体面的了。

她虽与薛青澜不对付,却并不傻,知道自家没有胜算,还不如及早跑路,免得丢更大的脸。

陆红衣朝场中盈盈一拜,下令回返,转身就要率部众离开。

"且慢!"

薛青澜蓦然回首。

闻衡跃下擂台,站在承露台的台阶上,手中还握着那把断剑,轻飘飘地说道："我记得只要有人连胜对面门派三人，就能参加明日的比试。薛护法何必急着走呢？垂星宗虽然输了，可你不是赢了纯钧派的三个人吗？"他忽然主动出言阻拦，却是点名要薛青澜留下，理由倒是冠冕堂皇，但那语气怪怪的，总让人觉得他不安好心，是想借机羞辱对方一番。

薛青澜说不清心中是什么滋味，微微垂眼，避开他的视线，回道："在下技艺荒疏，何敢班门弄斧？"

"是吗？那可惜了。"闻衡惋惜道，"我还想向薛护法多讨教几招，看来明日是不能达成所愿了。"

薛青澜光是跟他面对面地站着说话，心就疼得一抽一抽的，无意识地附和道："是啊。"

"不过呢，"闻衡话锋一转，幽幽地说道，"我这人一向固执，这次不行，那就下次。薛护法，来日方长，咱们总有再会之时。"

以薛青澜还停留在四年前的、对闻衡的了解来看，这个人除非是气急了，否则不会直接开骂，通常是客客气气地话里有话，客套得越虚假，说明他越气。如果不能理解这一点，还继续跟他对着干的人，这辈子都别再想得他一个好脸色。

倘若这习惯过了四年还没变的话，闻衡现在估计已经有点儿恼了。

刚才那话的意思大概相当于"你要是再不主动过来，我就亲自过去抓你了"，是一句含而不露的威胁话语。比起乍见时幻影般的温柔样子，此刻他眉目含霜，神色冷然，倒是更符合薛青澜臆想中两个人重逢时该有的样子，像个真实的、活生生的人。

不等薛青澜说话，陆红衣就抢先应承道："既然岳少侠盛情相邀，薛护法就不要推辞了。"她翻脸如翻书，笑嘻嘻地看向薛青澜："若薛护法能在论剑大会上施展拳脚，结交天下英雄，也是为宗主脸上增光，为垂星宗立了一件大功。"

闻衡在旁边悠悠地附和道："正是如此。"

陆红衣存心要给薛青澜找麻烦，管他答不答应，朝闻衡嫣然一笑，便飞快地带人走了。

薛青澜被同僚抛弃，满心无奈地站在原地。闻衡掉转剑身，将长剑还给他，说道："借一步说话。"

不当着垂星宗众人的面，他连一句"薛护法"都懒得叫，就差明明白白地把"我生气了"写在脸上。

第一轮至此全部比完，时近正午，暑气蒸腾，日头高挂中天，晃得人睁不开眼。褚家剑派在山下设了宴席，邀请群豪共饮。趁众人散去，闻衡和薛青澜一前一后走到了一片连绵树荫下。

两个人相对无言。

那些闪着光的记忆、未得践行的承诺、不为人知的煎熬与辗转……都在此刻化作了沉默的躲闪言行。他们中间像横亘着一条河，纵然误会能说开，道理能讲明白，甚至暗伤都能痊愈，可是谁也不能蹚过这一川逝水。

两个人沉默了一会儿，还是薛青澜先开口："岳公子叫我过来，有什么指教？"

闻衡眉头一跳，压下心中因他的生分态度而泛起的愠怒情绪，尽量平和地说："谈不上指教，你我多年未见，想拉你叙叙旧，不行吗？"

薛青澜似乎是笑了一声，垂下眼帘不再看他："岳公子挺有雅兴。我如今是垂星宗的人，正邪不两立，跟岳公子应当说不到一起去。"他淡淡地说道，"你若还想叙旧，最好先去找你师兄，打听打听我与纯钧派的旧仇。"

闻衡忽然说道："当年我落选亲传弟子，离开越影山来到湛川城，到一家药堂做了入门弟子，只在那里待了不到一天，就被一个怪人掳走，在与世隔绝的山谷里住了四年。不瞒你说，我五天前才从谷中出来，这四年间发生了什么事，我一概不知——"

薛青澜听得愣了愣，目光略有软化，仍是半信半疑地盯着闻衡。

他以为闻衡要问他为什么与纯钧派结怨，却听闻衡说："所以，当年的确是我失约，对不起，但我不是故意不去找你。

"我来晚了，让你久等了。"

一千多个日日夜夜，每一天都犹如刀割，薛青澜渐渐习惯了这种折磨，寻常疼痛已不足以令他变色。可即便如此，听到闻衡的声音说着出乎意料的话，薛青澜还是会觉得心头肉被拧了一下，疼得直想掉眼泪。

可经年已过，物是人非，闻衡还为当年的约定而歉疚，他却早已不是那个只会等着别人来接的小孩子了。

薛青澜眼眶发红，竭力压下满心酸痛，冷冷地说道："我没有等你。"

他尾音里带着哽咽之意，眼底水光盈动，却十分强硬，绝不肯流露丝毫软弱之态，显然是被伤得太深，戒备未消。

闻衡也不敢再招他，叹了一口气说道："好，没等。是我一个人在深山里待太久，想得魔怔了。"

"……"被他这么一打岔，翻涌的心绪总算平息稍许，薛青澜换了个话题，"这么说，你是在山谷中有一番奇遇，练成了绝世武功？那怪人有没有——"

闻衡："什么？"

薛青澜关心则乱，险些问出真心话，立刻打住话头，敷衍道："无事。岳公子此番遭遇，也算因祸得福，可喜可贺。"

闻衡何其精明，当下立刻反应过来，失笑道："那怪人将我掳走，是为了传授我武功，并没有要害我的意思，你不要担心。"

薛青澜头一次觉得人太聪明了不是好事，过去如此，现在还是这样，他在闻衡面前说什么都会被看穿。

见他扭过头去不说话，闻衡又解释道："方才在擂台上，我以纯钧派弟子的身份应战，不是非得与你过不去。纯钧派曾于我有大恩，如今师门落难,我虽已不在门内,却也不能袖手旁观。"

"说得对。"薛青澜赞同道,"有恩必偿,以德报怨,这才是侠义正道。岳公子这样的正人君子自然念旧情,我这样的邪魔外道却不懂得。不恩将仇报、不狼心狗肺,哪好意思自称魔头呢?"

闻衡:"……"

他是真的有点儿头疼。薛青澜几年前虽然也孤僻冷淡,但对他不算抵触,相处熟稔后更是没有脾气。如今却是说一句就要顶撞一句,非得跟他拧着劲来,明知道他没有把薛青澜当成恶人的意思,偏要把自己划进邪魔外道之流,好像不把他气得与自己割席断交就不甘心,没架也要找碴硬吵一架。

闻衡有心要骂薛青澜一顿,让他清醒清醒,但一想到他原来那么乖,这些年一个人在垂星宗不知吃了多少苦,又狠不下心来,只得按捺住焦躁情绪,以免旧伤未愈,再给他添上新伤。

况且有时候一个人越在乎什么,就越要刻意贬损什么,生怕它成为软肋,借此麻痹自己,以为这样就不会被人看穿所渴望的东西。

话虽如此,闻衡到底不是性子特别好的人,他的少爷脾气根深蒂固,在山谷时对宿游风也是照骂不误。薛青澜的阴阳怪气他虽不以为忤,却也不能容忍薛青澜这么自我诋毁,甚至还想与他划清界限。

"有句话我忍了很久,你非得一再招我。"闻衡彻底放弃了挺拔如松的仪态,往旁边树上靠去,四肢都随着这个动作放松下来,是一种近乎无害的姿态,话中却有轻微的讥讽之意,"青澜,我就没见过哪个魔头是一边拿剑指着别人,一边自己委屈得快要哭出来的。"

这话实在混账,薛青澜被他气愣了,一时竟然没想起来骂他。

闻衡抽出他腰间的长剑,反手递到他眼前,逼问道:"既然你忘恩负义不念旧情,刚才那一剑怎么没直接捅死我呢?被自己的内力反噬的滋味好受吗?我刚毁了你们垂星宗的大计,现在我给你个机会让你杀我,来，接剑！"

反驳的借口马上就到了嘴边，薛青澜大可以翻脸不认，也可以胡言乱语，反正并没有人管他心里是不是真的这么想。

可是他在闻衡面前说不出这些话来。

旁人看不穿时，他说什么都是一样的效果，心思早被人看得透彻，再极力遮掩，非但没用，反而滑稽，只会惹人耻笑罢了。

闻衡看着他眼中神采像烟花一样暗淡下去，既不是伤心，也非失落，而是死灰一般，冷漠得了无生气。

在那点儿余火彻底熄灭之前，闻衡扔了剑，伸手按住了他的肩头。

"师兄没觉得你不好，也不是在骂你，只是……"他自嘲地笑了一声，"见你之前，我猜你会怨我，但没想到你我竟会生分到这个地步。"

他长叹了一口气，向来镇定如山的人，这一刻声音中竟也有了隐约的酸楚之意。

"青澜，生气归生气，别再把我往外推了，好不好？"

闻衡低头与他说话，薛青澜挺直的肩背松垮下来，他终于能诚实地直面压抑了好多年的真实情绪。

"我没有生气，"他喃喃道，"我就是以为……再也见不到你了。

"我很想你……师兄。"

闻衡与他从见面僵持到现在，此刻总算听见一句软话，犹如心力交瘁的老父亲终于盼到浪子回头，又是欣慰，又觉得他实在可恶，于是抬手像欺负小孩似的，使劲在他头上揉了好几下。

薛青澜被他揉得晕头转向，万般无奈地看着他，怀疑闻衡是突然犯了失心疯："岳公子，你庄重些。"

闻衡说道："小时候你天天在我眼前打转，一口一个师兄，现在长大了翅膀硬了，学会假客套了，就叫我岳公子。"

薛青澜十五岁弑师出逃，投入垂星宗，孤身一人迎战纯钧派长老，得到宗主赏识后接掌春字部,凭着杀伐果决的行事作风迅速站稳了脚跟。这心狠手辣的劲儿,纵然是垂星宗的老油条也要自叹弗如,所以他虽年岁极轻,但从没人把他当成不知事的少年。放眼当今武林,也就只有闻衡还敢在他面前摆长辈的谱。

往事虽惨烈且不堪回首,可有这个人在,就像在黑夜里有了火炬,魑魅魍魉都要绕路而行,他反而不怕了。

薛青澜天生对闻衡有种盲目的信任依赖感,认真掰扯:"你现在这般行径,也不是个正经师兄的样子。"

闻衡见他言笑如常,意甚亲近,不复先时疏离冷漠,便知他心结已解。两个人闹够了,闻衡随手将他垂在身前的一绺乌发拨到背后理顺:"横竖现在你是祖宗,你爱怎么叫,我也不敢有二话。时候不早了,先用饭去。咱们半天不露面,一会儿该有人找上来了。"

薛青澜正微抬着头任他动作,听了这话反而踌躇道:"师兄,咱们在私下里交好不妨事,但我如今身份不比从前,你同我过从甚密,恐怕于你声名有损……'师兄'这个称呼,往后也不宜在人前直呼。"

闻衡立时皱眉,见他确有为难之色,心里也知道他这一番话其实是体谅自己,却仍然不舒服,单手按着他的肩沉声问:"声名有什么要紧的?难道为了这点儿不当吃不当喝的东西,我就得同你装不熟?"

"人言可畏呀,师兄。"薛青澜叹了一口气,"你日后总要在江湖上立足,放着好好的坦途不走,干什么非得往荆棘泥泞里踩呢?"

闻衡"呵"地冷笑一声,根本不吃他这一套:"咱们也不必争辩什么荆棘不荆棘的,我只问你,万一有一天再如今日一般,咱们俩闹到刀兵相见的地步,我为了在正道博一个好名声要给你一剑,你怎么办?"

薛青澜明白他的意思,也不反驳,只是沉默而坚决地摇头。

他那样子分明就是在说"你要是动手,我也认命了"。闻衡被他气笑,但一想到薛青澜从前的种种作为,又觉得他真是一点儿都没变,疯起来就不拿自己的命当回事，深情厚谊重得能把闻衡砸死。

他这么傻乎乎的，就不怕被人欺负吗？

闻衡伸手摸了摸他的后脑勺，声音放得很低："小傻子，你就这么信我？咱们俩到底谁才是大恶人？"

见薛青澜仍不松口，闻衡想了想，说道："还有一件事，原本四年前我应该告诉你，不料错过了这么久，今日索性一并说了。你不是薛慈的徒弟，我也不是纯钧派弟子，如今再按师兄弟论名分，确实有些牵强。

"'岳持'这个名字，是七年前我拜入纯钧派时，尊师秦长老所赐。我本姓闻，单名一个衡字。"

薛青澜怔怔地望着他，闻衡低声说道："就是你想的那个'闻'。七年前你多大？那年有一桩惊天大案，不知你听没听说过，我恰是其中的漏网之鱼，被朝廷缉拿的逃犯。敢问薛护法，我这个流落江湖的草莽，配不配与垂星宗护法称兄道弟？"

"闻衡"这个名字被埋藏得太久了，久到连本人念出来都带着几分生疏感。但将真相和盘托出的这一刻，闻衡忽然生出一种洗净尘秽、摘下面具重见天日的轻松感。他不再是手无缚鸡之力的庆王世子，不必躲藏，不必忍辱，不必韬光养晦，可以坦然无畏地直面一切刀锋箭镞，堂堂正正地背起自己的仇恨。

纵然其上有无穷伤痛和洗不干净的血迹，那仍旧是他的一生所系，是属于他的、独一无二的印记。

说来奇怪，先前两个人吵成那样，薛青澜硬是撑住了，没让一滴眼泪掉下来，闻衡说完这几句话，他自己都没觉得悲痛，低头一看薛青澜，就见透白水痕悄无声息地沿着薛青澜的脸颊蜿蜒而下，大颗泪珠碎星似的滴落在衣襟上。

闻衡没见过这种阵仗，忙伸手给薛青澜擦眼泪，结果越擦越多。闻衡一时啼笑皆非，小心问道："这是怎么了……好好的，哭什么？"

这么多年了,他安慰人的本领没有一点儿长进,只会哄孩子一样念叨:"好了,不哭,不哭了……都是过去多久的事了,别难受,啊。"

他一只手虚虚地搭着薛青澜的肩膀,有规律地一下一下拍着,另一只手试图替薛青澜拭去泪水,还要分心低头跟薛青澜说话:"一会儿叫人看见你这哭花的脸算怎么回事?我跟薛护法相约后山决战,把人欺负哭了?"

薛青澜避开他的手,轻轻哽咽了一声。

闻衡从这声极低的呜咽里听出了悲痛欲绝的伤心意味,心中陡然生出一股奇异感觉,只是还没来得及细细体味,就听见远处隐约传来的脚步声,似乎有人正上峰来。

薛青澜这副模样绝不能叫别人看去,闻衡无暇细想,单手提着他一跃而上,钻进了头顶茂密的树冠里。

这株树是生在峰顶的千年古树,枝干遒劲,颇为坚固,承得住两个人的重量,只是容身的地方十分有限,闻衡站在主干分叉的狭窄凹陷里,薛青澜差不多完全借力在闻衡身上挂着。听到闻衡低声说道:"没事,抓紧我,别出声。"

被这突如其来的状况一搅和,薛青澜倒是收住了泪,半合着红肿的眼,屏息静听树下的动静。

来的不是别人,正是聂影。

他大概是发现闻衡迟迟不到,才折返来找他。不过承露台周遭早就空了,他喊了几声"岳兄弟",无人回应,只当闻衡去了别处,并没往古树这边看,径直下去了。

薛青澜见他走了,微吐出一口气,收回视线。

闻衡稍微松了一点儿劲,让薛青澜双脚踩在树干上,凭着身高错开了距离,但手臂仍卡在他身后,是个保护意味十足的动作。

薛青澜站稳后,把心思转回正事上:"师兄,那人是来找你的?"

闻衡屈指在他的额上弹了弹,不答反问道:"还叫师兄?"

薛青澜捂着脑门犹豫了半晌,终于在闻衡含笑的目光中败下阵来,妥协地低声唤道:"衡哥。"

"嗯。"闻衡这才满意了,展颜一笑,说道,"咱们下去说话。"

他托着薛青澜从树冠中跃下,轻飘飘地落在地上,放开时蹙眉道:"我教给你的功夫落下没有?怎么这都伏天了,身上还是这么凉?"

薛青澜回道:"已经好多了。不说这个,衡哥,你跟那人是怎么认识的?他叫什么名字?"

闻衡不知他怎么突然关心起这个,说道:"五日前我从谷中出来,我那便宜师父丢下我跑了。我不清楚自己身在何方,身上也没带钱,只好闭眼瞎走,误打误撞地到了九曲定风城,在那里遇上了聂兄。他请我吃了顿饭,我们二人一路结伴同行,来司幽山上瞧热闹,没想到竟然在这里找到了你。"

他简略地将与聂影相识的情形说了,薛青澜沉吟片刻,问道:"那你可知道,此人是什么来头?"

闻衡挑眉看向他,说道:"愿闻其详。"

薛青澜详细说道:"他父亲聂如舟曾是连州军校尉,三十年前乌罗护进犯连州,双方苦战日久,还雁门门主郭简风率十八位高手到军中支援。大战中,聂如舟为救郭简风不幸殒命,留下孀妻幼子,被郭简风接到还雁门照料。那孩子后来被郭简风收为义子,悉心教养,视如己出,是还雁门年轻一代的佼佼者。

"郭简风年事已高,下一任门主的人选极有可能就是他的义子聂影。"薛青澜继续说,"但郭简风另有亲子,亲子跟聂影不对付。他要夺得门主之位,只怕要花一番大力气,拉拢足够的人手。衡哥,你武功虽高,毕竟四年未涉江湖事,总有预料不到之处,与人相交须留个心眼,免得上当受骗。"

他确实长大了。从前那个躲在树上吹冷风生闷气的少年，现在居然也会谆谆叮嘱起他来了。

闻衡一面欣慰，一面又忍不住怅然，那感觉好似伸出手去却一把抓空，抬头看时，别人已经走远了。

"好。"闻衡答应着，抬眼看了看天色，问道，"你饿不饿？现在午宴怕只剩下残羹冷炙，咱们不如下山去，找地方吃口热饭，歇歇脚。"

除了闻衡，世上不会再有第二个人在意他饮食忌口这一点儿小事。薛青澜心中涌起热意，嘴上却打趣道："就这么走了？拐跑了纯钧派的顶梁柱，回头人家打上门来，要我怎么说呢？"

闻衡理直气壮地说道："我原本身无分文，连剑也被你们的手下折了，成了个彻头彻尾的穷光蛋，免不得要赖上薛护法，讹够下半辈子的衣食之资，这就叫作'一饮一啄，莫非前定'。"

两个人相视大笑，一同跃下险峰，飘然离去。

第十一章
听雨

司幽山下，马岭镇。

拓州地广人稀，多山多岭，不算是富裕地方，村落城镇比起九曲穷了不止一星半点儿，马岭镇也没甚可玩赏之处。闻衡与薛青澜找了一家还算干净的酒肆，相对落座，叫伙计上几道现做的热菜。

闻衡这个穷光蛋只管当甩手掌柜，薛青澜点菜问他什么都说好，只在听见薛青澜要酒时挑起了眉梢，讶然笑道："哟，长进了。"

薛青澜有些不自在地避开他的视线，说道："久别重逢是喜事，理当喝杯水酒庆贺一下。"

闻衡笑了笑，没再说什么。过得片时，伙计将菜肴酒饭一一送上。两个人各斟了一杯酒，薛青澜举杯道："这一杯，贺兄长神功大成，功夫不负有心人，来日必定蜚声江湖，大放异彩。"说罢他将酒杯与闻衡的酒杯轻轻一碰，仰头饮尽。

村醪酒味不重，不过闻衡从小到大没什么机会喝酒，这酒对他来说入口仍有些刺激。他屏息硬咽下去，眉头不自觉地往中间蹙，却见薛青澜面不改色地抬手，又为两个人斟满酒，拈着杯子的姿势有种积年的熟练感。

"第二杯，贺你我别后重逢，兄长待我情谊如故，我很高兴。"

闻衡望向他，目光渐深，跟着他干了第二杯酒。

薛青澜又拎起了酒壶，酒水如线注入杯中："这一杯——"

一筷子炒野鸡肉落进面前的碗中，打断了他的话。闻衡给自己夹了点儿山菌，假装没看见斟满的酒杯，口气颇为自然地说道："先吃点儿东西垫一垫。空腹喝酒，也不怕伤胃。"

薛青澜盯着那还冒着热气的鲜嫩鸡脯肉，像看着陌生的东西。酒杯在手中转了一圈，他终究还是顺着闻衡的意思放下酒杯拿起筷子，缓慢地吃掉了一小块鸡肉。

浓郁的酱爆味冲散了酒气。

乡野之地，做菜没那么精致，滋味只能称得上尚可，他却嚼得很认真，似乎许久没有这样好好坐下来吃过一顿饭了。

闻衡叹道："怎么吃饭还是这么有一搭没一搭的，你在垂星宗吃得饱吗？"

薛青澜既然搁下了杯子，就不再想着喝酒，从面前的盘子里给他夹了块炸豆腐，自己也拣了一块慢慢吃，糊弄道："还行吧。"

闻衡盛好了汤，分给他一碗，又问："身体如何，比从前好些没有？"

薛青澜低头夹菜，像个饭桌上被校功课的孩子，喝了口热汤，敷衍道："就那样吧。"

闻衡听他这回答，很不满意，眉头蹙得像他恨铁不成钢的爹。

"这道鱼烧得还可以，你尝尝。"闻衡把盘子里的葱蒜姜丝挑走，将鱼推到薛青澜手边，一看他吃饭那样子就想叹气，"挑食也就罢了，你喜欢什么，好歹多吃几口。"

薛青澜被闻衡如此细致地照顾着,真是除了吃什么都不用考虑。他也有点儿糊涂,按理说久别重逢的老朋友总有一段生疏的时候,他们两个也都是经历过风雨的人,难道不应该先把酒言欢,喝到晕晕乎乎时才能坦露心声、追忆往昔,重拾过去情谊吗?怎么到闻衡这里,他就自然而然地跳过了许多步骤,还如昔日一般对待自己呢?

他心中不会有……哪怕一点点芥蒂吗?

"别光顾着我,"薛青澜招呼道,"你也吃。"

"饶了我吧,"闻衡摇头苦笑道,"在山谷里烤了四年的鱼,闻见味儿就饱了,实在吃不下去。"

薛青澜顿时没了胃口,握着筷子的手指不自觉地收紧:"你在那里是不是过得不好,吃了很多苦?"

"苦吗?还好,无非是吃食有限,器具没有外面这么齐全,也没有旁人,只有我和老头子相看两相厌。"闻衡说道,"但口腹之欲都是如此,习惯了就不算难熬。"

薛青澜敏锐地察觉到了他没说出来的另外一面,追问道:"那什么才叫难熬?"

"你又知道了?"闻衡笑着看他,见他不动筷子,又给他夹了点儿菜,随口逗他道,"我一想到还有人在外面等我,就十分心焦,巴不得早点儿出去,又跑不了,所以常常觉得煎熬。"

他冷不丁地忽然来这一句话,薛青澜差点儿被汤呛着:"喀喀喀……我……"

不待他矢口否认,闻衡已说道:"是,是,是,知道你没等我,没人等我,都是我闲得无聊,臆想出来骗自己玩的。"

"我……"

"不过在那种牢笼似的地方,胡思乱想也是人之常情,心中有念想,武功才练得快,否则早就颓废了——"

"我错了。"薛青澜闪电般抄起一个馒头堵住了他的嘴，深吸一口气，恳切地说道，"衡哥，我不应该嘴硬。我等你了，真的，这四年里日思夜想，千念万盼，就等你出山团聚。但伤心的事咱们不要多提。你在山里一定饿坏了，快闭上嘴吃饭吧。"

闻衡手里捏着被他当作凶器的馒头，无声笑倒，那模样英俊又可恶，气得薛青澜在桌子底下踢了闻衡一脚。

最后一点儿拘束感也烟消云散，薛青澜终于找回了熟悉的相处方式。空悬的心像是被姗姗来迟的悲喜情绪填满，沉甸甸地落进了胸腔，每一次跃动，都牵起一阵细微的、潮汐般的隐痛和甘甜滋味。

两个人吃过了饭，却不急着回司幽山。闻衡只打算为纯钩派解一时之危，没想替他们打擂台，薛青澜原本就是闻衡强留下来的，正懒得应付旁人。两个人一拍即合，干脆在镇子上停住了脚，无所事事地闲逛起来。

这小镇子虽不如湛川城的元夕热闹，竟然也令人觉得颇有兴味。薛青澜拉着闻衡进了成衣铺。闻衡先前那身灰袍，换个人来穿就是田间地头里的挑夫，亏得闻衡个高腿长，肩宽腰细，竟然撑住了。这回薛青澜做主，从头到脚给闻衡换了个遍，终于把落拓不羁的江湖豪客打扮成了风流潇洒的少年侠士。

他穿深青衣服，闻衡穿牙白衣衫，两个人并肩而立，光彩照人。成衣铺老板看着这两个活招牌，赞不绝口，溢美之词不要钱一样往外冒："这两日司幽山上有个什么大会，我们镇上来了许多少年公子，来小老儿这衣铺买成衣的也不少，可没有人能像二位公子这么好看的！"

薛青澜伸手替闻衡整理衣领，听了这话心中也高兴，难得出言附和道："人生得好，衣裳也称人……你这个头是怎么长的，吃鱼这么有用吗？这些年我也长了不少，怎么与你仿佛差得更多了？"

闻衡站直了跟他比了比，他果然还是矮半头，于是忍笑宽慰他："你岁数小，还有的长，好好吃饭睡觉，往后就高了。"

薛青澜明知他是哄人，还是被顺毛顺得服服帖帖，去柜上结了账，又对他说道："行头备齐，只差一把剑。也不知道这镇上有没有刀剑铺，路上似乎没看到。"

闻衡抬眼望天，忽然说道："那个不急，先去对面买把伞吧。"

"嗯？"薛青澜被他半推着走出成衣铺，来到对面的雨伞摊子前。薛青澜刚想说响晴的天买什么雨伞，头顶蓦然暗了暗，滚滚浓云如海浪般从天边涌来，狂风骤起，顷刻间掀翻了两个人附近的几个摊子。

一时间灰尘沙土漫天乱飞，薛青澜首当其冲，被吹眯了眼。他双目刺痛难忍，顾不得避雨，忙抬手去揉。闻衡问了声"怎么了"，话音还没落地，呼啸的热风陡然转凉，闪电撕裂长空，大雨"哗"地从天空中瓢泼降落。

薛青澜闭着眼，只觉一阵清风扫过脸颊，喧嚣雨声里夹着一声轻微闷响，一把油纸伞在他头顶霍然被撑开。

头顶天空巨响，惊雷旋踵即至。

目不能视物，薛青澜让这雷声吓了一跳。闻衡把他拉到自己身前，说道："没事，别怕。眼睛里进沙子了？别乱揉，手放下我看看。"

薛青澜感觉他微凉的指尖撑开了眼皮，在某处轻轻推揉，一阵突如其来的酸涩刺痛令他不由自主地躲闪眨眼，眼泪源源不断地涌出，很快冲走了细小沙粒，顺着外眼角滑落下来。

闻衡抬手在他腮边轻轻一拭，语气里有笑意，也有一点点含着嗔怪的无奈："天上下雨，你也下雨。"

薛青澜眼前还不太清楚，但他总算能睁开眼睛看世界了。

时值夏日，这里又靠近司幽山，气候说变就变，百姓也养成了拔腿就跑的好习惯。从他闭眼到睁眼不过片时，街上已跑得一个人都不剩，商贩全在屋檐下躲雨，只有他们两个人撑着伞站在雨中。

雨势极大，四下里白茫茫的一片，地上水珠乱溅，打湿了薛青澜的袍角，好在头上还有雨伞遮蔽，让他不至于被淋成狼狈的落汤鸡——

一丝侥幸之意刚冒头，薛青澜无意间向下一瞥，目光忽然凝固了。

他倏忽抬头，看向站在身前、比他高出半个头的闻衡，怔怔地喃喃道："衡哥……"

风来的方向正是他面朝的方向，大雨斜坠，本该全落在他身上，可闻衡就这么恰好地站在了他的对面，用后背和雨伞将他挡了个严严实实。

不，根本不是"恰好"，以闻衡的敏锐和矫捷身手，他甚至有时间打伞，如果他不想被淋，躲开是一件再轻易不过的事。

可是他现在静静地立在那里，挺拔得像一把剑，雨水打透了衣裳，多到漫溢出来，在他的衣摆下坠成流苏似的线。

"你——"

薛青澜心里突然慌成一团。他下意识地去抓闻衡的袖子，话不过脑子地就脱口而出："师兄，你被淋湿了……先找个地方避雨。"

闻衡示意薛青澜看远方影影绰绰的群山，眸子里映着泼天大雨，难得显出一种不同于内敛锋芒的清凉静谧之意。

"只是突然想起来，我们好像没有一起看过雨。"

他确实同从前不太一样了。

闻衡过去把自己逼得很紧，心中沉郁情绪太多，不爱与人亲近，不会多管闲事，更无暇去注意四季景致、风花雪月。在谷中四年，他实在无聊，没有可观看的东西，有时只能望天分神。

久而久之，他甚至练就了观天象预测雨雪的神奇本领。

自然是造物者之无尽藏，古往今来，许多武学都是登山临水、凭虚自照间忽有所得。闻衡不是蠢笨人，从前不在这上面花费心思，后来被困幽谷，逐渐开悟，明白山水草木大道至简，便能把目光从自己面前的方寸之地移开，投向变化无端的天地四海。

如此一来，他跳出画地之牢，心胸旷达，便与从前气度迥异。

薛青澜与他并肩躲在伞下，呼吸间浸满湿凉的雨气，又不全然是寒意，如此倒也没什么不好。

薛青澜摇头笑了一下。

闻衡问："笑什么？"

薛青澜回道："煮酒听雨固然风雅，咱们傻站在这儿看雷雨，亦不失为一桩人间乐事。"

闻衡失笑："果然是一桩乐事，不是一桩蠢事？"

薛青澜想了想，叹气道："蠢就蠢吧，做个无忧无虑的人，好像也挺快乐的。"

反正他只要与闻衡在一处，事情总会往意料之外的地方发展，眼下痴傻癫狂都不重要，人生最难得的反而是什么都不想。

闻衡抬起伞檐，笑道："我只是想让你看雨，不是问你的理想，你倒也不必这么快就坦白。"不等薛青澜反驳，他转而说起另外一件事，"我今日看你在擂台上演示的剑法，迅疾凌厉有余，后劲不足，是不是太久不练，手生了的缘故？"

薛青澜平日里使刀居多，今日为了应论剑大会的景，所以只带了剑，但在闻衡面前有些心虚，便没详细解释，含混地说道："是我学艺不精。"

闻衡淡淡地瞥了他一眼，未置可否，又说："我从前跟你说过，你的身板不像别人那么孔武有力，硬碰硬是下下之选。'飘风不终朝，骤雨不终日'[2]，更别说这世间多的是比你更大的狂风暴雨。今天纯粹是瞎猫碰上死耗子，日后对敌如果还像上午那样使剑，迟早有一天你会在这上面吃亏。"

薛青澜的武功，放在来司幽山参加论剑大会的青年才俊中算是上上乘，到闻衡嘴里就变成"瞎猫碰上死耗子"了。换个人这样说薛青澜就要暴起揍人了，但他的剑法是闻衡手把手教出来的，闻衡于他而言算是

2　选自《老子·道经·第二十三章》。

半个师父,因此薛青澜并不敢辩驳,只乖乖地低头听训。

"'以柔克刚,以力破巧,伺机而动,顺势而行',这十六个字活学活用,别被一时意气冲昏了头,更不能——"

他停顿了一下,薛青澜不明所以地问道:"什么?"

闻衡深深地看他一眼,抬手点了点他的胸口:"不能拿自己的命不当回事。"

"胡说,我何时不要命了?"薛青澜一听这话就知道他还对上午比剑的事耿耿于怀,故意叹道,"我这些年被杂事缠身,武功只能算稀松平常。唉,小时候就打不过你,现在更打不过了。"

闻衡闻言,感觉他剑法没有精进,耍赖倒是更纯熟了:"你好端端的,我干什么要打你?"

薛青澜嘀咕道:"这可难说,你这个人向来捉摸不透,说让我等你,一去四年没有音信;现在又说不打我,谁知道哪天就提着剑寻来了?"

闻衡叫他给气笑了,但转念一想,薛青澜这番话未尝不是事出有因。人只要疼过一次,下一次就不会那么容易轻信承诺。

"过去我教你那半套剑法,你还记得吗?"

薛青澜点点头,回道:"当然记得,可惜我当年愚钝,没有学全。今日承露台上见你使出那两招,比之从前更加精妙。对了,前两招既然已经定了名,那这套剑法究竟叫什么名字?"

闻衡只微笑不答。

薛青澜不解其意,纳闷地问道:"没有名字,还是不能说?一部剑法有什么不能说的?"

"以后有机会再告诉你。"闻衡说道,"说正事,我们来立个约定。"

薛青澜问:"什么约定?"

闻衡答道:"倘若真有一天,你我到了不得不拔剑相向的境地,只要你用出这套剑法里的任何一招,我立刻弃剑认输。"

"衡哥！"

薛青澜骤然抬高声音喝止他，眼中闪过一丝尖锐鲜明的惊怒之色，但那失态的样子很快被他自己强行压抑下去。他盯着闻衡，万般情绪在胸中翻涌，最终出口的却只有一句近乎无奈的恳求话语："你不要这样。"

"我既然回来了，就不会真让你走到这一步，以防万一而已。"闻衡掸去肩头的水珠，耐心地安抚着他，"换一种说法，道歉不能光听嘴上喊得欢，总要拿出诚意来。就当是我给你赔罪了，好不好？"

闻衡的态度松弛而自然，似乎真的只是为了哄一哄他，没有一丁点儿别的考量。

但怎么可能呢？他明明是个七窍玲珑的人。

薛青澜侧头看了一眼闻衡，说不清是认命还是自暴自弃，低声说道："你早就知道了。"

闻衡像是没听见一样，抖了抖伞上的雨水，说道："雨势变小了，咱们去找间客栈沐浴更衣吧。"

他有意装傻，薛青澜却不傻。

闻衡恰恰是知道了他最怕什么，才能准确地给他吃一颗定心丸。

这些年薛青澜行一切悖逆不义、阴险狠毒之事时，无惧他人指摘唾骂，唯独不想让一个人对他失望。

而现在这个人说，倘若来日狭路相逢，他愿意先放下剑认输。

"衡哥，话都说到这个份上了，"薛青澜站在伞下，一字一顿地问，"你就没有什么想要问我的吗？"

"你愿意说的，自然会告诉我，我何必要问？你不愿意说的，我问了，你还要费心编瞎话，我也听不到真话，那不是平白添堵吗？"闻衡回道，"青澜，我觉得你对我有一些误会。"

"有些事情我知道，仅仅是知道了而已，不说出来，是因为我相信你知道自己在做什么，也相信我没有走眼看错人。"他的目光沉静地从薛青澜身上掠过,像洗去烟尘的一泓流水,"我不是圣人,也没有逼你当圣人的爱好,更不会拿他人评说给你定罪。你要是真觉得自己该谁欠谁的,就尽力去补偿,大可不必非要来我这儿讨一顿骂才能安心。"

薛青澜:"……"

"这么说起来,我倒是有件事很好奇:这些话我翻来覆去地说了两遍,你为什么还觉得我要骂你呢?是我从前对你太严厉了吗?"

这话很难答,薛青澜也说不清楚,只默不作声地坚决摇头。

闻衡思及前事,多少能明白薛青澜的心态:他与薛慈没有师徒情分,平生大概也没有别的长辈管教过他,闻衡像是他唯一的兄长。如今他自觉做了错事,既怕闻衡因此讨厌疏远他,心里又十分委屈,情绪无处疏解,才自己跟自己较劲。

说到底,还是这些年里无人陪伴,他平白走了许多弯路,吃了太多苦头。

"既然你不清楚,我今日就替你分辨清楚。"闻衡说道,"我对你只有当年提过的那三个要求,从今往后都是如此,你只要能做到,旁的我一概不管,但你要是做不到,我就真的要动手了。"

薛青澜完全想不起他何时提过这一茬,一时怔住了。

他从气焰嚣张一下变得迷茫的样子特别有趣,闻衡见状忍不住笑了一声,戏谑道:"忘了?可见你也没有把我的话放在心上。"

越影山上的三个月里,闻衡教导他的东西实在不少,薛青澜努力回想,却仍是毫无头绪。

"'好好吃饭,好好睡觉,用心练功。'"闻衡凑近了逼问他,"我是不是这么说过?你摸着良心想一想,这三条里你做到了哪一条,还敢跟我在这里掰扯?"

薛青澜:"……"

他似乎应该松一口气,可又觉得周遭水汽都沉沉地坠入眼里,满得快要溢出来了。

"好好吃饭,好好睡觉,用心练功。等着我去找你。"

这是昔年分别时,闻衡对他说过的最后一句话。从那之后,薛青澜就再也没有见过闻衡。他有时候甚至怀疑这一切是不是都是出自臆想,是他在苦海里挣扎得无望了,才错把梦境当真实。

"是我没做到,"薛青澜低声自语,"所以……你才没有来。"

凉风吹雨,朝他脸上扑来,闻衡略一侧身,将他挡在伞下:"不对。是因为你做到了后面这一句,所以我不会再走了。"

后面闻衡又说了什么,薛青澜记不太清了,等他从恍惚状态中醒过神来,两个人已经走到了客栈门口。

闻衡收了伞,背后完全湿透,衣衫贴在身上,勾勒出肩与腰的优美轮廓,相比之下薛青澜就好太多,除了袍角、衣袖上沾了零星水迹,别处几乎没有被淋到。

"两间上房,尽快送热水来。"薛青澜将一锭银子抛在柜上。

小二殷勤引路,替他们两个人打开相邻的两间客房,恭敬地说道:"客官稍坐,厨下备着热水,这就给您送来。客官还有什么吩咐?"

闻衡摇头示意无事,薛青澜瞥了他一眼,转头对小二吩咐道:"你去街西那家成衣铺里,叫他们按方才那位客官的尺寸再备一身衣袍,连带着中衣、靴袜一并送来。动作快些。"

小二领命离去,走廊里只剩他们两个人。薛青澜站在闻衡旁边,却无话可说。方才在雨里的对话似乎耗干了他试图剖开心胸的勇气,羞惭后知后觉地涌上来。

闻衡居高临下,将他眉目间的犹豫神色尽收眼底,体谅地率先进门:"时候还早,去歇一会儿,等我沐浴过后再去找你。"

少顷热水被送到,闻衡宽衣入浴,在一片暖洋洋的水波中闭目养神。脑海中陆续转过许多念头,眼下他已经找到薛青澜,最要紧的一桩心事落了地，接下来就是纯钩派和鹿鸣镖局，不知范扬这几年又变成了什么模样。等见完故旧，还有顾垂芳托付的纯钩剑、宿游风他们师徒的死敌冯抱一……京城他是非去不可的，当年离家太仓促，许多事情来不及细究，现在亡羊补牢，但愿还来得及。

不知过了多久，门板在外头被人敲响，闻衡还以为是送衣服的小二，抬高声音道"进来"。待脚步走近，他听见足音才意识到不对："青澜？你怎么来了？"

薛青澜将手中的包袱放在桌上，说道："给你送衣服来了，你不用起身，我说几句话就走。"

闻衡倒也不怕被他看："什么？"

薛青澜说道："这几年我搜集了一些纯钩剑的消息，也试着查过聂竺这个人。四年前被盗的那一把假剑至今下落不明，三十多年前的真剑倒有了些眉目。"

"嗯？"闻衡坐直了，"你说。"

"垂星宗在穆州陆危山，山下有一座大湖，名叫西极湖，是宗门的机密重地，守卫重重，寻常部众不许进入。我是到了垂星宗之后才知道，西极湖底有座占地极广的地宫，相传是本宗武功的发源之处。这个说法是不是很熟悉？"薛青澜继续说道，"我在宗中又打听了一下，果然听说垂星宗也有一把祖传的名剑，名为'奉月'。宗主方无咎虽不用它，却对其珍爱无比，一直藏在地宫中。我去年才寻着机会进去看了一眼，那剑非常特别，倘若纯钩剑与它相类，你一见就能认出来。

"此剑一体铸成，材质不是寻常金铁，黑中泛金，分量颇重，正面剑铭'奉月'，背面有蚀刻花纹，十分精细，但看不清是什么图案。

"此后我又命人四处寻找类似剑器，所得有限，只从一个业已金盆洗手的大盗口中听说，他昔年曾在宫中行窃，被追来的大内高手刺了一剑，在月光下看到这把剑的模样，与奉月大致相似。"

"宫中……"闻衡喃喃道,"又是宫中?"

薛青澜起身道:"我知道的消息只有这些。那个'聂竺'实在难找,这么多年过去了,他说不定早已死了。"

闻衡忽然前言不搭后语地问:"你对聂影了解那么多,是因为他姓聂吗?"

薛青澜僵了一下,那口型似乎要说"不",却到底没有出声,只说:"反正顾垂芳只要你找纯钧剑,聂竺是死是活不重要。"

闻衡心中明悟,叹了一口气,说道:"多谢。这些年辛苦你了。"

薛青澜说这些不是为了跟他邀功,不甚在意地应了一声,踌躇半晌,终于没忍住,开口问:"你背上的伤……是怎么回事?"

闻衡侧头往肩后看了一眼,余光瞥见他眉间微蹙,似乎含着忧虑之色,便故作轻松道:"刚学轻功时不慎跌跤,被树枝剐了一下,早就已经好了。"

他说得轻巧,其实是他失足从岩壁上摔进了乱石堆,差点儿被石头戳个对穿,幸亏宿游风及时回去,保住了他的一条小命。但那时闻衡才刚练《凌霄真经》不久,行功时被这伤口影响,右臂差点儿废了,大半年没有知觉,还好后面养回来了。

"嗯。"不知薛青澜信没信,他淡淡地说道,"没有别的事了。你慢慢洗,我先走了。"

门扉轻轻地被合上,脚步远去,闻衡半身后仰,倚在浴桶壁上,缓缓地吐出一口气。

他还是把这四年想得太轻了。

薛青澜甚至能毫无道理地迁怒纯钧派,又怎么会轻易放弃寻找闻衡?更进一步,他难道就没有一刻怀疑过是闻衡失约,抛下了他?找纯钧剑是闻衡揽下的活计,与他毫无干系,他完全可以不必费心。然而这些年他一直煞费苦心,寻找纯钧剑的下落,有多少心思是为了替闻衡完成心愿?

他又有多无望?他希望闻衡也在寻找纯钧剑,是想着只要坚持找下去,总有一天能与闻衡相遇?

热水在闻衡的沉默深思里逐渐变温。闻衡起身扯过布巾擦干身子,掀开纱帘去拿换洗衣物。他换好衣服,才发现布包里还有一个沉甸甸的小包,打开一看,里面有十余枚金锭和约五十两碎银子。

一个小纸卷混在银子堆里,闻衡挑出来展平,上面是薛青澜的字迹:"车马之费,阿兄勿辞。若有要事,可持一酒杯至安平当铺寻谢三掌柜,弟即来相见。"

闻衡常年持剑、稳如泰山的手,捏着轻若无物的字条,居然难以自控地抖了一下。

他面色阴沉如乌云,扔下包袱快步出门,到隔壁门前敲了好几下,却无人来应。一颗心越发沉坠下去,闻衡抬腿一脚踹开了门,屋中果然干干净净,没有一件随身之物,唯独两扇窗户迎风大敞。

凉风裹着细雨落入屋中,他看地上的水迹,薛青澜走了有一会儿了。

闻衡被薛青澜的依赖在意冲昏了头脑,没想到这小崽子男大十八变,不但学会了喝酒,还学会趁他不备偷偷跑路了!

他原以为把话说开,至少能留薛青澜在身边一两天,现在看来,是他低估了薛青澜的心事,也高估了自己的分量。

闻衡在窗前沉默地站了一会儿,转身回了自己的房间。

论剑大会第二日,垂星宗薛护法和横空出世的纯钧派弟子岳持都没有现身,等着瞧好戏的武林豪杰不免扫兴,纯钧派弟子也面露遗憾之色。温长卿却说道:"他此刻抽身而退,可见不是为扬名而来,或许岳持一开始本不打算露面,只是为了维护本派声名,才挺身而出。"

孟飞雪也点头说道:"他虽不在本门,却念着旧恩,是个重情重义的好孩子。"

温长卿不知想到什么，苦笑道："当年要是把他强留下来，就没有后面这许多事了，真是造化弄人。"

几个人正说着话，只见台上比斗落定，招摇山庄大弟子取胜。龙境剑法造诣颇深，又是芝兰玉树般的俊雅君子，此刻夺得魁首，谁看了不赞一声"少年英雄"？只是人人天生都有些不知足，昨日既见过了薛青澜和闻衡二人的剑法，再看龙境，就觉得差点儿意思，似乎他这"天下第一"是捡漏得来的。

这样的念头，有些人只在心中想想，也有些人偏爱高谈阔论，说话间带出来，惹得招摇山庄众人十分憋气。

龙境自己不觉得如何，有些年轻弟子却忍不了，当即擎着剑雄赳赳地冲出去，要找纯钧派的人理论一番。

前日里纯钧派的表现堪称柔弱可欺，要不是闻衡救了一下，恐怕就要在第一场折戟，后来众弟子虽然解毒疗伤，恢复武功，但到底有所损耗，门派比剑止步于第四，败在招摇山庄手下。如此一来，招摇山庄分明场场都胜过纯钧派，在别人口中倒好像处处不如纯钧派一般，这怎么能不叫人生气？

更别说他们与那个岳持初上峰时还有过小小龃龉。

两派原来关系尚可，只是流言戳人肺管子，无形中挑拨了双方关系。招摇山庄自视甚高，不愿与那些江湖闲人计较，免得低了身份，只拿纯钧派出气，也是考虑到吵闹归吵闹，纯钧派必然不愿彻底和他们撕破脸。

温长卿正好好地在客房里休息，忽然听见门外乱糟糟的一阵吵嚷声。他支起耳朵，只听见几句"技不如人还嚼舌根""不服来打过""背后说人天打雷劈"诸如此类的话，不知道这些人又在发什么疯。

他推门出去，只见一堆招摇弟子堵在院子里大声喊骂，另一边纯钧派弟子各个义愤填膺，恨不得撸起袖子上去揍人。

"这是怎么了？"

没等他张嘴问话，有人先他一步开口。一个穿赭色长袍的年轻弟子从游廊另一头走过来，面上温文含笑，彬彬有礼地说道："诸位贵客，酉时已至，本派已备下美酒佳肴，请各位移步聚侠厅赴宴。"

温长卿听见这声音，心中一动，暗自犹疑地唤道："李直？"

温长卿从颠簸昏沉中醒来，费劲地睁开眼皮，只见周围人歪的歪，倒的倒，服色均不相同，哪一派弟子都有，却个个面色苍白，嘴唇干裂得起了一层死皮，均是一个模子里刻出来的憔悴颓废样子。

这是他们被挟持的第三天。

论剑大会结束那一晚，他从宴席上回来后就睡得人事不知，等第二日醒转，却发现自己和其他弟子被关在一辆大车中，随身兵刃不翼而飞，内力也被药物封住，至于昨夜发生了什么事，他们是如何被掳走的，竟完全无知无觉。

这车厢四壁全是用精铁铸成，牢不可破，不是寻常马车，倒似专门打造的囚车。车厢里闷热阴暗，只在天顶留了一扇小窗通风透光。大夏天七八个人挤在一处，身上被汗湿了一层又一层，那味道令人烦恶，却无可奈何。

无论他是醒着还是在梦中，车行辘辘之声单调往复，脚下长路似乎永远也走不到尽头。

每日里食水供应有限，毫不掩饰地加了很重的化功散，他们饿了这些天，身体越发虚弱，前两天还想方设法地挣扎，到今日已完全被打倒，除了闭目静坐，连说句话的力气都提不起来了。

温长卿倚坐在门边，这里虽比别处更颠簸，但门上有缝，气味倒还好些。他借着黑铁的一点儿凉意让自己清醒过来，竭力忽视这让人不适的环境，在心中默默盘算他们是否还有一条生路。

他听外面的声音，大车不止他坐的这一辆，至少有十几辆，再看跟他分到同一辆车里的别派弟子，恐怕司幽山上所有人被一锅端了。事情发生在司幽山上，温长卿头一个怀疑的就是褚家剑派。可现在他对面就坐着个奄奄一息的褚家门人，没道理他们连自家人也戕害，况且从路程上算，他们连日赶路，此时早已经走出了拓州地界。褚家剑派若要做坏事，断然不会放弃自己经营多年的地盘，反而冒险把他们送往外面。

至今为止，不管众人怎么反抗闹事，这伙人的首领都没露面。谁也不知道他们到底是什么来路，究竟意欲何为。

这种脖子上悬着刀的感觉比明知必死更能逼疯人，尤其对性情耿直的习武之人来说，与其任人摆布、受人折辱，还不如直接给他们一刀更痛快。

温长卿正想得出神，马车忽然重重一颠，旋即急停，赶车的人在外面喊道："你要作甚？！"

"对不住！真是对不住……哎，回来！"一个操着乡音的男人慌慌张张地说道，"这畜生突然不听话，大爷见谅，见谅。我这就把它牵走。"

车夫怒道："自家的驴都看管不好，跑到路上碍事！快牵走，再不走老子打死你！"

鞭声呼啸，一阵驴叫声响彻四野，那人大声叱骂："还敢尥蹶子，反了你了！"他不住地给车夫道歉，纠缠半响，倔驴终于被拉走，道路畅通无阻，车轮再度滚动起来。又过了片刻，前方有人打马靠近，温长卿侧耳细听，只听外头有人问："出什么事了？怎么突然停了？"

车夫答道："没事，方才两个骑驴赶路的农夫不慎冲撞马车，已经打发走了。"

那人问："没叫人发现异样吧？"

另一人答道："大人放心，里头没人出声。再说两个种地的农夫，就算发现了，能翻出什么浪来？"

温长卿心中一跳，暗忖道：武林中人怎么会称'大人'，难道是官府的人？可官府的人无缘无故怎么会对我们出手？

他又被这二人的对话勾出疑窦:我们失踪这些天,褚家剑派早已发现不对,师门必定想方设法地派人营救我们,刚才那两个人莫不是来探路的?

他正思索间,只听得马蹄声渐渐远去,车队照旧赶路。众人皆因暑热疲惫昏睡,不辨外事,唯有温长卿心中疑惑不定,一路上都异常清醒。

却说车外,那到队尾探问情况的男人回到前头,在首领旁边减速,稍稍落在首领身后,低声禀道:"大人,属下去问过了,方才是两个农夫没牵住驴,不慎冲撞了车队,已将他们赶走了。"

"哦?"那人微微转头,斗笠遮脸,只露出棱角清晰的下颔,嘴唇削薄,一看就是冷峻薄情的面相。

他玩味地问:"你觉得只是'不慎冲撞'?"

男人愣了愣,回道:"属下驽钝,请大人赐教。"

"你要是走过这条路,就会知道此地方圆三十里内没有村镇。"那人漫不经心地说道,"既然没有村镇,农夫又是从哪里来的呢?"

"他们是假扮的?"探子悚然一惊,"属下这就去——"

"哎,不必。"那人举起马鞭拦住他,不以为意道,"早晚会有这么一出,来得倒比我想得快些,可见这些人还不是十分废物。

"无须理会他们,尽快赶路。最迟后天,我们要到刑城落脚。"

尘土飞扬的官道上,两个农夫好容易把驴安抚住了,其中一个从鞍袋里摸出水囊,"咕咚咕咚"灌了几大口,略解干渴,这才长长地出了一口气,一改乡音,用官话说道:"这么热的天,活人也给闷馊了,这群孙子真不干人事。"

另一个人坐在树荫底下,虽然面上粘了胡须,又以树汁修饰过,显得皮肤粗黑,一双眼睛却光华内蕴,与这副面容极不相称,正是乔装改容后的闻衡。他与驴搏斗良久,也被热得不轻,正摘了斗笠扇风:"我刚才听了动静,车里起码有八个人,呼吸粗重,应当是被下了化功散一类的药物。如此推算，这么一支车队装了不下百人，这种手笔绝不可能是一时心血来潮偶然为之，必然蓄谋已久，你们还雁门此前难道就没有发现什么预兆？"

另外一个农夫正是聂影，无奈地回道："我们若能发现预兆，早就不来了，论剑大会本来跟还雁门也没有多大关系。谁知道走了这么一趟，平白惹了一身麻烦。"他望了望火炉似的太阳，怅然叹道，"要不是遇见兄弟你，我现在还不知道在哪儿打转呢。"

闻衡摇头笑道："聂兄何必自谦？"

聂影伸直了一条腿，向后靠在树干上，说道："事到如今，我也不瞒你，我这次避开还雁门独自出来，就是心里不服，总觉得不靠我……我家长辈，单凭自己，也能闯出一番名堂来。只要我在江湖上立住了脚，从今往后，就再也不会有人在背后对我指指点点。

"从前我还做梦，有朝一日我若执掌还雁门，必然要将本门发扬光大，在中原武林里出人头地。可现下我眼睁睁地看着同门身陷敌手却无计可施，除了回门派求援外，心里竟一点儿办法也没有。"

他比闻衡大几岁，这个年纪说大不大，说小不小。寻常人在这个岁数上大多已娶妻生子，不再以少年自居，可对习武之人而言，二十几岁实在年轻，除非是天才、奇才，否则恐怕连一门功夫还没练到纯熟。

没经过风雨磨砺，自小生活在长辈的庇佑下，这样的人就算有顶门立户的雄心壮志，也实在难当大任。

闻衡早已没有家业要继承，不是很懂他的烦恼，只得宽慰道："事在人为，却不在一人为之。回门派求援怎么就不算办法了？你想想，还雁门至少还有你通风报信，那些没人等在山下的门派岂不是更危险？"

"再说了，咱们现在不是正在想办法吗？"闻衡抬手在他的肩头重重拍了一下，"咱们已经追上他们，早一刻探明情况，被掳走的人就多一丝生机，这都是你的功劳。聂兄，切勿妄自菲薄啊。"

聂影明知闻衡是变着法地安慰自己，但闻衡态度笃定，带得他也莫名其妙地振奋起来，心内沮丧之意稍减。

当日薛青澜走后，闻衡在马岭镇客栈住下，打算等纯钧派众人返程，与他们一起回越影山。谁知他左等右等不见人影，游侠散客们早在论剑大会结束当日就下山离去，各大门派的弟子却一个也没露面。

马岭镇是从司幽山向西走第一个遇到的镇子，是去往九曲的必经之地，纯钧派的人除非是不打算回山了，否则一定会取道马岭镇。可闻衡等了足足两天，也没见到熟悉的身影，此时终于觉察到不对，便收拾了包袱，买了一匹马，轻装简从地原路返回司幽山，在周遭探了探，恰好撞上同样在此盯梢的聂影。

两个人一对消息，才确定包括还雁门、纯钧派、招摇山庄在内的六七个门派的人，都在论剑大会结束当夜悄无声息地失踪了。

此事处处透着诡异，闻衡和聂影当即动身，追踪车辙印记一路向东南方行去，才在前日里发现了这支车队的踪迹。

每一辆车都密封如铁桶，周遭守卫森严，而且连日赶路，极少停留，不给偷袭者以丝毫可乘之机。两个人不知对方实力深浅，不敢轻举妄动，于是在半路上找了家农户，用马匹换得两身布衣和一头毛驴，从后面紧赶慢赶，好容易追上车队，故意在路上演了这么一出戏。

可惜对方警惕心太强，他们没机会搭话，也无法靠近车队，目前只能确定人都活着，却不知道具体情况如何。

闻衡思索片刻，沉吟道："聂兄，你觉得这群人的主谋会不会就是那晚我们在司幽山下的树林里遇到的那两个人？"

聂影问："怎么说？"

闻衡分析道："我记得他们言语间露出过一点儿马脚，其中一个人管另一个人叫'大人'，当时我还觉得奇怪。你看刚才那些大车，全是用黑铁铸成，上面留着气窗，这是押解重犯的囚车才对。"

聂影明白他的意思,点头道:"的确,除了官府,谁会无缘无故地打这么多囚车?还有马匹,也不像是寻常人家供养得起的。"

闻衡将斗笠扣回头上,起身说道:"如果真是官府所为,这事就麻烦了。咱们得继续跟着车队,看看能不能找个机会混进去,弄清楚究竟是怎么回事。"

<上册 完>

番外
拣尽寒枝

"徒弟啊,你知道今天是什么日子吗?"

宿游风支着腿枕着手,懒洋洋地躺在木头搭的简易床铺上,不远处"噼啪"燃烧的火堆把整个石洞烤得温暖如春,他像只大猫一样眯着眼,十足十一副游手好闲浪荡子的做派:"哎,师父跟你说话呢,你个兔崽子倒是吱一声。"

闻衡从天不亮时就起来练功练剑、生火做饭、洒扫石洞、上山砍柴、下河洗衣……十分辛勤地忙碌了大半天,此时好不容易有点儿空闲,正坐在火堆旁刻东西。听闻此言,他连眼都懒得抬,只含混地"嗯"了一声,心想这天寒地冻的,他师父要是也能像山中狗熊那样冬眠就好了。

他不搭茬,宿游风倒也不是很在意,自顾自地说道:"在这个破山洞里住久了,都快忘了人间是什么滋味了。今天是腊八,俗话说'过了腊八就是年',这么吉庆的日子,咱们爷儿俩总不能还吃那没滋没味的野果和烤鱼吧?"

闻衡冷淡地抬起眼皮，扫了他一眼，目光清晰地流露出"你还有脸说"的意味。

宿游风才不是那种耐得住寂寞的脾气，自从把闻衡掳到这与世隔绝的山崖之中，他嘴上喊着此处插翅难逃，其实自己三不五时就偷溜出去喝酒吃肉——这是两个人都心知肚明的事，只不过闻衡还算给他这个便宜师父面子，一直没有戳穿罢了。

"徒弟，你在这破山洞里住了也快两年了，就不想知道外面变成什么样了吗？"宿游风兴致勃勃地撺掇道，"今天为师破例，带你出去走走，怎么样？"

闻衡专心地削着手里的木头，淡淡地答道："不想。"

宿游风："……"

他拍床震怒道："我是拐了个和尚回来吗？！别雕你那破木头了，我看你才是块木头！"

闻衡叹了口气，放下手中的小刀，转过脸看向他："师父平时出门都是说走就走，从来没有问过我，今天为什么却一反常态，非要拉着我出去？"

宿游风视线飘向天顶，搔了搔脸颊："啊……"

"是因为没钱了吧。"闻衡平静地替他说出了答案，"几天前在外面大吃大喝，花光了身上所有的银子，今天还想出去，却身无分文，所以把主意打到了我这里。"

所以说徒弟太聪明了也不是好事，宿游风的师道尊严荡然无存，好在他也很会破罐子破摔，干脆从床上坐起来，抱着手臂道："得想个办法，搞点儿钱花花。"

闻衡等了片刻，发现他居然在一声不吭地认真思考，可见实在很想出门，终于无奈地松口："师父当初把我掳到这荒山野岭时就该想到有今日。现下我也没法给你凭空变出钱来，你要是不嫌麻烦，就把我雕的那些小玩意儿拿出去，雕工虽然不怎么样，木头倒是好木头，或许能换几文钱。"

宿游风等的就是这句话，万分感动地喊了声"好徒弟"，身手矫捷地自床上一跃而起，囫囵卷起一包木雕，一刻也不愿再浪费，火急火燎地冲下山去了。

闻衡看着他四蹄翻飞地溜走，好笑地摇了摇头，复又低下眼帘，拿起小刀继续专心地刻起了手中的木头。

山下，定风城，吉祥客栈。

今夜来投宿的车队包下了整座客栈，几个伙计殷勤地跑前跑后，将装满箱笼的大车赶进后院，给十几匹马添上草料，又忙着替上房客人预备饭菜热水。老板娘笑如春花，开了一坛好酒，烧得滚热，亲自捧壶替坐在大堂里吃饭的一众豪客斟酒。

坐在主位的是个身材结实的高大男人，三十多岁的样子，留着短髭，相貌端正俊朗，装束与周围其他人一样，皆着深蓝武袍，外罩皮质软甲，腰间坠着一块木质的令牌，正面刻着"鹿鸣镖局"四字。

他端起酒杯，朗声道："天气寒冷，弟兄们吃杯热酒暖暖身子，切莫贪杯，等走完这趟镖，咱们回湛川城过年，到时候我请大伙敞开了喝上三天！"

众镖师都举杯笑道："多谢总镖头！这话我们可记下了！"

热菜热汤源源不断地从后厨被端上来，大堂里人语喧哗，杯盏相撞之声不绝，范扬吃了几口菜，饮尽杯中酒，招手叫来老板娘，问道："楼上的饭菜都送过去了？"

老板娘连忙应是，范扬点点头，叮嘱道："叫你们的伙计手脚勤快些，要水要东西的不要吝啬，只管尽心伺候，赏钱短不了你的。"

"范总镖头放心，"老板娘以衣袖掩口，勾起红唇，笑盈盈地应承道，"小店一定给您伺候得妥妥帖帖的。"

"好。"范扬心下稍安,刚要转过头来继续吃饭,动作忽然顿住。有种奇异的不安感冲上心头,好像有什么重要的细节被他忽略了,他直觉感受到了潜在的危险,理智却还差了一步没有跟上。

他眼前的景物突然模糊,同时心中悚然一惊,终于慢半拍地觉察到违和之处——他们这一行人住店时用的是固定的几位镖师的名字,他从未向店里人提及自己的姓名,既然如此,老板娘怎么会叫他"范总镖头"?

不好!

范扬一把推翻面前的碗盘,汤水沿着桌子淌下来,瓷器破碎的声音格外响亮,可是没人注意到他。客栈大堂中鸦雀无声,他挣扎着试图起身,可是睡意不由分说地横扫了他的意识,连微弱的反抗动作也消弭在了无尽的昏沉之中。

满屋镖师昏的昏,倒的倒,老板娘一脚将范扬踹开,抽出柜台下的长刀,寒冰般的锋刃紧贴着范扬的脖颈,只需轻轻一划,便可叫这人殒命。

"蠢货。"她注视着那张昏睡中仍眉头紧皱的脸,嗤笑道,"要怪就怪你自己不识趣,被连累得横死异乡,也是活该。"

明明没有脚步声传来,老旧的木楼梯却突然发出"吱呀"一声,像是在刻意提醒人。老板娘立刻警惕地抬头,看着楼梯上不知何时走下来的黑衣青年。

"东西已经拿回来了,"那形容俊秀的男人视线扫过她握刀的手,冷漠地警告,"陆红衣,别做多余的事。"

陆红衣眉梢下压,明显是要发怒的征兆,却又因为忌惮眼前的人而不得不忍住,冷笑道:"薛护法说的是哪里的话?那母女二人私藏本门宝物,鹿鸣镖局一路护着她们从穆州逃到九曲,明晃晃地与垂星宗作对,难道不该杀吗?"

"宝物?"薛青澜从喉间哼笑了一声,缓缓走下楼梯,从容地说道,

"只不过是虞护法的遗物罢了,因为其中涉及一些垂星宗的家务事,宗主担心流落在外惹出乱子,才令我等设法取回。

"那母女是虞家远亲,因夫丧才从穆州回老家,恐怕都不知道自己所带的资财中还有这么一个东西,你把人都杀个精光,是生怕别人不知道这些人与垂星宗干系重大吗?"

他的态度其实还算平和,可此情此景,总好像带着一些轻慢的意味。陆红衣暗暗咬牙,不服气地说道:"若不斩草除根,等他们醒过来,难道不会去查发生了什么事吗?"

"整个客栈的人都被放倒了,但没死人,也没丢钱财,鹿鸣镖局息事宁人还来不及,为什么要查?"薛青澜反问,"宗主本意不想把事情闹大,况且鹿鸣镖局又不是江湖上寂寂无闻之辈,何必非要上赶着跟人家结仇?"

"哼,说得冠冕堂皇。"陆红衣悻悻地移开长刀,嘴上却不肯饶人,阴阳怪气地嘲讽道,"薛护法平时可没有这么心慈手软,却对鹿鸣镖局如此回护,难不成是与他们有什么旧交私情?"

颈间传来的凉意打断了她的话,陆红衣愕然缄口,只见薛青澜横刀指着她的喉头,面无表情地说道:"如果不介意血喷得到处都是,你可以接着往下说,没关系。"

陆红衣:"……"

她泄愤般一刀削断了范扬腰间悬挂木牌的丝绦,将刻有"鹿鸣镖局"的木牌踩在脚下,飞快地朝另外几个乔装成客栈伙计的手下打了个手势,恨恨瞪了薛青澜一眼,到底没敢跟这个疯子当场撕破脸:"我们走!"

待人都走干净了,薛青澜仍站在原地,环视四周,似乎踌躇了半刻,最终还是认命地叹了一口气,蹲下身用手帕垫着将那块木牌拾起,掖回范扬怀中,随即独自走出了客栈大门,趁着夜色,往反方向的长街走去。

不知走了多久,一股五谷的甜香飘到近前,这味道莫名其妙地有点儿熟悉，薛青澜仔细想了一会儿，才心下恍然："是腊八粥啊……"

粥摊老板见他驻足，立刻招呼道："现熬的腊八粥，客人要来一碗吗？这大冷的天，吃碗热粥身上暖和！"

薛青澜对吃食没什么偏好，也不是个会认真过节的人，唯一触动他的，只有那个"热"字。

冬夜漫长，他想，实在是太冷了。

"三文两碗，成不成？真没钱啦。"旁边一个胡子拉碴的老头正在跟摊主讨价还价，"老板心善，多卖我一碗，家里小子还等着我带饭回去呢。"

摊主老大不耐烦，将勺子在锅边敲得震天响："三文一碗，不能再便宜了！谁家还没几张等饭吃的嘴了，都像你似的，我吃谁的去？"

"你看现在都什么时辰了，反正你这粥肯定卖不完，不如便宜点儿卖我……"

"再给他一碗。"薛青澜拉开长条板凳坐下，递去一粒碎银，打断了两个人的争执，"劳驾，帮我盛一碗。"

"好嘞！"摊主见有生意做，立刻转嗔为喜，从锅里盛上了满满一碗腊八粥，端到薛青澜面前，"客官慢用！"

老头把三个铜钱扔进竹篮里，还在那里叽叽歪歪："我那一碗要带走，要用干净的竹筒装起来！"

摊主给他也扎扎实实地盛了一碗，不耐烦地说道："知道了！知道了！吃你的吧！"

大锅久煮的腊八粥香甜浓稠，每种豆子、果子都十分软糯，轻轻一抿就能化开。薛青澜趁热喝了几口，感觉五脏六腑都被熨平了，他冷白的面颊上被烫出一点儿血色，像是整个人都从紧绷情绪中舒缓下来，轻轻呼出了一口气。

旁边的老头吃得有如风卷残云，薛青澜才喝完小半碗粥，他已经一推碗站了起来，却没有急着离开，反而走到了薛青澜桌边，低声说道："小公子，多谢了。"

薛青澜没接话，摆了摆手。

老头从随身的破口袋中摸出一物放在桌上，说道："家里人做的一个小玩意儿，权作答谢，小公子好人有好报，来日一定心想事成，万事顺遂。"

直到远去的脚步声完全消失，薛青澜才略一抬眼，冷漠地看向桌面上的小木雕。

那手艺算不上多精湛，只能说凑合，神韵倒足，巧妙地利用木头原本的颜色，分别雕琢出头爪翅羽，转折处也精细地打磨过——是只圆滚滚的小麻雀。

他盯着那小木雕看了很久，又仿佛在放空出神，半碗腊八粥由温热到凉透，他再也没有尝过一口。

等摊主忙完抬头，重新注意到这里时，桌边早已空无一人，只剩半碗残粥。他过去收拾起碗筷，把厨具家伙都装进箱笼，背起沉重的担子，顶着冬夜寒风朝家的方向走去。

又是一年将尽。

木雕麻雀被好好地收进了袖袋中，就像是很多年前，有个人在冬天接住了一只被冻僵的小鸟。